西郷札

西乡钞

松本清张
短经典系列

〔日〕**松本清张** 著

左汉卿 姜瑛 译

人民文学出版社
PEOPLE'S LITERATURE PUBLISHING HOUSE

著作权合同登记号　图字01-2024-1337

Original Japanese title: SAIGOU SATSU Kessaku Tanpenshuu Vol. 3 by Seicho Matsumoto
Copyright © 1965 Yoichi Matsumoto
Original Japanese edition published by Shinchosha Publishing Co., Ltd.
Simplified Chinese translation rights arranged with Shinchosha Publishing Co., Ltd.
through The English Agency (Japan) Ltd.

图书在版编目（CIP）数据

西乡钞 / （日）松本清张著；左汉卿，姜瑛译.
北京：人民文学出版社，2025. --（松本清张短经典系列）. -- ISBN 978-7-02-018818-5
I. I313.45
中国国家版本馆CIP数据核字第2024WH5757号

责任编辑　卜艳冰　陶媛媛
装帧设计　钱　珺

出版发行　人民文学出版社
社　　址　北京市朝内大街166号
邮政编码　100705

印　　制　安徽新华印刷股份有限公司
经　　销　全国新华书店等

字　　数　155千字
开　　本　889毫米×1194毫米　1/32
印　　张　13.625
版　　次　2017年3月北京第1版
印　　次　2025年1月第1次印刷

书　　号　978-7-02-018818-5
定　　价　69.00元

如有印装质量问题，请与本社图书销售中心调换。电话：010-65233595

目 录

西乡钞
1

人力车行
59

枭示抄
83

啾啾吟
121

战国权谋
163

姜
203

酒井家杀人事件
233

两代人的殉死
265

相貌
293

恋情
323

流言始末
379

白梅之香
405

西乡钞

去年春天，我所在的报社策划了"九州两千年文化史展览"。预定秋季开展，但准备工作早就开始了。整整一个月，我马不停蹄地奔波于九州各地收集展品资料，走访了大学图书馆、寺庙、古老神社和名门世家。功夫不负有心人，长时间的出差告一段落之际，展品总算有些眉目，我也回到了报社。

展品中有国宝，也有举世无双的珍藏品，需在接收和运输方面预先做好周全的计划。于是我们在展品大致敲定时列出了清单。清单完成后仅一瞥便知这次展览必将获得超预期的成功，尤其是天文年间[①]来到我国的天主教徒的遗留品中迄今尚未公开展示的绝品数量可观。

"喂，这是什么？什么是西乡牌？"

突然，一位年轻同事看着清单说道。四五个人的目光都聚焦到一处。

---

① 天文年间，指1532年至1555年。

一、西乡牌　二十件

二、记事录　一件

我也丈二和尚摸不着头脑。

"这是谁负责的？"

问罢，列清单的男同事拿出文件夹翻看后说道："啊，这是宫崎县分社传过来的。藏家申请参加这次展览。"

文件中还附了来自分社局长E君的一封信："收到来自宫崎县佐土原镇田中谦三氏的展出申请委托。预订近日寄出。"

但我依旧不知"西乡牌"为何物。从名称上看，或许与西乡隆盛①有关，除此之外便无人知晓了。有人说是崇拜西乡的地方的一种信仰符。也有人反驳，认为既然是申请参加展览，展品应更具历史价值。后来不知谁差遣勤杂人员去调查部借来了《百科辞典》，富山房版《百科辞典》的解释如下：

---

① 日本江户时代末期政治家，与木户孝允、大久保利通并称"维新三杰"。维新成功后，因1877年领导小资产阶级革命的西南战争失败，被定为叛逆。1889年获特赦，追赠正三位官阶。——编注（本书脚注除标注外均为译注）

西乡钞，西南战争之际，萨军发行的纸币。明治十年，西乡隆盛举兵，四方云集。（中略）同年四月败于熊本转战日向，因与鹿儿岛联系已绝，及至六月遂发行不兑换纸币。此即西乡钞，两层寒冷纱，内芯插入纸以保坚固，十圆、五圆、一圆、五十钱、二十钱、十钱共六种。发行总额据传不下十万圆。大面额最初缺乏信用，小面额靠西乡之威望终得以维持。然萨军败于延冈，退回鹿儿岛，信用完全扫地，故该地纸币持有人蒙受巨大损失。西南之战后，纸币持有人向政府申请补偿损失，但因此乃贼军发行之纸币而未予支持。（津田）

这下子，疑云已消，西乡钞是萨摩藩军队的军票。恐怕这位参展者的祖辈也是拥有这些不兑换纸币而"蒙受巨大损失"的一员吧，其子孙后代想要把家中遗留的纸币拿来展览。之前把"西乡钞"念作"西乡牌"的同事笑了出来。

西乡钞的事情不久便被抛之脑后，我们为展会筹备忙得不可开交。夏日已逝，秋风乍起。报社打出了展览通告，距离开展也已时日不多。我没日没夜地与铁路及货运公司沟通，商定会场的陈设安排。此外，我还在报纸的社会版连载类似展览解说的新闻报道。

某天，策划部的同事笑着放下一个包裹："西乡钞到了。"

这个包裹似乎是随宫崎县分社的稿件一并寄来的。我正巧手里暂时无活儿，便立即拆开了包裹。一个小桐木箱，里面装着传说中的西乡钞，诚如《百科辞典》所述，长约四寸，宽约两寸左右，两层纹理粗大的寒冷纱贴合在一起，中间是楮皮纸一样的薄纸。按币种不同，有黄色和蓝色，崭新得像昨天刚印出来一般，可想而知这些纸币一直被主人精心保存着。纸币正面印着凤凰和桐花的图案以及金额，"管内通宝"文字下方有"军务所"的印。翻到反面，写着"伪造此币者一律军法处置，明治十年六月发行，通用三年为限，可用于上缴诸年贡"。

西乡钞之外，还有一册用桐油纸包好的厚本，想必是展品目录中列出的《记事录》吧。三百张左右菊版[①]大小的和纸对折钉好，整篇密密地写满了毛笔小字，纸张微泛茶色。

---

① 菊版，日本印刷用纸的一种规格，长636厘米，宽939厘米。

展品之外还附有分社局长 E 君写给我的信，我一并打开。

（略）从田中氏家藏的西乡钞中挑了二十张左右寄出。另有《记事录》，但作者是田中氏祖父的朋友，此人似乎参与了西乡钞的制造。小生并未翻阅，但田中氏说，其中记载的种种经过颇为有趣。您看可否据此写出摘要，以充连载中的解说稿材料？

我再度拿起古朴厚重的《记事录》，翻开第一页，没有任何标题，仅有如下两行字：

日向佐土原士族　樋村雄吾　志
明治十二年十二月

我把这本《记事录》带回家细看，没料想一气读完天已大亮。然而，我既没有把它作为报纸社会版面的资料，也没有写出 E 君所期待的新闻稿——我不忍将此内容用作宣传报道的材料。

我许久未曾如此兴奋，遂当即提笔致信田中氏，因对方似乎也希望将《记事录》用作新闻报道，但我认为这样实属可惜，并请求对方允许我另觅良机发表《记事录》。很快就收到了田中氏的回信，对方对我的任性请求表示了谅解，并欣然许可。

"九州两千年文化史展"开展后，《记事录》与西乡钞陈列在一起，观众大多认为纸币罕见，但没人特别注意到《记事录》。

展览顺利闭幕。把展品交还给田中氏前，我将《记事录》全文手抄了一遍。事到如今，本可以原封不动地直接发表士族樋村雄吾的手记，但若照原样出版，必然会变成旧体文，即使有明治时期的文风，却似乎与现代人格格不入。

此外，《记事录》的全文浩瀚如海，必须进行缩略加工。结果，我把《记事录》的内容改写成了文章，不知不觉间，这件事变成了我为《记事录》的主人樋村雄吾作传。但我并未援引、参照其他资料，只不过是还原《记事录》罢了。

《记事录》的主人公"我"，当然是樋村雄吾本人。我在写作时因这一人称多有不便，遂改为以"樋村雄吾"为名的第三人称。

一

铺垫有些冗长了。樋村雄吾生于日向国佐土原，该地离宫崎市较近，曾是岛津氏的子藩。其父喜右卫门是藩士，领俸禄三百石。其母是同藩内藤氏的女儿，名叫阿恒。不幸的是，母亲在雄吾十一岁那年去世，也未给雄吾留下兄弟，雄吾在缺少母爱和同胞亲情的环境中逐渐成长。在他十五岁以前，父亲喜右卫门尚无意续弦，这五年间，父亲一人将雄吾拉扯大，也负责了雄吾各方面的教育。

雄吾十二岁那年，明治维新拉开了序幕，之后过了三年，政府强力推进废藩置县政策，父亲没了世袭的俸禄。废藩置县的中心人物是西乡隆盛，据说西乡此举使得喜右卫门的亲藩藩主岛津久光大为震怒。总之，喜右卫门一家失去了收入来源，在距城外二里处谋了块地，当上了普通百姓。然而耕种都交给了雇工，喜右卫门没下过田。

这年有人做媒，喜右卫门纳了继室，雄吾有了继母。嫁过来的继室带来的孩子比雄吾小五岁，成了雄吾的妹妹。喜右卫门纳后妻，或许是感到无法融入明治新天地，便打算安做百姓静享余生吧。

继母平易近人，年少的雄吾一眼便能瞧出她并非士族出身。岛津藩的领地内，士族平民区别森严，直到近年尚存此种遗风，两个家族的平等婚姻更是少见。喜右卫门娶了个带着拖油瓶的平民女子，若不是他归隐之心渐浓，就是打心底里中意那女子。恰巧同年八月政府颁布《贵族士族平民婚嫁许可令》，对新政府不抱好感的喜右卫门居然率先践行了政府的新法令，着实讽刺。

家中渐渐有了几分灵动的生气。继母为了与父亲的年龄相称，刻意衣着朴素，但三十五岁的容貌却是不争的事实。雄吾的妹妹季乃也出落得沉鱼落雁，为十里八乡所称道。

二人到来后，家中开始洋溢着温情，一直与父亲相依为命的雄吾欣喜于这种变化，但他感情内敛，在二人面前的举动总像做了什么亏心事般固执别扭。季乃尊敬仰慕哥哥，换来的却是雄吾的满脸冰霜。但雄吾真的是如此冷淡吗？联系此后的种种，能给人很大的想象空间。

在此期间，《记事录》的原文没有重要内容，不过是经月经日的流水账。

季乃长得愈发标致，是佐土原出了名的美人胚子。

雄吾二十一岁、季乃十六岁那年正月，是明治十年[①]。

雄吾早早便动身前往鹿儿岛的亲戚家贺岁，但这恐怕是个幌子，他实际上是去侦查已然陷入动荡不安的鹿儿岛局势。

不来则已，一来就发现事态比传闻中更为紧迫，此时鹿儿岛公然准备发动战争。雄吾仓皇折回佐土原，父亲喜右卫门已卧病榻。雄吾未做详细报告，但决心近日随西乡隆盛前往东京，并就此事请示父亲。喜右卫门仰面躺着，没问理由便许可了，似乎万事早已了然于心。

雄吾把继母叫到另一房间，而季乃偏在两三日前去了母亲的亲戚家，因此未能作别。原文未多着墨，但想必雄吾的内心中留有几分遗憾吧。

二月十一日，雄吾腰别家中代代相传的铭刀，奔赴鹿儿岛。在雄吾的记载中，他被编入东上军三大队，队长是永山弥一郎。

二

二月十五日，西乡隆盛以问责政府为由从寒风四拂

[①] 即1877年。

的鹿儿岛率精兵出发，之后的事情便如史书所载，我在此不做赘述①。《记事录》的作者也简明地叙述了包围熊本城至植木方面的战斗，因与本文并无太大关系，在此一并省略，然而我却想记录作者英勇作战的事迹。

三月十九日，萨摩藩军队在熊本县田原坂要塞遭政府军背后袭击，萨军失去战略要地后向熊本县人吉地区撤退，最终败走至宫崎县日向地区。当萨军主力在宫崎县一带集结时，和鹿儿岛的联系早已中断。

此时萨军发行了纸币。铸币所设在了宫崎郡广濑，桐野利秋担任造币局总管人事一职，池上四郎担任工程监督，实际工作由佐土原藩士森半梦（通称喜助）负责。造币工程夜以继日地开展，萨军雇了约三十名工匠，后方兵站没有任何资金，整个造币工程推进得异常紧迫。

樋村雄吾被派至这个新设的造币局，他写的《记事录》中并未详述所担任的职务，但森半梦出身佐土原藩，不难想象，同乡雄吾或许得了他的提拔，担任了森的助手。

纸币的外观我已做过描述，此处不再赘述。萨军计

---

① 见富山房版《百科辞典》第5页解释"西乡钞"所述背景。此为日本史上的西南战争，最后政府军击败萨摩军，西乡隆盛撤回鹿儿岛，被部下砍杀，日本最后一场内战结束。

划用新造的纸币向周边的商人和农民换取必需物资。十钱、二十钱的纸币勉强进入了市场，五圆、十圆的大面额纸币则自发行之日起就因缺乏信用而遭到抵制，然而实际上萨军最希望推广使用的就是这些大面额纸币，所以他们半恐吓地强行发行给商人以换取粮食弹药。最终萨军采取了非常手段，士兵们结队造访富商家，买一点儿东西便掏出十圆纸币，只为换得明治政府最高官署发行的太政官纸币的找零。

明治十年十月，东京《曙报》中的新闻报道绝好地说明了该纸币的性质。因为报道是针对当时的贼军，所以言辞间带着几分恶意中伤，但确实能侧面说明萨军的纸币。

> 据说桐野利秋在日向宫崎地区投入贼徒滥造的钱币四百圆为一位城崎的艺伎赎身，该艺伎曾欠债四百圆，因此接受了以上金额的钱币。（略）艺伎拿出桐野的钱让债主清点，债主蹙眉，该艺伎便威胁道：若桐野知道你不收，就会将你剁碎。债主明知那是用不了的钱币，却为保命清点。（略）

纸币的具体印量不得而知，总金额得有二十余万圆吧，没有确实的文献，所以无法定论，但《记事录》中记载了差不多的数字，明治十年八月二十四日的《大阪日报》中也登载"传言贼军制造了二十四万余圆的赝纸币，其中流通了十四万，其余十万圆已无法使用，原封堆积"，想必数字上没有大的误差。"其余十万圆已无法使用"讲的或许是宫崎郡军务所濒危、萨军不得不撤退之际的事情。七月十日，日向的小林地区落入政府军之手，继而二十日，都城地区陷落，宫崎地区随即受到直接威胁，因此萨军将大本营转移到北部的延冈地区，封闭了造币所。

然而政府军迅速追击，二十八日已达大淀川南岸，翌日渡河进入宫崎郡占领了旧县厅。萨军一面作战，一面退经佐土原、高锅、美美津等地，八月十四日将大本营安在延冈北郊的长井村。政府军也与各方军队合流，纷纷逼入延冈。

十五日在长尾山一带的战斗，据说是熊本县有史以来最大规模的激战。政府军为攻下长井村，计划先拿下紧邻的熊田地区从而进兵稻叶崎，但遭到了萨军的顽强抵抗，一时间情势危急。据说这天是西乡隆盛亲自打头阵指挥，桐野利秋、别府晋介、村田新八、池上四郎、贵岛清等大本营内的诸位将领都冲锋在第一线，萨军士气大振。

　　樋村雄吾在西乡所在的和田山口作战,但被一枚子弹射穿了右肩而倒下,因此从前线撤下后进了长井的医院。说是医院,不过是借来的三间民房,从前一天开始已经塞满了伤员。

　　政府军得到了后继部队的补充,发动总攻,占领了长尾山一带。十六日,将萨军完全包围于长井村。萨军为突围,召开了几次军事会议,最终决定翻过背面的大山,经三田地区北上挺进丰后地区或南下撤回萨摩地区,这便是有名的"可爱岳突围"。萨军决定留下伤军病员,西乡隆盛唤来院长中山盛高,让其在医院屋顶上高举红十字旗。《万国公法》[1]严禁攻击医院,政府军也必须遵守此项法规。此时的樋村雄吾忘了肩上的伤,誓死加入了西乡一行。

　　薄暮时,西乡在暂时充当大本营的儿玉家庭院前将陆军大将的制服、重要文件等付之一炬。一切准备完毕,夜里十二点,萨军秘密出发前往可爱岳。边见十郎太、河野主一郎任前卫,西乡在桐野利秋、池上四郎的护卫下乘登山轿爬山。传言轿夫因陡峭的山路和西乡的体重

---

[1] 美国外交官、国际法学者惠顿撰,1936年出版。中文版于1864年由京师同文馆刊行。

而叫苦不迭。樋村雄吾加入到贵岛清的后卫队伍。萨军从鹿儿岛出发时人数四万，而今总兵力不过五六百人。

黑暗中攀登可爱岳分外危险，断崖随处张开大口，一步踏错则将坠入幽深的谷底，连政府军都不相信萨军会从此处突围，因而并未设防，这一路途的险阻可想而知。前锋部队在当地人的指引下，于行军途中将白纸绑在树枝和细竹上，为后继部队做路标。

一路上没有人吭声。大家折树根为登山杖，默默地踩着岩石的凸角爬上去。往下，目之所及处，政府军阵营篝火点点，熠熠生辉，与星光连成一片，这是大家毕生未见的美景。

三

雄吾逐渐喘不过气来。肩伤发作，苦痛一阵阵袭来。登山的剧烈动作致使伤口裂开，步子也愈发沉重，他快赶不上大部队了。

不知过了多久，雄吾猛然发现自己身边已经没了人影，正诧异间，才发现自己似乎与大部队走散，拐进了别的岔路。雄吾四下搜寻，全不见队伍的标志。侧耳倾听未闻人声，想大声呼叫却又不能。

他左突右窜，但周围的森林十分茂密，根本没有路，无头苍蝇般地乱窜只会让他更加心焦。就这样，雄吾在山中徘徊了数小时。

看不见周遭和脚下，肩伤疼到不堪忍受，雄吾已不再奢望能赶上队友。他倒在旁边的细竹林中昏了过去。

拂晓。塞翁失马焉知非福，幸亏雄吾不觉间偏离了可爱岳，走到了北侧的山里，不然就被追击而来的政府军给活捉了。更为幸运的是，雄吾得到了村中的素封之家伊东甚平门下炭夫的相救。

伊东不仅没把雄吾交给政府军，还对他百般照拂。伊东家是曾经的乡士之家，先祖侍奉过岛津藩主。萨摩藩有一种称为"麓"的外卫制度，这是一种其他领地所没有的特殊制度，似乎仅在文龟、天文时期有过记载。"麓"即乡士的居住地，指相对于鹿儿岛本城的外城。岛津藩曾经扩张领地至九州全境，后被丰臣秀吉削减至萨摩大隅两州和日向地区的一部分，因此岛津藩中的许多武士难以安置，最后岛津藩主将他们分配到各地，于是形成了"麓"制度。伊东家也是"麓"的一个分支。如此看来，是祖先之灵在冥冥之中庇护着雄吾。

伊东家家世显赫。附近没有医生，他们便按照伊东家家传的制药法，医治雄吾的肩伤和疾病。多亏了伊东家的药物和悉心照料，这年年末，雄吾痊愈了。理所当然地，他在《记事录》中反复称赞当家人甚平。

辞岁之际，雄吾欲向伊东家告别，但甚平担心雄吾的身体，于是雄吾决定再逗留两个月。明治十一年（1878）二月末，雄吾离开悉心照料自己的伊东家回到了佐土原。时间过去了一年。

然而意料之外的噩耗正在家乡等着他。父亲喜右卫门于去年六月去世，家也毁于战火。一切犹如晴天霹雳，惊得雄吾半晌无法言语。喜右卫门病死时，雄吾正在专心从事纸币制造。

雄吾不知继母与季乃的状况，只知道她们在家宅被烧后逃走避难，但之后就不得而知了。

雄吾拜访了自己幼时的朋友田中惣兵卫（这便是"文化史展览"中展出西乡钞和《记事录》的谦三的祖父），其间的经过没有细说。雄吾本想向继母的亲戚打探季乃的踪迹，然而之前他并未细问过继母亲戚的名字和住址，想找人打听也没个头绪，因此只得放弃。

雄吾对这块土地已经无可留恋，于是变卖了剩下的所有田地换了钱，落樱粉桃竞相争艳的南国之春也已悄然走远。

雄吾去了东京。

四

到了东京，雄吾好一阵子只是恍惚度日。

明治十一年的东京，原本有许多事物能刺激这位二十二岁的年轻人。西南战争以来，政府的通货膨胀政策虽然导致物价暴涨，但百废待兴，人人热衷于投机。虽然情况不同，但此时的一切仿佛让人看到昭和二十二年（1947）前后的光景。此外，明治六年（1873）"征韩论"①破产后，隐居土佐的坂垣退助成立了立志社。也正是这一年，他走出自称为南海草庐②的隐居地来到大阪召集同志，将立志社改名为爱国社，鼓舞全国的青年活动家歌颂自由民权。

但樋村雄吾并没有昭和通胀时期③油滑青年的霸气，也没有共产党员的兴奋，只是碌碌无为打发光阴。

某日，无为青年雄吾遭遇飞来横祸，这只能说是命

---

① 指针对朝鲜的对外扩张论调，明治时期由西乡隆盛等高官提出，遭到大久保利通等主张先整顿内政派的反对和压制。

② 板垣退助的著作用"板垣南海翁"起名，如《板垣南海翁之意见》等，故此处或许有引用。

③ 昭和通胀时期，又叫作昭和恐慌期。1929年始于美国的全球性经济危机波及到了日本，1930年至1931年，日本经济陷入了困境，这是日本战前最严重的经济危机。

中注定了。

某日，准确说是明治十一年七月三十日白天，雄吾漫无目的地走过赤坂地区的纪国坂下。正午已过，饥肠辘辘，加之天气炎热，雄吾进到旁边的茶馆里刚随便点了点儿什么敷衍着肠胃，便发觉邻座坐着一位年轻人大白天独酌。这人不时地看向过路人，似乎在等待着什么。

不久，对面传来了嗒嗒的马蹄声，一辆双驾黑色马车朝这边驶来。年轻男子忽地起身两三步走向马车，紧紧盯着马车，似乎在窥视内部。雄吾料想其中必有蹊跷，便饶有兴致地看向马车。

车上一位蓄着大胡子的富态老人悠然地背靠车身。雄吾正思量着，忽然，马车车轮声作响，眨眼间工夫便从眼前绝尘而过。

年轻男子看着车子驶过，片刻回到了座位。男子再度拿起酒杯问雄吾要不要来一杯祛祛暑。

雄吾低头谢过了那杯酒，接着问马车里的高官究竟是谁。对方答道，是西乡参议。啊，原来是西乡从道。雄吾一直听说过西乡先生[①]的亲弟弟，但亲见还是第一次。雄吾不禁看着马车绝尘的方向，目光里净是怀念。

---

① 此处为西乡隆胜。

这时旁边的年轻人嘟囔道，昨天是西乡，今天还是西乡。听上去仿佛此人另有期待。雄吾又问对方所等的究竟是何人。

男子忽然盯住雄吾，不知是否酒精作用，此人眼中充着血丝。男子答道，是这样的，我两三天前就在等，但一直没见着，你运气真好。对方并没说明在等谁。

此后过了三四天，雄吾预感还会再碰见那个年轻人，于是再次经过纪国坂下。然而那人今天并未出现，雄吾有几分失落，坐下点了凉的大麦茶。很快，一个男人端了茶来，雄吾正要接下，谁知反被对方的手给捉住。雄吾惊得站起身来，却被那人从背后抱住。随后他被三四个壮汉扭住放倒在地上，顷刻间身体被绳子一圈圈缚住。正愕然间，就听这伙人中的一人冷笑道："你被捕了，老实点儿。"

雄吾莫名其妙地被押到了位于锻冶桥门的东京警视本署并遭拘留（明治七年，日本创设了警视厅；明治十年，警视厅一度被废止。因此明治十一年被捕的雄吾被押至警视本署）。

录口供的官员来询问雄吾身份，雄吾回答说自己是佐土原的士族。对方听完便说，原来是贼党。因此雄吾被彻头彻尾当作了犯人。接下来的审问更令他不知所云。

你在哪里与山本联系？都有些什么步骤？你是在哪里计划对伊藤内务卿下手的？对雄吾来说，净是些莫名其妙的问题。

五

这年六月开始，高知县士族山本寅吉谋划刺杀伊藤（博文）[1]参议。他说自己继承了不久前在纪尾井坂袭击大久保（利通）[2]内务卿的岛田一郎的遗志，但平日里，他的言行就有些怪异。山本为了记住伊藤的长相，六月下旬向伊藤府邸递交名片要求拜访，但被警戒的巡查以公务繁忙为由挡了回去。翌日前去又碰了一鼻子灰。第三天伊藤上朝，山本又被赶了出来。于是山本断了会面的念头，将朋友的怀表变卖，买了一把短刀，潜伏在伊藤位于灵南坂的官邸前，但因警备森严未能得逞，于是打算趁伊藤下朝回府之际下手，便埋伏在纪国坂下面的茶馆里。

马车终于来了，打头的是西乡参议。第二辆马车来

---

[1] 日本第一位内阁总理大臣。在西南战争中主张平定叛乱。1878年5月，大久保利通被暗杀后继任内务卿。

[2] 明治维新第一政治家，以高压政策镇压了士族叛乱。

时，山本向内张望，但里面的人正摊开报纸阅读，无法看清脸。山本担心弄错目标前功尽弃，于是打道回府。第二天是三十日，山本又在昨天潜伏的茶馆里候着，这时樋村雄吾过来，两人交谈了片刻。不久马车驶来，但这次只有西乡一人，再等许久也不见别的马车。山本最终放弃计划回了家。当夜，山本因友人的告密被捕。雄吾因为偶然间在茶馆里与山本交谈，茶馆老板误认为他是同伙而向巡查报告，于是巡查在此守株待兔。

雄吾无计可施，只能在警视本署一口咬定自己毫不知情，但这种态度在警察看来实属傲慢，打算哪怕是拷问也要让雄吾招供认罪。每次审问时雄吾都被折磨得半死不活，往往晕过去后被送回拘留所，但他死咬着不认罪。警方对山本进行了调查后发觉似乎抓错了人，但录口供的警察不满雄吾的抵抗态度，原本十天左右就能结案，结果拖到了二十天之后。

当时还有一名男子住在同一间牢房，唤作卯之吉，是神田地区一家纸铺的少爷。此人是个年轻的浪荡子弟，因赌博被人检举揭发。卯之吉因雄吾每天的勇敢抵抗而深受触动，他在牢房里热心照料着雄吾，想必也是因为知道雄吾是政治犯而心生敬意吧。然而在雄吾看来却是另一番事实：被扣上莫须有的罪名，是可忍孰不可忍。因而他誓死不屈。

卯之吉先被释放。出狱前,他对雄吾表明了决心,说自己要向雄吾学习,坚决戒掉吃喝嫖赌的恶习,如果雄吾出去了,一定要来自己家。同时,卯之吉详细地写下了自家地址给雄吾。

雄吾终于获释出狱时已被折磨成了活死人,于是领了卯之吉的一番好意前去拜访。卯之吉家的店铺规模比雄吾想象的大得多,不知道这少当家出了什么岔子,才会当了小赌棍。卯之吉飞奔而出,将雄吾引进后屋。卯之吉的父亲卯三郎为了感谢雄吾感化儿子戒赌,款待雄吾时比对自己的亲儿子还热情。卯三郎对雄吾说道,瞧你的身子,哪儿也去不了,就把这里当作自己父母的家,慢慢养病吧。

雄吾在《记事录》中说,卯三郎是自己继日向的伊东甚平之后再次遇见的恩人。此话一点儿不假,卯三郎让雄吾在家中住了一个多月静养身体。

此时雄吾萌生了工作的打算。一则身体逐渐康复,再则游手好闲下去也颇觉无聊,而且卖掉老家田地换来的钱财也因碌碌无为而所剩不多。

卯三郎父子热心地想帮雄吾寻觅活儿,但雄吾说自己想当人力车夫,理由是拉车的活儿有身体作为资本,没钱也能干，不麻烦，好上手。卯三郎拍着雄吾的肩欣慰地说道，了不起啊，身为士族，却甘愿从车夫白手起家，这种想法了不起。我有熟人，就把你拜托给他们吧，那儿离花街柳巷很近，活儿也多。

人力车铺子山辰的老板是年近六十的老爷子。应雄吾的请求，老爷子让雄吾跟在人力车后面推车，以便熟悉这片地区的道路和一些拉车的要领。

就这样，他一直跟在工友的车后面推车，不知不觉也能够独自拉车了。刚开始，也不时遇到过一些态度恶劣的醉客中途下车的情况：

"什么？你是新来的？我不坐新人的车。"

但总算是习惯了，雄吾拉车愈发有板有眼。

有一次，雄吾偶然瞅见乘客一直在读上一位客人遗落在人力车里的报纸，他灵光一闪想道：如果在人力车里备上报纸，乘客就不会无聊了。雄吾试验了几次，果然颇有效果。于是他和山辰的老爷子说了这个想法，老爷子当即觉得这个想法不错，说干就干，一时间只有山辰的人力车里备上了报纸。该举措大受好评，东京的各大人力车铺纷纷效仿，最后这件事情还上了报。不少人赞扬雄吾不愧是士族，看得准商机。

樋村雄吾的车夫生涯依旧继续着，直到一天夜里他拉了一位客人，而这位客人改变了他接下来的命运。

六

乘车的人看上去三十岁左右，身着西服，一眼便能看出是官员。

此人说，去本所清住街。雄吾领命拉起了人力车。看装扮，此人官位颇高，街道上的瓦斯灯光照出那人留着彰显威严的胡子。

雄吾拉车跑在深夜的街头，在筑有长围墙的宅邸区一段，雄吾将客人放下。许是听到了人力车的声音，幽暗沉寂的屋檐下突然亮起了灯。当时的人力车还不是橡胶轮胎，而是金属轮子，转起来会发出金属声响。

"嘎吱"一声，门开了，两位提着电灯而非烛台的妇人走了出来，说道："您回来了。"

"嗯，付钱给车夫。"

男主人向妇人吩咐后便昂首大步消失在屋里。

一个人提着电灯跟了进去，光没了。另一人在黑暗中说："师傅，有劳了，谢谢您。"

雄吾从车把上拔下灯笼，给对方打亮。

"辛苦您了，请问多少钱？"

妇人说着将手伸入怀中掏钱。

黑暗中浮现出妇人的椭圆形发髻，雄吾看清那五官分明的白皙脸庞，瞬间惊愕得无法言语。即便看见幽灵也无需如此惊愕啊！雄吾怀疑这是错觉。

是季乃。

也不知是如何接过了钱，雄吾一溜烟地拉起车子跑了。虽然灯笼的光影蒙蒙，对方看不清自己，但雄吾的心脏狂跳不止。

季乃在东京，已为人妻。这种不安太过强烈，此后数日，雄吾都魂不守舍。她为何来了东京？她怎么嫁了人？雄吾脑海中有着无尽的疑问，他最想知道季乃现在的境况，却打不定主意与季乃相见。

然而雄吾想在白天再看一看之前那位客人的家，便在拉完一趟活儿后绕道清住街。

眼前就是吩咐季乃付车钱后大步消失在屋内的男子的家门。大门紧闭，前前后后就属这一片宅邸区在明晃晃的阳光下格外沉寂，了无人影。

雄吾探身上前看那门牌。写着"塚村"的厚直木纹牌旁边，贴着当时流行的名片：

太政官权　少书记　士族　塚村圭太郎

雄吾只看清了这些便回去了。虽然不知道这个官名意味着何等身份，但能推测出对方地位颇高，而且似乎是发迹的达官显贵。看来季乃非常幸福。明知如此，雄吾的心却被寂寞之情丝丝侵蚀，无法排解。在家乡时自己对季乃那般冷酷，而现在却抱有这份情感，如此的不可思议连雄吾自己都无法解释。之后雄吾常常去塚村家附近转悠。

然而，写有"塚村"的名牌像是冷冷地撇清与雄吾的任何关系一般，雄吾鼓不起勇气上前敲门。大门总是紧闭，家中的沉寂更给人一种冷漠森严的感觉，雄吾奢望能够在墙外窥视季乃的身影，却每每作罢。

一日，雄吾拉着人力车经过门前时，没料想小门开了，塚村家的女佣叫住了他。

"车子来得正是时候，拜托你了，师傅，我们家夫人要乘车，你在这儿等等。"

雄吾被这突如其来的状况惊得险些要叫出声来。他惊慌失措，心怦怦直跳，仓皇间只能拉低遮阳斗笠，挡住脸候在门口。年轻贵妇打扮的季乃出来了，像鲜花绽放在眼前一般。雄吾小心地压低帽檐，给车上的季乃膝间盖好毯子，手指不由自主地颤抖。

"请到回向院门口。"

雄吾一拉起扶手，便听后面的人嘱咐。平日里拉起车飞奔而驰的雄吾脚下顿时失了平衡。

在回向院前放下车把时，里面威武、雄壮的相扑高台鼓正隆隆作响。踩在脚踏板上的脚尖迅速稳当地站在了地上。

"您辛苦了。"

夫人说道。雄吾不自觉抬起头，两人视线交会。白日昭昭，雄吾已无法遮掩。

"啊，哥哥。"

季乃惊呼，声音不大，但很尖锐，满脸都是惊讶。而雄吾张口无言，喉头哽咽。

突然间，刚下车的季乃坐回车里，说："哥哥，赶紧走，快。"

雄吾不假思索地急忙问道："相……相扑呢？"

季乃回道："就别管相扑了。"

《记事录》的原文鲜活地再现了当时的情景——宛如置身梦境，不知该择何路，遂原路折返，入一小神社，两人于无人处相顾而立。

具体的交谈内容并未有记录，想必是较之亲人久别重逢更甚的深情话语吧。昔日的生疏别扭已不再，两人心中满满都是怀念。

雄吾最想知道自己出发前往鹿儿岛之后季乃的种种。说来话长，父亲从那年五月开始持续高烧，神志不清，念叨着收到西乡先生的来信、长子雄吾就快回来了之类的诳语咽下了最后一口气。家毁于战火后，季乃与母亲投靠亲戚家。不久，母亲便因操劳而生病，不足两个月就死在床上，剩下季乃一人留在亲戚家。其间，亲戚家的男主人在东京当上官，便举家迁至东京，季乃也跟着来了。亲戚家的男主人官列大藏省①，一次，上司塚村圭太郎看上了季乃，前来提亲。在塚村的恳切追求下，季乃嫁给了他。这完全是为了报答亲戚多年的恩情。季乃一口气说了很多。

接着，季乃讶异于雄吾居然成了车夫，便询问起个中缘由。雄吾细说了种种经过，季乃一直激动地倾听着。

"哥哥，您太可怜了。我去托塚村想想办法吧。"

雄吾不愿接受季乃丈夫的施舍便拒绝了："不用，太麻烦了，现在就很好。"

这天，季乃原定去回向院看相扑，之后参加塚村工作上的应酬，只得作别。季乃眼角泛着泪光道：

"哥哥，下次我们好好聊聊。"

---

① 日本明治维新后至2000年期间的中央政府财政机关，主管财政、金融和税收。

雄吾压抑着内心的蠢蠢欲动，神色暧昧道："你来找我吧。一定要来，我告诉你地址。"

于是他把山辰的地址告诉了季乃。

七

我一定会去找你。季乃的回答在雄吾心中回荡。四五天过去了，一日，车夫的歇脚处来了位年轻女子，看见雄吾便招呼他。雄吾以为她是要乘车的客人，便立即准备好让客人上车。雄吾按女子的指示飞奔起来，女子立即吩咐前面右拐，于是雄吾拉着车子往右拐，前面是一间小饭馆般不大的店。客人下了车，雄吾本以为女子就这么进了家门，谁知眼前浮现出季乃羞怯的笑脸。雄吾心下一惊。

"抱歉把你喊来了，我去那种地方多有不便。"季乃邀雄吾稍作休息，于是两人走进店内。刚才的客人是季乃的女佣，正在张罗饭食。

兄妹俩接着聊起上次未尽的话，季乃忽然说道：看见哥哥是最幸福的事。此时季乃的表情和语气似乎都在撩拨着雄吾的心弦。

再过四五天，又有人来车夫的歇脚处。雄吾出去，只见季乃站在街角。季乃看见雄吾的人力车，说道：

"麻烦您拉我一程。"

说完季乃便上了车。

乘客坐车，车夫拉车，旁人不会生疑。

雄吾问道："去哪儿？"

"哪儿都不去，就到那边转悠会儿吧。"

雄吾对这要求不禁苦笑，漫无目的地缓缓拉起车。两人如此边走边聊了一小时。

雄吾问道："你不在家行吗？"

车里季乃答道："没事，塚村现在正在官府办公呢。"

"这样不行。女孩子家无事出门成何体统？我也会有麻烦的。"

"怎么会？您是我哥哥啊，对塚村无需见外。"

"我没和塚村打过招呼，还谈不上是他哥哥。你少来为妙，有什么事情我过去。"

"骗人！哥哥您肯定不会来。请别说了，让我见见您吧。就当作是兄妹两人相见。"

雄吾不知该如何回答。

且说《记事录》至此笔锋一转。

接下来的故事得从雄吾被纸铺老板卯三郎喊去讲

起。雄吾到了纸铺后被引至内厅，已有来客先到了。卯三郎做了介绍，来客也是纸业批发商店的老板，名叫幡生久米太郎，是个五十岁上下、言行举止周到稳重的精瘦男人，但看上去比卯三郎苍老。此次卯三郎叫来雄吾会面，似受久米太郎所托。

久米太郎与雄吾初次见面寒暄后聊了些不痛不痒的杂事，之后对话逐渐进入正题。久米太郎说起前些日子朋友从九州旅行归来，送来了一些西乡钞作为伴手礼。关于这种纸币，久米太郎以前常在报纸上见到或听人说起，但亲眼见到还是第一次，收到的纸币有五圆和十圆的面额。据那位友人说，日向地区曾传官府有意收购，因此纸币一度紧俏，而实际上民众提出申请后，政府却以此乃贼军发行的纸币为由置之不理。西乡钞一时之间被贬得一文不值，如同废纸，现在成了小孩子的玩具。

久米太郎从怀中掏出一个以包袱皮裹好的物什，打开来说：

"这是西乡钞的实物。"

那是雄吾永生难忘的萨军纸币。仅这两三枚，便勾起了他脑海中战场上尘土飞扬的回忆。

雄吾并未接过话茬，而是等着久米太郎继续。孰料，对方说出一件让人意外的事。

"我突然想到个主意,再次说服政府回收这些纸币怎么样?听上去像是痴人说梦吧?这话现在听上去像是做梦,但未必不能实现,进展顺利的话就能成功。请您助我一臂之力。"

雄吾大惊,久米太郎则立即道:"呀,您不是认识塚村的太太嘛,我之前看见你们俩边走边聊。我认识塚村太太,但不认得您。那时和我一起的卯三郎说您是他的朋友,于是……"久米太郎笑道,"于是我就托卯三郎要见您一面。"

雄吾只好答道:"那是我妹妹。"

只见久米太郎一拍大腿,雄辩道:

"啊,原来是您妹妹啊。这更好办了。请您一定要见见塚村,将此事拜托他。您应该知道吧,塚村可是大藏省数一数二的能人啊,听说大隈(大藏大臣)和松方(大藏大辅)都对他信任有加。您请求塚村收购这些西乡钞,塚村便会去说服大隈。前些年政府说贼军纸币不予收购,可真是不通情理啊,吃亏的只是蒙在鼓里的百姓,萨军强行逼迫他们接受纸币换走物品,而到头来这损失却没法获得赔偿。政府对此事也是心知肚明的,无奈西南战争刚刚结束,一切与萨军相关的都是眼中钉肉中刺。俗话说得好:为恨和尚,累及袈裟。于是政府军便不打算收购西乡钞了。还有一说呢,传政府因战争耗费了巨额钱财,没有余力收购。但近来华族开设了十五银行①,从那里借钱或是增发纸币,不可能填补不了十万、十五万的西乡钞。世上无难事,只怕有心人,这事儿只要有人推动,就肯定有指望。"

久米太郎一走,卯三郎就对雄吾说:

"给你添麻烦了,但请无论如何帮帮忙啊。"

卯三郎的话听上去合情合理,但细想之下恐怕还是因为涉及商业买卖而不得不曲意低头吧。雄吾心中沉重,但表面上还得装出痛快允诺的样子。

久米太郎的算计,不用说就是想囤积西乡钞,然后靠政府的补偿回购大挣一笔吧。

此举无疑是效仿如日中天的岩崎弥太郎。当时岩崎在西南战争中一手独揽政府的运输业务大发横财,一举铸就了三菱商社的霸权。三菱的经济基础便是垄断藩币。明治四年(1871)政府推行废藩置县,回收了各藩无序发行的藩币。当时的回收价格是绝对机密,不然那些废纸屑一般的藩币将会瞬间大涨,闹得无法收拾。岩

---

① 明治维新后废除原来的公家、大名等称呼,将其统称为华族,将国民分为皇族、华族、士族、平民四等,1884年颁布《华族令》正式确立华族制度。华族设立了国立第十五银行,又称华族银行。

崎从后藤象二郎处探得风声，立即买断了所有藩币，以适当的价格与政府达成交换回购的协议，由此掘到了第一桶金。这件事流传甚广，想必久米太郎也想买断西乡钞吧。

传言当时岩崎乘坐只有大臣参议才能乘坐的双驾黑色马车，为贫民大摆宴席，买下前岛密①曾经住过的四万余坪宅邸，运来奇石巨岩摆放于庭中。人们说他"肯定享尽了世间的荣华富贵"（《曙报》）。总之，当时岩崎的一举一动异常惹眼，想必久米太郎也颇受刺激。

八

雄吾便是在这种情况下与塚村初次见面的。雄吾先提议，季乃则从中打点。塚村不知雄吾便是那晚拉车的车夫，对初次面见的妻兄显得十分敬重，那晚所见留着威严胡子的脸庞此时笑容和蔼道：

"真希望早点儿见到兄长。我也是听季乃提起后才惊诧地发现我们有个兄长。"

---

① 前岛密（1835—1919），日本现代邮政制度的奠基人，在国外游历后曾任驿递头等职位，发明了"邮政""邮票"等名称，也是日本著名的"国字改良论"先驱。

雄吾道:"是我失礼了。实因不才,尚未得志,便犹豫着想择日登门造访。"

塚村听罢道:"大可不必,对自家兄弟毋须顾虑。"

末了两人还谈笑起来。不论如何,对方的亲切态度让雄吾内心惶恐。

雄吾总算进入正题,提出了请求,这位处事得体的妹夫忽地摆出了沉稳精干的官僚态度,面露困惑无措的神情。塚村回应说事情已经了解,但并不乐观。

"我姑且一试吧。"

塚村加上了这么一句,似乎是对初次见面的兄长的一种客套。

雄吾一走,塚村圭太郎立即面露不快,与见面之前听季乃说完种种经过后表示一定要见个面的愉悦态度相比,简直判若两人。

季乃道:"哥哥好像求了您什么事,请帮个忙吧。"

塚村像往常一样,将从府衙带回的文件摊在桌上看得出神,并未回话。塚村一旦工作,便常常紧锁眉头。季乃正准备退出,忽听盯着文书上的字出神的丈夫叫住自己问道:"你们兄妹相差几岁?"

"五岁。"

季乃答后,许久没有回复。丈夫的心思似乎紧紧跟随着文书上的字。好一阵子后，塚村又道：

"你为什么不早点儿告诉我兄长在东京？"

"我之前也不知道，前几天在路上偶然……"

"你说过了。"

"是的。"

"我问你那时为何不立即告诉我。"

"这……哥哥是车夫，我说不出口。对不起。"

丈夫不快地沉默着，只见白色的文件在手指下翻动。良久之后，丈夫说出的话让季乃红了脸。

"真是个白皙清秀的好男儿，我还是头一遭遇见。你没问问他是否有心上人？"

季乃低声答道："没有。"

"你们在老家关系好吗？啊，你们不是亲兄妹吧？"

看到季乃不知如何回复，塚村不带一丝笑意地说道：

"得了。他是你兄长，那也是我的兄长。一家人好好相处吧。"

翌日，塚村看上去有说不清的焦躁。他平日里沉着稳重，被世人视为雄才伟略，遇事不疾不徐，这副样子还真是少见。

这天晚上塚村又提起了雄吾，让季乃吓了一跳。

"兄长是在哪家人力车铺？"

但这次的语气颇为温和。得到了季乃的回复后，塚村立即说道："明白了。兄长不能一辈子当车夫吧，如果他谈吐不凡，我想提拔他。"

塚村让妻子放心。

然而第二天，塚村一到府衙便唤来瞒着下属私底下长期关照的机灵仆从悄悄嘱咐了什么。目标是"山辰"。

"你去秘密探查有没有女人找那个男人。不用查女人的身份，只要得知两人见面就行。"

傍晚，仆从在府衙下班前回来了。塚村听了他的报告后，脸上并未显出何等异样，然而一回到座位便陷入了沉思，仿佛遇见了棘手的问题。但他回家后对妻子道：

"你去叫兄长来。上次说的事情有些眉目了。"

雄吾收到用人的传信后，二度拜访塚村家。款待一如前日，塚村也笑得温和，显示出作为妹夫对妻兄的亲切。

"把兄长特地叫来，敬请原谅。上次说的那件事情并非完全没有希望。我向上头旁敲侧击地探听过了，似乎他们也觉得未尝不可。我赞同哥哥的意见，西乡钞给当地民众带来了莫大困扰，政府有必要对此进行补偿。如果上头有人的话，可以放手一搏。当然此乃机密，若泄漏出去了，我也难堪。请哥哥牢记。"

塚村的语气格外热心并充满诚意。此事原本希望渺茫，塚村居然能推进到如此地步，他的才干果然了得。雄吾没把这视为一时的宽心话。

雄吾千恩万谢，将诸事拜托给了塚村后离开了。卯三郎和久米太郎喜不自胜，那欣喜若狂的样子让旁人看了定会大为讶异。久米太郎精瘦的脸上表情十分夸张，他拍着雄吾的肩膀道：

"干得漂亮。塚村所说的上头有人，肯定是指松方或大隈。如果有松方等人的保证，那就错不了，一定会成功的。要保密要保密！"

两人已经乐得忘乎所以了。

九

塚村每日公务繁忙，常把府衙里忙不完的工作带回家，深夜还在挑灯查看。他在同僚中也享有"干将"的好评，前辈看他是人才，往往特别加以照拂，自然也许了他不少荣华富贵。他傍晚按时回家，即便有时应邀赴宴，也不像其他人一般毫不检点地在外留宿。有传言道，一些政商开始关注塚村，视其为将来的大人物而接近他。

对丈夫，季乃近来心有不安。不安——这是未曾有过的体验。细细想来，这是雄吾来过之后的事情。

季乃觉得瞒着丈夫去找雄吾会有被看穿的危险。当初隐瞒了去找雄吾一事是因为错失了向丈夫坦白的时机，因此后来季乃也说不出口，但她更加顾虑如果这事情说不清道不明，反而会让丈夫对雄吾心怀不快。丈夫见到雄吾时爽朗亲切，对妻兄的请求也似乎热心相助，按理说没有任何问题，但季乃依旧寝食难安。

忧心如雾霭一般笼罩着季乃的心，她去找雄吾。季乃认为见雄吾是出于兄妹之情，却未察觉这份感情已经让丈夫失去了往日的平静。

雄吾慢悠悠地拉着车子出来，一脸的无忧无虑。他冲季乃绽开笑脸，似在说"来了啊"，然后放下了车把。季乃也没有任何顾虑地上了人力车。一如从前。

正在此时，一台盖着幌帘的人力车从面前驶过。车轮过处，卷起白色的尘埃，像白色的烟雾一般轻舞。季乃登时脸色大变。

幌帘后客人的侧脸露出一瞬，那肯定是塚村。不，或许是自己看错了，一定是自己整天想着塚村的事情才会将车里人看成塚村，没准儿认错人了——季乃渐渐不敢确认。肯定是季乃日有所思的缘故。她的矛盾，正因内心中充满了不安的彷徨。

雄吾毫不知情。季乃没法向雄吾确认。

两人来到一处河边闲聊片刻。说的都是些不着边际的话，但只要和哥哥聊上几句，季乃的心中便泛起亲人相伴时的平和。从麻木生活着的亲戚家嫁到毫无感情基础的别人家，那种寂寞在渴求着一股春风。

是夜，塚村酩酊而归。季乃战战兢兢地开门迎接，只见塚村心情甚好，便坚信白天果然认错幌帘里的人。

但季乃稍微离开后，塚村立即小声问用人白天夫人回家的时间。听到答复后，塚村一脸隐忍地对用人道："别说我问过。"

之后塚村说，快去叫兄长来，我有话要说。

雄吾来了，塚村又恢复到平日里的开朗模样。

"我说，上次的那件事，"塚村开了腔，"那件事颇有希望，但有一条件。政府在明治四年统一货币之际，因岩崎买断了藩币而吃了不少苦头呢，此番收购西乡钞一事若在民间有个风吹草动，又不知会引来多少投机买进，西乡钞恐将暴涨。原本这西乡钞是宫崎县一带百姓的烦心事，因此政府才想尽力从当地人手中回购，即要赶在东京的商人打起如意算盘之前行动。因此，日期、买进的价格等都是机密中的机密啊。"

这话至情至理，但如此一来，久米太郎就无从下手了。塚村似乎从雄吾脸上察觉到了什么，低声道：

"不过暗中操作也是有办法的。政府最终出台决策后，我会通知你，兄长可以让那位朋友去宫崎收购西乡钞，当然，你那朋友必须在政府回购前留在当地。刚才我也说过了，把西乡钞带回东京绝非上策。但让那人全买走也不是办法。"

塚村稍作思考，道：

"这样吧，兄长可以一同前往，你在当地，让你认为合适的人也买些走。但商议时千万要避人耳目。"

"……"

塚村接着道："其实我并不打算和兄长的那位朋友直接交涉，但只有兄长从中传话，想必对方也会防你几分，所以还是要暗中会会那人。我不会和那人攀谈，只见个面，实则是想观察一下对方。幸好后天晚上因贸易的关系，我会在新富座招待外国使臣夫妇，兄长和那位朋友也一起过来。我会做好周全的准备，让你朋友安心。"

十

此时，新富座除了上演描写庶民众生相的世态剧外，还演出了两出歌舞伎——《操三番叟》和《劝进帐》，颇适合招待外国使臣观赏。前者由宗十郎扮演翁一角，左团次扮演千岁一角，菊五郎扮演三番叟一角；后者则由团十郎饰弁庆，左团次饰富樫之助，菊五郎饰义经，其他还有仲蔵、团右卫门等豪华优伶阵容。台下观众的身份级别也毫不逊色，正面的包厢里设了椅座，外国使臣夫妇坐上座，大隈大藏卿率河野利镰、前岛密、松方正义、中上川彦次郎等众官员在两旁作陪，民间人士则有岩崎弥太郎、涩泽荣一、益田孝、大仓喜八郎等，众人效仿西方礼节，各自携夫人一道接待外国使臣夫妇，如此高规格，必定是正在与对方磋商着经贸事项吧。

雄吾与久米太郎在远处的座位上一直不动声色地注视着这群人。在百花齐放般华丽的贵宾席上，身着正装的塚村穿梭其间，时而去涩泽处交谈时而与松方耳语，一副敏捷干练的官僚模样。

前方壮丽的舞台上云集了当代的名伶，但久米太郎对此心不在焉，对包厢里的一众人等也心神恍惚地看着，他心念已久的大事已经到了关乎成败的重要关头。

《劝进帐》落幕时，传话的人来到雄吾身旁请他去走廊。

雄吾和久米太郎在走廊上等着，只见塚村飒爽而来。来的不止他一人，雄吾一直没注意到季乃也跟在塚村身后。

今夜的季乃身着和服礼服，大朵的牡丹华丽地盛开在下摆，塚村家的小朵白色双抱茗荷家纹分外显眼，梳得齐整的发髻衬出浓重的妆容。季乃一副贵妇人模样，连雄吾都看得呆住了。

塚村比在家里时更加神色威严地说道："之前款待不周，请择日再来小叙。"

站在雄吾身后的久米太郎行了类似叩拜的礼，塚村留下一句"你好"便折返了。

这次会面的时间极短，但塚村的威风凛凛给雄吾和久米太郎留下了极深的印象。

"真是个了不起的人物啊。"

久米太郎被塚村给了个下马威，顿时气焰大消，不得不折服。

"请再待一会儿吧！"演出一落幕，久米太郎便请雄吾去柳桥的茶屋，并叫来两三位艺伎作陪。

"我的不情之请让你受累了，还请多多帮忙啊。这可是我命运的转折点，但我做梦都没想到这事儿真的运作起来了。今天就权当预贺了。"

久米太郎嗓音高亢地举起了酒杯。

雄吾看着艺伎的脸，不知怎地，刚才在新富座看见的季乃的面庞浮现出来，挥之不去。季乃展现出牡丹般高贵的娇艳，雄吾却在不知不觉间被愤懑和绝望击得粉碎。他只顾着喝酒，一杯接一杯。

"好酒量，不愧是年轻人！来来来，今夜不醉不归……哈哈哈！"久米太郎兴致高涨。

烂醉的雄吾被抬到了旁边的屋子里，满脑子都是季乃的他，将一位艺伎拉入怀中。

不久后，塚村告知雄吾事情进展得很顺利，近期政府就要确定计划了。

听了雄吾的传信，久米太郎迅速实施早先的计划，为了尽量筹集现金，他将所有房屋土地商品变卖一空。

卯三郎曾忠告道："房屋可以不急着……"

久米太郎豪爽地大笑道："说什么话？马上就能挣到比这大十倍的宅子了。"

他还向亲戚借钱补余。当然不怕一万，就怕万一，他最担心半路杀出其他竞争者，因此必须牢牢掌控塚村。

久米太郎对雄吾道："请把这个交给塚村。"

说着递过一包钱，内有上百圆。这些钱放在今日可值多少？根据劝商局报告的明治十一年六月末的物价指数，东京地区一石①米约六圆，一石麦约二圆；大阪地区一石米五圆六十钱。那个年代，花六钱就能买到一升米，但贫民依旧无力购买。各地频频爆发因米价昂贵而引起抢粮暴动，百圆的价值可想而知。

塚村将钱原封不动地退给雄吾，这让久米太郎大吃一惊，据说塚村是不想被人误解为收受贿赂而造成麻烦。此外塚村还通过雄吾再度叮嘱道：

"在宫崎县的活动别太露骨。"

"真叫人佩服！塚村果然是人中豪杰，将来必定位列大臣参议。"久米太郎不住地感慨。

与久米太郎一道南下日向的日子愈发临近，某天夜里，雄吾去塚村家道别。

"是吗，就要出发了吗？多保重啊。无以为表，仅祝征途成功。"

塚村让人备下酒席。

"至于回购的价格，据说是按票面金额的七八成吧，再低就不好办了。你们买断时心里有个数。"

塚村解释这是破例的交换值。雄吾没想到政府会给

---

① 以中国古代计量法，1石为10斗，1斗为10升，1升约重1.5公斤。1石米约合150公斤。

出如此优越的回购条件，实际上久米太郎一直猜想政府至多会以半额左右的价格回购西乡纸币。

"真是太好了，这次全都仰仗……"

雄吾发自内心地感谢塚村，对方笑道：

"别说那些见外的话，总之希望这事儿能有天助。说实在的，我之前也胆战心惊的。呀，都是运气啊，碰上好运了！今后兄长你要交好运了，哈哈哈哈！"

塚村似乎打心底里感到愉快。

雄吾告辞时，塚村对季乃道："喂，送送兄长。"

"是。"

季乃跟在雄吾身后刚走到昏暗的大路上，塚村便急忙起身穿上木屐。

十一

雄吾与久米太郎乘火车到了横滨，再从横滨搭乘邮政汽船抵达神户，上岸后再搭乘其他便船沿濑户内海一直向西航行。

久米太郎似乎一生中从未有过如此愉快的旅行。这一片本就是风光秀丽小岛众多的平静内海，这是明石海湾，那是阿伏兔海角，那个岛似乎是宫岛……久米太郎向人打听接连映入眼帘的名胜，再挨个告诉雄吾，泛着笑意的眼睛眯成了缝，在他眼里，所见之物全都如此动人。久米太郎一想到这长途之旅的结果，欣喜之情便奔涌而来将其包围，教他坐立不安。

雄吾却在一路上不时想起季乃，特别是最后去塚村家道别的那个夜晚，他在别人家幽暗的围墙边情不自禁地一把抱住季乃那纤细柔软的身体时的触感至今记忆犹新，还有季乃身上的甜美芳香也让他无法忘怀，他似乎能感受到季乃紧紧系住的腰带上方胸口内的怦怦心跳。那时季乃吐气粗糙，两颊不仅未因夜晚的凉气而冰冷，反而发烧似的通红，那圆润的肩膀止不住地颤抖。

对不起塚村。

为何那时会如此冲动？雄吾的轻率似乎要把身体撕裂般让他痛苦懊悔不堪，但他的身体并未犯下错误。

今后就把季乃当作妹妹般爱护吧。

雄吾向自己发誓，这份决心不会动摇。

船经停各处后，终于进入臼杵港登岸了。此后两人又连续换乘几趟马车，花了十多天的工夫，从东京启程的旅途终于画上了句号。

《记事录》记载，雄吾与久米太郎到达宫崎已是明治十二年（1879）秋酣之际。

两人天真地认为，只要去了宫崎县，西乡钞肯定俯拾皆是，但他们想错了。

雄吾与久米太郎商量，先尽量找老字号的商家询问情况。然而，"这个嘛……"对方只拿可疑的目光上下打量着自己，不说有也不说无。

再去别的累世之家一问，对方只答"我们家没有"。试了两三家，都是这个结果，对方的回答文不对题。两人心下纳闷得很。到了过夜的旅店，托店家老板的关系，从附近只买到了三张。于是雄吾他们更不知如何才能大量收购纸币了。

雄吾道："不如写个收购西乡钞的告示牌吧。"

"唉……不如再等等吧，尽量别惹人耳目。"久米太郎很是慎重。

雄吾早就惦记着延冈乡间的伊东甚平。甚平作为自己的救命恩人，只有他符合塚村所谓的"当地人"资格来分一杯羹。雄吾原本计划将久米太郎大量收购之后剩下的分给甚平，然而照现在这个局面，只能一开始就请出甚平，因为甚平熟知本地世情，而且世世代代的乡士身份在乡中颇受人信赖，于情于理，甚平应与久米太郎共同收购西乡钞。雄吾说出此想法后，久米太郎道：

"若有此等人也可，我并无异议，听你安排。"

两人即刻动身前往延冈。

雄吾和久米太郎穿过伊东家的大门，甚平热情款待了来自远方的贵客。雄吾介绍了久米太郎，三人终于切进正题时，已是三更半夜，甚平的家人都已睡熟。

甚平一边点头一边听着雄吾的讲述，当听到雄吾说无法弄到西乡钞时，甚平不禁笑着说了一件让人意想不到的事情。

据说近来这一带也隐约流出政府准备回购旧纸币的传闻，普通人家倒还没有觉出什么风吹草动，但手头有大量旧币的人恐怕不会出手。

雄吾与久米太郎不禁面面相觑，原以为此事只有自己两人知晓，孰料这块地方竟然也早早得到了风声。究竟是从何处走漏消息的呢？事已至此，说什么都晚了，但两人终究无法想通。

甚平思虑片刻，道："还有机会，据说政府回购旧纸币一事，如今也不过是些道听途说罢了，并非像二位一般掌握了可靠的消息。之前也有过一次回购旧币的谣传，但最终不了了之，所以这次的传闻想必大家也是半信半疑。事到如今咱们就低价收购吧。"

久米太郎听罢说道："那么你也一起来回购旧币吧。"

"这可是一生难得的发财机会，我又怎会错过呢？"甚平大笑。事后仔细一想，放出回购西乡钞传闻的应该是塚村，他或许早就向宫崎县厅的官员发布了暗示性文件。他为了不做得太过露骨而遗人把柄，文件里写的都是些暗示性的话语，让读到文件的一方能心领神会，抢先行动。

三人商议后决定先估算西乡钞的残留量。以雄吾所知范围，西乡钞的实际使用量是十四万圆，即便散失了三万圆，那剩余的也应该有十万圆以上。

现在如果每一千圆西乡钞可用五六十圆买下，那么凭两人的资力也能大有收获。

按照此计划，三人赶去了宫崎。甚平果然人脉甚广，一些老字号商家的主人并没有随意打发他们，但一谈到西乡钞，就总也无法谈拢。

"有倒是有啊，但近来似乎有回购旧票子的传闻啊，你们也是要倒卖的吧？"

对方抓住了雄吾他们的弱点，因为曾经一度流传过回购西乡钞的谣言，但最终没能实现，现在这些商家明摆着打起算盘坐地起价，只要雄吾等人出得起钱，他们就把西乡钞卖出。数轮讨价还价之后，对方开出条件，一千圆西乡钞卖一百二十圆。三人大惊，这个要价是当初估值的两倍。然而走了四五家之后发现，这个价格已经是公认的行价了。

三人仔细考虑，一百二十圆可能过些天涨到七八百圆，按理应该紧咬着对方的出价迅速买下。然而对于甚平和久米太郎来说，不论一百二十圆还是七八百圆都是这些商人的漫天要价，因此他们没有下定购买的决心，而是撤回投宿的客栈，准备明天再慢慢交涉。而这可谓一大失策。

当天晚上不知从哪儿吹来了风声，翌日，西乡钞的价格已经涨到每十圆卖二圆。甚平、久米太郎和雄吾三人措手不及，决定不再犹豫，立即四下"采购"，但也没买到几张旧纸币。三人对卖家言听计从，十圆西乡钞或要价二圆五十钱或三圆，好容易凑齐一万圆西乡钞时，久米太郎带来的财产已经悉数散尽，甚平亦同。

或被两人的购买方式所煽动，或有可靠消息流出，总之，此后西乡钞的价格一路攀升，有钱人争相四处搜罗西乡纸币。

《记事录》中记载了当时的情况。

"听闻西乡钞突然之间能以高价交换，有人忙不迭地从壁橱深处或库房角落里刚被老鼠衔去做了窝的纸堆中掏出纸币，清理好供在佛龛前；有人从孩童的玩具箱中一枚两枚地搜集；有人不按季节地在家中进行大扫除，抬起榻榻米探看地板上是否漏下了纸币；有人去年把纸币作为伴手礼送人而现在写急信向收礼的人要回。"

"那些为买入西乡钞而迷失了心智的人为了多搜集一枚旧币便倾尽家财，典当田舍借钱，仿若脱缰之野马，非同寻常。"

宫崎地区刮起了一阵西乡钞旋风。

十二

我既然引用了原文，那么直到《记事录》最后一章为止的故事就让雄吾自己讲述吧。为了使行文接近现代文，我对字句作了订正。

十二月下旬，久米太郎氏留在宫崎，我回东京，那已是寒风怒号的时节。我径直前往卯三郎家时已经快夜半了，卯三郎看见我大吃一惊，赶紧退回屋内，模样甚是奇怪。他问道："你毫不知情吗？"然后从屋内取出一张报纸给我。只见他指着一条新闻，上面写道："近日日向地区有人四处吹嘘官府将收购交换前些年贼军发行的不换纸币，当地民众大受蛊惑，投入巨额钱财收购废屑一般的纸币，简直狂态万千。宫崎县厅打来报告询问，原来政府并未做出指示而是有人暗中搞鬼。经查明，此人乃是宫崎县士族樋村雄吾，明治十年投靠贼军，其目的究竟是包庇同伙发行的兑换券而欺骗民众或是投机倒把，至今尚未查明，但谎骗民众将以重罪处置，警视本署已准备等此人一回东京，即刻将其逮捕。"我惊呆了，一时间茫然若失，无法言语。一定有什么误会，我几次亲耳听到塚村圭太郎关于西乡钞的断言。半晌后，我打算立即找塚村对质。但卯三郎担心这样做正好中了塚村之计因而制止了我："详细情况还是问塚村夫人吧，山辰的老爷子说夫人还去找过他，说等你回来后悄悄通知她，一切等到明天再说，现在先歇息吧。"我整晚辗转反侧，无法入眠。翌日天一亮，卯三郎便遣人秘密去叫季乃。季乃很快来了，一进屋内便伏在我的膝头啜泣，稍微平静后她告诉我一切都是塚村的阴谋，塚村出于嫉妒便对我下套，其实她早就发觉塚村举止异常，不料竟是如此的阴谋，今日竟把我逼至如此田地，实在是无言以对。季乃流着泪苦苦劝我即刻逃走。原来那位敏捷能干的官僚早就勘破了我的心思，真不愧是人才啊。他对我的憎恶莫如说是深爱妻子的证据，这点我可以理解。但他报复我的手段之卑鄙、计谋之下作，真叫人无法形容。我没想到他的花言巧语之下竟藏有如此獠牙，真让人悲痛愤怒啊。是我愚昧才会轻而易举地中其三寸之舌的圈套，最终连累久米太郎、甚平氏等散尽家财购买一张废纸，想来两人已经倾家荡产了，妻子儿女或将流落街头。这虽不是我的错，但我罪不可赦，叫我拿什么去谢罪？何况对方还是我的恩人。细问之下我才知道，关于此事，塚村对季乃只字未提。想来塚村葬送我比他日常办公时撕毁一张写错的便纸更容易。事成之后他或对妻子说"你哥哥干出了蠢事"，但表面上依旧装得波澜不惊泰然自若。如今我有三条路可走。一条是季乃力劝的逃遁，第二条是向官府自首，与塚村对簿公堂。然而若选择第一条路为保命而揽下一切罪名，这正中了塚村之计，实为下策。若选择第二条路，假设我与塚村在法庭上相争，但我没有一同听过塚村断言的人证，更无命令文件等物证，最终只会被判定我栽赃嫁祸，此亦为下策。只剩最后一招。

《记事录》到此结束，实际上原文更长，后面几页被撕去的痕迹赫然在目，因此后续发展如何，我们也无从知晓。什么是"最后一招"？塚村、雄吾和季乃的结局如何？都是谜。

然而我发现这本《记事录》被送到友人手中的时刻并非雄吾采取最后一招之后而是在那之前，所以我们可以想象被毁的原文部分是保管人出于不便公开的原因而亲自撕毁，此人自然是生活在明治年间接收这本手记的田中氏的祖父。想到这里，那被毁部分的内容似乎也能猜中几分了。

我花了一天的工夫泡在图书馆里搜遍了明治十二三年间旧报纸的角角落落，明治四年暗杀广泽真臣参议事件的真凶仍未找到、嫌疑人得以释放以及吉原方面的杀人案件等都有记载，但我想找的报道却丝毫不见踪影。

当时的太政官权少书记是明治宪法规定的高等官吏中的三等官至九等官，相当于矢野文雄、犬养毅、尾崎行雄、中上川彦次郎、小野梓、岛田三郎等的官品级别。被誉为命世之才的塚村居然未名留后世，不知是何故？想必那撕毁的部分一定是解开秘密的钥匙吧。

在图书馆查找新闻报道时，两行字突然映入眼帘。

日向通信（明治十二年十二月舆论新志）街谈巷议　政府因特别理由将兑换萨贼制造的纸币

　　在这只有两行字的新闻里，我看到了神色慌张四处奔走收购西乡钞的那两个身影。

人力车行

一

柳桥附近有个叫相模屋的人力车行。

这是明治九年（1876）。人力车据说发明于明治二年（1869）前后，但此时已经相当普及了。起初车身用描金手法勾勒出的金太郎①、我来也②、波纹等图案竞相争艳，不久，这种装饰画就过时了，到了明治九年前后，人力车通体红色无花纹，踏板做得更深，车篷安得更有巧思，样子接近之后的定型。据统计记载，那年全国的人力车共十三万六千七百六十一辆，其中东京地区占了一半。

人力车行又叫账房，当时随处可见，每间账房都标记了自家的屋号。入夜后，车夫便在车把前端吊上印

---

① 金太郎，源赖光的四天王之一坂田金时的幼名，也指有关他的怪童传说。相传他在足柄山受女妖养育，与动物共同生活，力大无穷。

② 我来也，本是中国明清时代小说中的盗贼，日语中又叫儿雷也，是江户时代后期的读本、草双纸、歌舞伎中虚构出的盗贼或忍者。

有"人力　某屋"的灯笼。那个年代没有喇叭，只听见"抱歉，借道"的吆喝声，便见车夫拉着车奔过去。

这是明治九年初秋的事了。

"相模屋"的车行里来了位新面孔。身子板看上去挺结实，但年龄略大，估摸着有四十二三岁。

车行的老板叫清五郎，是个快五十的男人。起初，清五郎的熟人、杂货店的老板领了这男人来，说是邻居，因闺女染病一筹莫展，所以求清五郎留他干活儿。

"年龄有点大啊。这是个体力活儿，吃得了苦吗？"清五郎问。

那男人恳求着说能吃苦。清五郎暗自琢磨，此人看上去并不是一副寒酸相，按理不会落到这种行当讨生活。和罹病的女儿相依为命，自己不得不来出卖体力糊口——此人的身世勾起了清五郎的同情，雇他当车把式一事便一口答应了下来。清五郎给这人起了名，唤作吉兵卫。

按照约定，吉兵卫第二日便开始来干活儿。细筒裤和草鞋是标准的车夫行头，但吉兵卫还不能当日出车，他必须牢牢领会从客人上车到拉起车的一整套流程中各环节的要领。该怎么迈步，该怎么摆重心，拉车时如何通过一指一腕之力使得客人对颠簸浑然不觉……要将这些融会贯通还需要好一番操练。

吉兵卫挺过了这段辛苦期。功夫不负有心人，他拉车逐渐有模有样，当家的和拉车的伙计们都竖起拇指："那老头挺行啊！"

清五郎常说："人家家里有个生病的闺女，一把年纪了还出来跑活儿，你们都照顾着点儿。"

年轻的伙计都"大叔！大叔！"地喊他。是啊，对二十来岁的年轻人来说，四十三四岁的年龄已经不属于同一个辈分了。

吉兵卫是个寡言的男人，很少主动张口。没客人时车夫们在歇脚处围着炭火你一言我一语，吉兵卫只在一旁微笑着听，表情并不是事不关己的冷漠，而是一脸的和蔼，似乎很享受倾听。

即便有人邀他："大叔，别不作声啊，说点啥逗逗乐子啊！"

吉兵卫总笑着客气道："不了，我听就行了。"

有时四五人买了酒来喝。有人劝酒道："大叔，来一杯！"

吉兵卫也只是摆手笑笑："我不能喝。"

间或大家还会小赌一把试试手气，年轻人个个摩拳擦掌兴奋不已，忽然瞥见吉兵卫在一旁看着，便招呼道:"大叔,这个也不玩吗?"

他也仅回道:"你们玩,赌局看着才精彩。"

谁都认为他是个沉稳、静默的男人。一把年纪了还这么可怜,年轻人自然都向着吉兵卫。

有时夜里有远道的客人,年轻的车夫会说:"大叔,成吗?我替你吧?"

"不用,没事儿!"吉兵卫笑着拉起车子出去了。

人力车的活儿要干到深夜,花街柳巷里莺歌燕语彻夜不眠,车行里的车夫们也得守到近十二点。交接时大家一窝蜂挤作一团,吉兵卫排在后面等人散去,收拾完炭火,便裹紧衣服迈入车行外的昏暗中,朝位于大杂院的家走去,见者无不嗟叹。

"可怜呐!心里惦记着独女,真是可怜的人啊!"

车行老板夫妇常常感慨。

二

屋檐上挂着"人力 相模屋"方形招牌的这家车行位于街角,紧挨着一间叫竹卯的酒家。这酒家院落雅致,颇具排场,处处需要人力车接送客人,是相模屋的大主顾。

下雨的夜晚，十一点刚过，酒家的子时春宵不过刚开始，然而竹卯却早早关上门窗，除了雨夜门庭冷落之外，还有个重要的原因：内堂的席位上，十来位大铺子的当家聚在一起结社办讲会。说是讲会，那不过是个借口，实际上一众人等要开始耍钱了。每月例行一次，来的都是大户的买卖人家，点上各种珍馐、花牌①玩个通宵，真真是挥金如土。

大门将要合上之际，外面有人打招呼："晚上好，晚上好。"

关门的老妈子答应了一声，外面人立刻道："找越后屋的当家有急事，开个门吧。"

这越后屋是内堂席间的米商老板。老妈子不留神开了门，这下可糟了，四五个男人风一般冲了进来，将惊慌失措的老板娘、女佣和老妈子等齐齐五花大绑。这些人身上都带着刀，为了掩人耳目，脸上都蒙了黑布。

"越后屋在哪儿？快带路！"

头头模样的男人将一个女佣推到前面。酒家的厨房里肯定也有像庖子那样孔武有力的人，但悉数被绑了个

---

① 花牌，又叫花纸牌、花骨牌。从1月到12月的各个月份的纸牌上分别画有松、梅、樱、紫藤、燕子花与菖蒲、牡丹、胡枝子、芒草与月、菊、红叶、柳与雨、桐等图案。每种4张，共48张牌。

结实，只能听凭盗贼为所欲为。这伙人留下一人放风，其他人进到内堂。一拉开门，席间为争输赢而忘乎所以的众人都看了过来，看到一群打扮怪异的男人冲了进来，登时个个惊得说不出话来。

"抱歉扫了大家的兴致，失礼了！在下来只是为了借个钱。我辈没什么来头，不过是些破落士族，你们睁一只眼闭一只眼乖乖听话照办就行。"

这个领头的男人说完，便用鹰似的目光扫了扫在座的人，他们个个恐惧不堪，似化石一般不敢动弹。头头将一柄白晃晃的刀直直地插进了榻榻米里。

一个女佣瞅准这个当儿，乘乱跑到旁边的相模屋告急。衙门离得太远，料想这里该有些血气方刚的车夫吧。

事实上当时车行里确实有五六个年轻的车把式，他们听到女佣求救后都义愤填膺地站起身来，但又听说盗贼四五人一伙儿是带刀的士族，竟没人挺身而出。大家面面相觑，畏缩不前，顶多嘴皮子动动：

"要不要帮你通知衙门？"

只听一人道："现在去衙门，贼早就跑了。"

闻声一看，原来是蹲在墙角的吉兵卫。

"但对方是士族啊，咱们对付不了。"小伙子们老老实实地说出了心里话。

"没辙，我过去看看吧。"说罢吉兵卫站起了身。

大伙儿一惊："大叔你别多管闲事，受伤了怎么办？"

"我会立即去通知衙门，您老人家千万别多事！"

不顾众人的阻止，吉兵卫仍旧一副微笑的模样孤身走入门外的黑暗中。

竹卯的内堂里，盗贼正把现场的钱聚拢至一处。刚才已经交代过，来耍钱的净是些豪商，虽说斗斗牌不过是图个乐子，但那也是一掷千金啊。

听见身后有人进屋，盗贼们以为是同伙，所以依旧闷头自顾自地拢钱。酒家里的所有人都被绑起来了，而且那脚步很安静，怪不得他们以为是留下放风的自己人。

"把钱放回原处。"

听到这话，盗贼们才惊愕地转过身。只见来人是一位车夫，脸色很平静。

"去你的，你算老几？"

盗贼摆出干仗的架势，但见对方孤身一人，赤手空拳，又是四十二三岁的年纪，他们的气焰也缓和了几分。

"你问得好！不过算了，我知道你们是贼，而且此地也不宜互报姓名。先别管这些，把钱给我全放下，赶紧走。"

吉兵卫的语气一如平常。

盗贼的头头蔑笑道:"你这老棺材真是不见阎王不掉泪,不怕我把你揍扁?"其他盗贼也拔刀出鞘,杀气腾腾地站到吉兵卫跟前。

"要说怕,各位才应当小心。"

话音未落,不过眨眼间的工夫,吉兵卫身形一动,一个盗贼便向前栽倒。吉兵卫夺过刀,插到墙角。

"各位都是在道场练过的有来头的主儿,让我讨教讨教。"

这下子,盗贼被彻底激怒,一左一右,夹击相砍,但两名盗贼几乎同时被刀锋叩肩,气还没来得及喘上,就倒在地上了。正面攻上来的一名盗贼被电光一般大踏步上前的吉兵卫打中手腕,手上的刀飞了出去,腿跪了下去。

盗贼的头儿大惊,脸上这才浮现出恐惧的神色。

三

一人制住了一众入室抢劫的盗贼,吉兵卫的举动让大伙儿吃了一惊。赶来的巡查看到五个盗贼被刀背砍出了紫色的肿块,不禁啧啧赞叹道:

"功夫了得啊,以前曾是武士吧?"

巡查满眼敬畏地看着吉兵卫,但他矢口否认:"非也。"

不仅是巡查,大伙儿都满腹疑问。

"不简单啊,肯定曾经是个凛凛武士。"清五郎也暗暗推测。

然而不管谁问,吉兵卫满口搪塞:

"我哪有那么厉害。不过年轻时在武家当过差,看着多少学了点如何挥木剑,不足挂齿。"

一起拉车的年轻人欣喜不已道:"真是有眼不识泰山啊,居然不知天高地厚地喊您大叔,得罪了。"

吉兵卫苦笑道:"叫我大叔就行,我不是什么能让大家刮目相看的人物。希望大家像以前一样喊我大叔,多多关照啊!"

竹卯的女掌柜最感激,千恩万谢后认为吉兵卫应该找个更轻松的活儿安定下来,提议吉兵卫来自己的店里。

清五郎也在一旁帮腔道:"承您美言呐,拜托拜托!"

谁料吉兵卫一口回绝了:"多谢您的一番美意,但我身子骨还经得住,还是希望继续留在这里干活儿。"

不仅是竹卯,越后屋的老板代表当晚在场的豪商们找到了吉兵卫的住处,一大早就去拜访正要出工的吉兵卫。租来的屋子虽小,却收拾得齐整利索,拉门隔开的另一侧似乎正躺着吉兵卫的女儿,此情此景更勾起了越后屋的恻隐之心,他硬将带来的包裹搁下抢先开口:"区区薄礼,不成敬意。您愿不愿来我这儿帮忙?我在深川那边有寮房,您可以来做看守,令媛也可一并安置。"

越后屋这番话的隐含意思自然是让吉兵卫放弃拼体力的拉车活儿,做个寮房看守,安度余生,也能让女儿静养。

但吉兵卫拒绝了越后屋的一片好意。

"多谢您的抬爱,不过是路见不平拔刀相助罢了,承您如此礼遇,委实教人惶惶不安。请您原谅我的任性。"

任凭越后屋苦口婆心地劝说,吉兵卫也不为所动。越后屋只得颇为遗憾地打消念头回去了。

清五郎知道此事后,道:"真是个倔脾气啊。"但私下又很欣赏吉兵卫不攀高枝的秉性。

最终吉兵卫一如从前。在歇脚处的车夫眼里,他每日依旧沉默寡言,稳重踏实。

转眼间新桃换下旧符,明治十年(1877),世态出现了骚动,下野后隐退回鹿儿岛的西乡隆盛将要举兵的风声在街头巷尾吹得沸沸扬扬。

相模屋的账房里,年轻的车夫们也频频就此事争论,大家都认为，假若开战，政府从百姓中招募的镇台兵[①]肯定敌不过西乡率领士族结成的萨军。

"喂，大叔！你说你以前在武家当过差，这件事你怎么看？"有人征求吉兵卫的意见。

"士族已经不行了。"

这男人罕见地清楚表达了自己的意见。

"欸？打不过吗？"

"是啊，净是些弃如敝履的破落户，总想重温旧梦，所以注定会失败。他们已经是穷途末路了。"

话终的语调，似乎回荡着几分自嘲。

四

事情发生在相模屋一个叫辰造的小伙子拉客人的时候。辰造快到十字路口时，突然一辆人力车横冲过来，他的车子险些被撞翻。辰造车里坐的艺伎吓得喊出声来。

"喂，你看着点儿路！"

辰造对着对方的车子大喝。

[①] 镇台兵，日本明治初期的陆军军团。明治四年（1871）配置于小仓、石卷、东京和大阪四地。征兵令实施后设东京、大阪、熊本、仙台、名古屋和广岛六个镇台。明治二十一年（1888）改组为师团。

本是对方的冒失，应由对方赔礼，谁料那人不仅没道歉，还反咬一口：

"说谁呢？你个蠢货！"

辰造再一看，发现对方是空车。车夫身穿号衣短褂、细筒裤、崭新还泛着衣浆味儿的深蓝工作服，辰造当即看出对方既不是在路口等客也不是车行的把式，而是某宅子的私家车夫，他更加愤怒了。

当时私家车夫和街上的车夫简直水火不容。私家车夫总仗着有主人撑腰，狐假虎威，看不起在路口等客的车行车夫，而后者又介意得很，因此双方总是势不两立。

辰造看对方如此无法无天，简直气炸了，叫道：

"混蛋，你站住！你是哪家的？"

对方静静冷笑道："要饭的，看你这副德性，还不赶紧闭嘴。瞧你嘴臭的，去死吧！"

眼看两人就要动手，艺伎吓得忙喊："车夫！"

辰造没辙。"混账，你给我记住！"说完拉起了车子。对方的嘲笑声依旧搅得他五脏六腑在翻滚，但因为还在拉活儿，只能把这份懊恼往肚子里咽。

辰造回到账房后和聚在一起的车夫们说了这事。

"下次再让我碰见，畜生，我要他好看！"辰造怒不可遏。

周围的车夫们也声援道:"真是混账!下次见了要好好收拾他一顿。你来个信儿,我们帮你动手!"

下次再让我碰见——所谓心想事成,辰造果真再次遇见了那人,是两三日后偶尔在街上撞见的。这次辰造没拉客,对方正拉着主人。

那家的主人留着八字须,看样子是颇有派头的官员,身着带有家徽的和服及裙裤,大早上的似乎正赶去上班。对方也认出了辰造是之前发生过口角的车夫,这次自己有后台,便更加嚣张地拉着车跑过。见是见到了,但辰造无法动手,只能眼睁睁看着对方绝尘而去。

然而俗话说,有二必有三,此话一点不假。又过了五六日,辰造在送完客拉车回账房的途中第三次见到了那人。傍晚时分,对方似乎已经收工,穿着普通的衣服,但辰造绝忘不了那张脸。

"喂,老兄,跟我走一趟吧。"

辰造在路上放下车,逼近对方。那男人脸上浮现出一丝胆怯,但仍虚张声势嚣张地笑笑。

两人走到一片远离人烟的空地,"上次欠你的,这次我还给你!"说罢,辰造蹿将上前,两人扭打在一起。辰造力大,他将对方摁倒在地,一拳接一拳地揍下去。

被按倒在地的男人歪着脸惨叫道:"大哥,住手啊,是我不对！"

辰造这才将扭紧对方的手放开，站起身来。

"你给我小心点儿！本大爷是柳桥附近相模屋的阿辰，要是皮痒痒了，本大爷随时奉陪！"

事后再一想，辰造不该得意忘形地自报家门。对方牢牢记住了他的名字。

又过了两三日，一个夜晚，相模屋里来了一位客人。

"去神田吗？"

是个书生①模样的年轻男子，个子魁伟得需要仰视。

车夫们排着号轮流拉客，于是一位车夫听罢起身。客人忙道：

"有没有叫阿辰的？"

"阿辰啊，在那边。"

辰造从墙角站起身来。

"哦，就拜托你了。身板儿挺结实嘛！"

"您过奖了。"

辰造被点名出车。待客人坐稳，他抬起了车把。亮着的灯笼在幽暗的街道上渐渐远去。

不到半个时辰，辰造拉着车子回来了，大伙儿都没

---

① 书生，在日本主要指明治、大正时期住到别人家负责杂用的学生。

在意，然而辰造一走进吊着电灯的明亮账房后便冷不丁地"扑通"倒地，聚在一起的车把式们大惊，赶忙冲过去："阿辰，你怎么了？"

辰造抱着脑袋痛苦呻吟，一人拿开辰造的手一看，头上正汩汩地流着血。

清五郎从里面出来，抱起辰造。

"喂，阿辰！振作点儿，你跟人干架了吗？"

辰造一脸灰青。

"不仅仅是动手。"辰造心有不甘道，"被之前的那个私家车夫报复了，刚才的客人是那混账的主人家的书生，那两人将我好一顿痛揍。"

"你知道是谁家的人吗？"

"嗯，那两人的嘴脸简直让人作呕，满口的胡说八道，说自家主人是小石川名叫久能孝敏的太政官出仕①，还说随时奉陪。"

五

"就算是当官的，也不能纵容手下这样无法无天啊！"

---

① 出仕，按明治初期的官制，正式任用之前暂定任用的官员。

众人群情激愤。

但清五郎制止了大伙儿："且慢！阿辰前几天也揍了对方，我们不占理啊。算了，这次的事情咱们就忍了。"

然而才过了三日，一名叫久米的车夫在晚上送完客拉车回来的路上，冷不防遇见个人影从暗处走出。

"相模屋的人。"

车把上吊着的灯笼印着车行的标志，对方看到后，确认了久米的身份。

"没错。"

"既然是相模屋的人，那可得好生伺候！"

久米只记得那是个大个子男人，一记闷拳瞬间把他打倒，车子也翻了。

久米流着血回到了车行，大伙儿听了事情的经过，又沸腾起来。听说对方是个大个子，专门盯上相模屋，想必就是之前的那个书生了。

除了久米，第二天晚上，一名叫竹吉的车夫也惨遭毒手。

"是可忍孰不可忍！畜生！几次三番地盯上我们，这口气我们咽不下去！"

车夫们正准备结伙去讨个说法，清五郎道：

"且慢，不能一窝蜂去，派三四人去找对方把话说清楚。我们不是去干仗的，只是把事情弄明白。"

说完，清五郎叫来吉兵卫："抱歉，你年长，麻烦你去看着这些年轻人，别让他们意气用事。"

吉兵卫的脸上这才浮现出重重的心事。

久能孝敏的宅子原是旗本①的家宅，但他不是后来搬进去的，他的先祖就住在这里，即他曾是幕府家臣，维新之际投靠新政府做了朝臣。久能以前做旗本时就是高官，宅子的门壁骨都是铁做的，外观煞是气派。

相模屋的五六人气势汹汹地立在玄关处。

出来传话的书生脸色大变。

"你们来做什么？"

"见你们老爷！"

"我们家老爷去官署了，不在家。"

"那你们有个大块头的书生，叫他出来！"

"你们是来打架的吗？"

"随你，跟你说没用。把那个大块头的混蛋书生叫出来，还有车夫！"

书生退到里面纠集同伙去了，不久，出来了四五个

---

① 德川军的直属家臣，有自己的军队，薪酬100石的家臣都被视为旗本。

书生和用人，书生中还有人手持木剑。

"老爷不在家，你们来干什么？"

辰造从书生中找出了那个眼熟的，向前一大步："没什么，你们应该记得相模屋吧！喂！那个大个子书生，是你带的头，你出来！"

那天，久能的朋友梅冈恰巧来访，这位官员曾经也是幕臣。他听到前厅的嘈杂声后与久能家里的人面面相觑："出什么事了？"

女佣跑过来告诉梅冈："来了很多人力车夫挤在前厅，看样子要和我们的人动手了！"

梅冈站起身，道："虽不知发生了什么事情，让我去把他们赶走。"便走向玄关。

只见两边的人杀气腾腾耳红脖子粗，看这架势就快干上仗了。

梅冈走进人群，大喝道："住手！住手！你们冷静！"双方这才稍稍平静。

辰造道："失礼了，你是？"

"我是这家主人的朋友。主人不在家，你们蜂拥来闹事，岂有此理！"

梅冈一身威严之气，给人以压迫感。

"胡扯！是你们先找茬的！"

"就是！就是！跟你说不通！"

车夫们口中骂开了。

书生和用人也说："梅冈老爷，我们这就给他们点颜色瞧瞧，您不要插手。"说着，手里重新握紧了木剑和棒子。

就在此时，一直像石头一样默不作声的吉兵卫脸色一变，嘴里迸出了第一句话："阿辰，有话慢慢说，先和这位老爷把话说清楚，如果讲得通，证明这家的主人也是明事理的人。"

梅冈一眼扫到说着话的吉兵卫，顿时难以置信地睁圆了眼睛，脸色也瞬间大变。

"啊！先生！"

他小声惊呼。吉兵卫则别开了脸。

六

翌日，太政官五品出仕久能孝敏携两三同僚所乘的人力车，一辆接一辆地停在了相模屋门前。

来者个个派头十足，在场的车夫们全都站了起来。

清五郎一走出来，对方便问："您是老板吗？"

"正是在下。"

"我是久能。"说话的人低头致歉。

"这次我们的所作所为实属抱歉。我昨夜从官署回来后,听梅冈君说了事情的经过,之后立即问清了原委,才发现全是我教导无方。我已解雇了车夫和书生,但仍不足以向各位表达歉意。"

久能差人从其他车里搬来两个高脚酒桶。

"一份歉意,聊设薄酌,请君慢用。"

沉稳的举止,磊落的言辞,让清五郎感到几分惶恐。

"此外,冒昧向您打听个事儿。"久能仍以那平静的语调说道,"昨天来的几位中,有一位年龄稍长、大约四十二三的,是您这里的人吧。"

清五郎明白对方问的是吉兵卫,答道:"是我的人。"

"其实,我想见见此人。"

"明白了。"

清五郎环视车行,不见吉兵卫的影子,问道:"阿吉呢?"

有人答道:"今天早上就没来。"

吉兵卫不是个会旷工的人。

清五郎挠着头道:"不巧他今天没来。"

久能与同来的两三人小声商量片刻,道:"您知道他的住处吗？我们想去拜访。"

"没问题，那么我来带路吧，就在前面两条街外。"

清五郎站起身。一出车行，看天气似乎要下雪了，寒气沁骨。清五郎领着几人边走边问道："且说，老爷您与吉兵卫是什么关系？"

"他叫吉兵卫吗？"久能露出微微的笑容，"待会儿再说。"

吉兵卫的家门窗紧闭，众人向旁边一打听。

"阿吉说要搬家，今早喊了收旧家具的来，把家什都卖了。"

"昨天，先生知道被梅冈发现了。"久能对同僚说，"先生连我们今日会来都猜到了，所以避走他乡。"久能感叹，"真遗憾啊，真想再见先生一面。"

同僚中一人说："先生还带着大小姐呢。"

"嗯，千惠小姐也很久没见了啊。因为我投靠了政府，先生一怒之下拒绝了我和千惠的婚事，打那以后，先生父女俩便归隐了。千惠小姐身子骨弱，先生也吃了不少苦吧。"久能的声音郁郁的。

有人说得直接："先生是个了不起的人。"

两三人赞同道："嗯，了不起！真是了不起啊！"

清五郎一时间理不清头绪，考虑再三，还是问道：

"老爷，那个叫吉兵卫的究竟是何人？"

久能边走边回答："我这就告诉你，他是山胁伯耆守，本是直参大目付①，领俸禄六千八百石，曾追随德川氏归隐，如今居然沦落到以拉车为生，想来真是悲惨啊。"

打那以后，相模屋的车行里再也没见着吉兵卫那沉默寡言、柔和的面孔。

清五郎有时想起吉兵卫曾说过的话。

"净是些弃如敝履的破落户，总想重温旧梦，所以注定会失败。他们已经是穷途末路了。"

---

① 直参：武士，日本江户时代直属将军家的家臣，旗本和御家人的统称。大目付：日本江户幕府的官职。在老中手下监察大名及幕府政治。从旗本中选出，享受大名待遇。

梟示抄

一

明治七年（1874）三月一日上午十点左右，镇台兵攻入征韩党的大本营佐贺县厅。城破之前逐渐微弱的抵抗，反映出城内的兵力正在减少，但首领江藤新平无论是死是活，料想应该尚未出城。

城内仍有少许残兵败将，却遍寻江藤无踪，询问后才意外发现江藤已在一周前脱阵而逃，此外岛义勇[①]等大将皆不在城内。

下午二时许，参议兼内务卿大久保利通携山田显义、河野敏镰抵达位于宗龙寺的大本营，听完此番报告后，大久保的脸色异常难看。他也以为江藤要么已死，要么已降。

[①] 岛义勇（1822—1874），佐贺之乱的首谋。本是佐贺藩藩士，在戊辰战争中有出色表现。明治维新之后，担任过北海道开拓使判官、秋田县令等官职。1874年回到佐贺，成为不平士族的首领，因叛乱起义被斩首。

很明显，江藤逃向了萨摩，那里有同样因"征韩论"败北而归的西乡隆盛。江藤造反的一大目的是为了动员西乡起义——若西乡举兵，想必土佐的板垣退助和林有造①也会响应。大久保早就揣测出了江藤葫芦里卖的药，这也是他毛遂自荐、全权掌管兵权刑权、率领各地的镇台兵大举南下进逼的原因。然而新官上任三把火，大久保讨伐叛军的迅敏行动刚开了个头，就被迎头浇了盆冷水。

大久保派出海军秘书官远武秀行等乘云扬舰前往鹿儿岛，派遣开拓使八等出仕官永山武四郎乘浪华舰前往天草方向进行搜索。他还不放心，生怕江藤逃出国，另遣内务五等出仕官北代正臣去清朝的上海。不愧是刚从欧洲游历归国的大久保，布局手法如此细心谨慎。

三月八日，岛津久光派人前来通知江藤的消息。

> 收到消息：江藤、岛等逆贼逃至鹿儿岛。安心。

当天大久保在日记中如此写道，他总算放下了心中

---

① 林有造（1842—1921），政治家，土佐藩出身。幕末时期参加了尊王攘夷运动，与板垣退助共同参与了立志社的创立。日本开设国会后，林有造作为自由党、政友会的干部表现活跃，曾两度入阁。

的一块大石头，只要知道江藤等人的位置，接下来只需撒网即可。

幕末佐贺藩藩主锅岛闲叟是个明君，却有几分优柔寡断。大隈重信等人倒幕之际，锅岛想明哲保身因而不为所动，完全错过了明治维新的末班车。新政府成立之后，出身佐贺藩的大隈重信、副岛种臣、大木乔任、江藤新平等人并辔为官，却处处遭萨长两藩打压，无法接近权力中枢，几人虽心怀不满，但挺身而出抗衡派阀的是江藤新平。此人头脑敏捷，尤擅法理，传言庙堂之中竟无人能及，因此争权夺利之心也胜其他人三分。他与佐贺藩出身的另外三人拉开距离，反与同样被排除在权力中心之外、出身土佐藩的板垣退助和林有造交情颇深，甚至于明治七年回国途中在船上与林有造相约起兵。

江藤出任左院副议长之际，有一不知名的青年来访。此人出身土佐藩，同时携带后藤象二郎的介绍信，因此江藤立即为其谋了一份大绍院出仕官的职位，足见江藤对土佐藩士的偏爱。这青年名叫河野敏镰，但谁又能料到此后两人展开了命中注定的对决。

五月四日，江藤被任命为司法卿，但在此之前，司法省只是个附属机构，江藤上任后即着手司法权的独立和统一。为了在全国增设区裁判所，他向大藏省要求巨额预算，但被削减了大半。瓜分预算是政界的传统戏码，各省竞相要求增加预算，最终仅陆军省的要求获批。当时的陆军大辅是山县有朋，大藏大辅是井上馨，毕竟两人是同乡，所以外界非议陆军省预算获批一事有特殊内幕，首先跳出来进行攻击的就是江藤新平。

为了实现司法权的独立和统一，江藤不惜以辞职相逼，大辅冈孝弟、大丞楠田英世等众官员也联名辞职，司法省一时间面临土崩瓦解的危机局面。政府经过讨论后命令江藤留职，正式任命江藤、大木、后藤为参议，修改官职制度限制大藏省的权限。后来司法权获得独立，江藤可谓立下了汗马功劳。

井上不堪如此打压，终于递出了辞呈。当时村井茂兵卫就日本南部诸藩的藩债问题提出上诉，司法省受理了此案。顺藤摸瓜查下去，发现此案还牵涉到尾去泽铜山的利权问题[1]，幕后主使井上馨逐渐浮出水面。江藤令

---

[1] 尾去泽铜山事件：江户末期，南部藩因财政困难向御用商人键屋村井茂兵卫大举借债，当时身份制度盛行，按习惯，欠条上写明是南部藩将钱借给键屋茂兵卫。1869年，南部藩矿山的采矿权移交给键屋茂兵卫，此时明治政府的大藏大辅、出身长州藩的井上馨开始着手让各藩收回外债。1871年，井上馨按照欠条命令键屋茂兵卫归还欠款，茂兵卫无力偿还，大藏省没收了尾去泽铜山，键屋茂兵卫破产。井上还想把尾去泽铜山划归自己名下，便将其竞拍，并故意让同乡冈田平藏中标，并贴出"从四位井上馨所有"的告示。

当时司法省内的手下河野敏镰等彻查此案，一时间井上的势力岌岌可危。如果关于"征韩论"的冲突未起，江藤并未下野，谁又能预料井上的前途呢？长州藩的藩阀们开始有些乱了阵脚。

"征韩论"时期与西乡隆盛一起反抗大久保利通、向岩仓具视追责的也是江藤。

连袂下野之后，西乡回到鹿儿岛，佐贺藩的征韩党们也频频去找江藤，催其回乡。

最终江藤新平不顾板垣和大隈的劝阻，决意回乡，他心里打好了如意算盘，想趁此机会通过武力手段将把持政府大权的萨长势力[①]一举根除。

肥后藩军队的兵力和弹药远远不足，江藤对此心知肚明。抵挡政府军进攻期间，他期望萨、土两藩揭竿响应。佐贺藩周围数日战斗之后，江藤的如意算盘尽数落空，不得不败退，败得如此狼狈的原因在于：他并非武将。

二

山川乡宇奈木温泉位于萨摩半岛南端，西乡隆盛因

[①] 指萨摩藩与长州藩缔结的政治军事同盟。

狩猎，在此地的一间宿驿逗留。

政府军攻入佐贺城的三月一日傍晚，一位四十左右的魁梧男子找到了西乡。据宿驿老板娘说，西乡当时非常吃惊，同时态度又很亲切。两人进入西乡屋内，关门闭窗相谈甚久。客人退出后，在另一间屋子住了一晚。此人操着一口外乡口音。

翌日早晨，这男人再访西乡，此次交谈持续了几个时辰，最初是窃窃私语，后来两人逐渐抬高了嗓门，最终成了激烈的争论，外面的人也能断断续续听个大概。最后西乡大声喊道：

"我绝不会听命于你，你的算盘打错了！"

对话仅传出了这句，其他内容不明。

不一会儿，西乡将一脸苍白的客人送了出来。不用猜，这肯定是江藤新平。

江藤从宇奈木温泉失望而归，在鹿儿岛见到了桐野利秋。桐野劝他暂时蛰伏，但江藤奔赴土佐的心意已决，拒绝了桐野的建议。没有说动西乡，江藤失望之下，像赌气一般坚持回了土佐。

三月三日，江藤携江口村吉和船田次郎二人乘小船抵达大隅①的垂水地区，登岸后经陆路前往日向地区，数日后到了饫肥一带。

在饫肥，有江藤志同道合的友人小仓处平。小仓在明治六年（1873）年末留英而归后赞成"征韩论"，因而辞官回饫肥。江藤说明了来意，小仓立即将自己的一处旧房子腾出，供江藤藏身。

外面，搜捕江藤一行正在紧锣密鼓地进行。

此时政府派出的密探从各地云集，遍布鹿儿岛县全境，同时将目标转移至日向地区。

江藤受到小仓等人的好意照拂，但一想到危机已迫在眉睫，便感到无论如何也不能在此地混吃等死。他要去土佐。

江藤立即让江口、船田收拾行李，准备出发前往距饫肥二里地的户浦海岸，他打算在这里找条船去四国。

不巧那几日风雨交加，根本无法出海，江藤一行在此滞留了数日。从佐贺逃出的同志山中一郎、香月经五郎、中岛鼎藏、横山万里、节山叙臣、中岛又吉等人偶然间得知江藤的踪迹，便前来会合，一行增至八人。人多扎眼，因此江藤恨不得立即离开此地。

---

① 大隅，日本的古国名，相当于今日的鹿儿岛的大隅诸岛、奄美诸岛一带。

本想偷偷雇船，谁知遍寻无果。事态已刻不容缓，小仓多方奔走，好不容易才雇到一艘打鲣鱼的船。

江藤谢了小仓。十日，乘这艘渔船从户浦起航。但天公不作美，一路上风急浪高，一行人在离海岸两三里的地方又停泊了三日后，再度起程。十五日，终于抵达了伊予地区的八幡海岸。

江藤出海一两日后，案良检事官追到了饫肥，得知江藤已乘船离开，恨得牙痒痒。案良将事情的详细经过报告给了后方大本营的大久保利通。

四十左右的男子一名，与东京方面的传闻大致相符，身着浅黄色绉绸窄袖外套，系绉绸腰带，手戴金表，沉默寡言，因此未得交谈。另有男子五人，年龄从二十七八至二十八九不等。

这便是江藤一行人。
在佐贺大本营的大久保听完报告后不禁雀跃。

三月二十日。江藤从日州表之浦乘船出海。因此余下达追捕令。

二十五日。宫崎县来信，称江藤的船归来，将在宇和岛登陆。

——引自《大久保日记》

大久保真是布下了天罗地网，只等瓮中捉鳖，嫌疑犯的照片和通缉令分发至四国各地，张贴嫌疑犯照片，逮捕江藤一行可谓请君入瓮，因为此举正是江藤担任司法卿时学习欧洲制度引入的犯罪搜查法，未承想今日居然被用在了自己身上。这也是江藤被称为"日本商鞅"（公孙鞅）的理由之一。

通缉令

征韩党　江藤新平

通缉犯

年龄四十一岁

个高，体胖

面长，颊高

眉浓且长

眼大，眼角长

面阔

鼻无异常

口无异常

肤色偏黑

右颊有痣

说话微奔舌子

其他并无异常

三

江藤一行人从八幡海岸出发,抵达宇和岛,投宿袋町岛屋。山中等五人住进了横新町的吉田屋。

众人前脚刚进入房间准备稍作歇息,县厅的官员后脚就跟来盘查。爱媛县厅得到上面发布的逮捕江藤新平的命令,早就特地差遣了一批官员过来伺机而动,这帮官员听到有人投宿,便立即闻风赶来。

官员询问种种,江藤始终保持沉默,主要由香月经五郎回答。后来香月在险些被捕之际,向追捕的官吏献上美酒佳肴,并利用其三寸不烂之舌虎口脱险,仅从此事就能推断出香月口才了得,善于应答。爱媛县厅派来的官员们虽然觉得这群人行踪可疑,但没有确凿证据断定他们与佐贺事变有关,听了香月的一面之辞,便对他们下了禁足令。

官员走后，一直沉默着的江藤开口了：

我们的身份已经暴露，与其坐以待毙不如趁夜逃走。但全体行动易引人耳目，三人一组、分兵三路如何？

众人同意，目的地是土佐县的高知地区。山中、中岛、节山一组，香月、横山、中岛一组，江藤、江口、船田一组。

江口、船田两人佯装散步，在附近侦查地形，并购买了许多饼当作口粮。大家怕搬走行李会惊动宿驿的人，便扔下行李，逃入夜色中。

扔在房间里的两个行李包中塞着罗纱雨衣、斗篷、裤子、背心、袜子、衬衣等用品。

江藤、江口、船田与其他人告别，黑夜中进了山。他们不能走平常的路，只能判断出大致的方向前进。山里本没有路，三人或被树根绊倒或磕碰到岩石角，好几次脚下一滑滚了出去。

夜里寒风刺骨，裸露的皮肤都快被冻僵了。三人为了挡风，尽量选择茂密的树丛，却阻止不了那蚀骨的寒气一丝丝地渗入体内。凌晨两点，温度降到最低，江藤等人的手脚早已没了知觉，几乎迈不开步子，幸好船田找到了一处类似岩窟的洞穴，三人躲进去等待天明，但夜里的寒气依旧浓重，三人只能相互用背摩擦或跺脚取暖。江藤道：

"我们没少走路啊，可有四五里[①]？"

船田说大概走了六里地，江口猜测有三里左右。

总算盼来了黎明，谁知眼前被乳白色雾霭包裹得影影绰绰的竟是昨夜刚逃出的宇和岛。三人登时惊得说不出话，简直失望至极，料想昨夜三人在同一地方不停地打转，总共走了还不到一里地。

但江藤等人不便白天行动，太阳出来时也只能整天躲在山里。

那天白天天气也冷，大雪纷纷扬扬地降下来，不一会儿，山里便是一派银装素裹。三人避无可避，只能让雪落一身，衣裤冻得硬梆梆。雪在身上落了一层又一层，一行人简直就像穿了一身白衣，手脚指尖也快被冻掉了。

入夜后，江藤一行人鼓足勇气开始行动，他们根据白天定好的方向前进，穿山攀岩，四周伸手不见五指，分外危险。江藤是身长六尺的魁梧男子，但已是不惑之年的他无法灵活地攀爬，时不时需靠年轻的船田和江口搀扶。

[①] 里，长度单位，在日本，1里等于3.9千米。

但暗夜行路不仅耗费体力,且不见走多远,稍不留神就又迷失了方向,最后三人也没走出多远。江藤说,照这样下去是走不出大山的,只会在这周围绕来绕去,最后累倒,不如从明天开始白天行动吧,这样一座深山,只要多加注意,应该不会打草惊蛇。江口和船田并无异议。夜里,三人又找了个洞穴藏匿起来,等待着天明。

三人翌日白天行动,比起夜里,确实行动更加自由,认准了土佐方向,一路披荆斩棘而去。

不知走了多久,耳旁只有野鸟的啼叫而不闻人声,也没遇见樵夫猎人,看来已经在深山幽谷之中了。总算可以略略放松绷紧的神经,三人这才交谈起来。

船田去前方做一番侦查,看到下一个山谷的背面腾起着一股青烟。一行人今日还滴水未沾,如果前面是民家的话,就可以烤烤火喝口热水,一念及此,三人打起了精神,赶紧上路。

走近后发现烟燃处是孤零零的一座掘立柱式①小屋,已经残破腐朽不堪。三人屏息凝视,没发现有人,只有土炉子正在呼腾呼腾地烧着,原来这是个小小的烧炭房。

很久没见到火了,江口和船田捡来些枯树枝,在

---

① 掘立柱式建筑,指不采用基石,柱子直接深埋入土中的一种建筑方式。

土炉子里引了火苗点燃篝火。三人围着火取暖，凑得太近，衣服都险些烤焦。又拿出在宇和岛买的饼，火烤后吃下。饱腹之后，三人终于感到一丝放松。

稍作歇息，一行人又继续出发，这次三人都恢复了脚力，一口气走下来，也比之前走得远。

走着走着，日影西斜。江藤新平想早日到达土佐，便计划连夜赶路，另外两人也表示赞同。

然而实际情况却并不乐观。入夜后，一行人步入蓊郁的深山之间，四周看不清楚，脚下地形险恶，不知何时，三人就会踩向断崖跌落山谷，真是进退维谷啊！无计可施之下，三人只能待在原地，再次露宿野外，耳边唯有溪谷的流水声，寒彻骨髓的夜凉、周围崇山的黑影，全都紧紧逼迫而来。

四

待到天明，一行人终于发现一条小径可以前往土佐领地内一个叫作大宫的破落村子。从宇和岛走大道来这个村子不过八里地，本是不足一日的脚程，三人却花了三天三夜在山中徘徊，忍受着寒气与风雪。

江藤一行来到一间民房前，发现里面有一对六十岁上下的老夫妇，看似刚吃完饭，正围炉而坐。江口先进了屋子，拿出若干钱财求些吃食。

那老爷子是典型的好心村夫，催促老婆子盛黍饭。三人一阵狼吞虎咽，终于等到放下筷子，这才点上烟草暂作歇息。江口问了通往高知的路，老爷子详细说道：

"离这一里处的地方叫津川，有一条叫作四万十的大河流过，从津川搭船顺流而下去往下田最为便利。我在津川有熟人，去那儿报上我的名字，便会有人捎上你们的。"

江藤听罢上前一步恳切请求道：

"我们初来乍到，人生地不熟，天也晚了，老爷子，能否烦您领我们一起去趟津川？"

江藤又拿出些钱递上，老人眉开眼笑地允诺了。三人由这位老爷子带领，离开了村子，黄昏时分抵达了津川。

津川也是个小村子，没有歇脚的客栈。一行人想寻个民房过夜，但所有人家都只拿怪异的眼神打量着他们，却没人答应，像这样民风淳朴的地方，本应该很容易留宿旅人的。

原来附近的衙门发出通告警示村民，目前贼军已潜入管辖范围，一经发现，立即逮捕，若无力应付，则点炮通知。

　　老爷子替三人几经交涉，夜半三更之际，终于在山麓找到一间愿意留宿他们的蓬户。好些天没睡在房子里了，三人沾上枕头，便熟睡过去。

　　老爷子第二天依旧照拂着江藤一行，他与熟人商量后，找来一艘前往下田的便船。

　　这是一艘从当地去往下田的运煤船，招手付钱即停，是这一带的交通工具。江藤将一笔钱塞入船老大的手中，包下了整艘船。老爷子目送三人上船启程，相互挥手告别。

　　河道很宽，是条大河。四万十河是四国境内仅次于吉野河的第二大河，水流湍急，水声滔滔，人说话的声音都几乎听不见。

　　船顺流而下，两岸的群山染上几分早春色彩，树林里生机盎然，清岚环绕，是一片未经采伐的原始森林。

　　远近的猿啼不绝于耳，岸边的树枝摇晃不止，似乎有成群的野猴在嬉闹。船有时擦过逼人仰视的绝壁断崖，有时滑过停僮葱翠的茂林修竹。这番景色对于异国旅人来说肯定心旷神怡，然而在三人眼中却是索然无味。

　　不时听到岸上有人吆喝想搭便船，船老大信守诺言装作没注意便疾驰而过。三人每每听到人声，就藏到煤房里避人耳目。

船驶得飞快，但河道更长，一行人抵达河口的下田时，已是日薄西山了。

下田是面朝太平洋的港口，从这里有前往高知的船。夜幕降临，已经没有便船了，三人便打算今夜在此住下。他们连日来徘徊于杳无人烟的深山中，觉得眼前这寂静的海港小镇像都城一般。风不断带来潮水的气息，是如此地沁人心脾。

然而这里的人家也不收留他们。近来街头巷尾有些风吹草动，原来上头下令不许镇子上的居民留宿陌生旅人。江藤新平虽头戴竹笠身披斗篷，但内着绉绸衬衣，腰间的宽带上挂着缠金链子的表，不是常见的旅人打扮，也不像普通人，拖着肿痛双脚的模样也能让外人看出三人还不习惯长途跋涉。

江藤等人还想争取，却又担心会愈发引人注意。街上聚了两三人群，远远看着一行人走在镇子上想找个落脚地方，一边围观一边不时和同伴交头接耳。眼见禁令贯彻得如此之严，再在此地耽搁下去不知会惹出什么乱子，三人于是作罢，匆匆离开。

再走了两三里，夜半时分好不容易走到了一个叫祖谷浦的地方，此处是较下田更为荒凉的渔夫部落。夜深人静，只有一户人家的窗子还漏出几丝灯光，于是江口"有人在吗？有人在吗？"地前去敲门。

屋内的谈话声停住了，有人应声："谁啊？"一行人答称自己是大阪商人，因没赶上投宿客栈，现在无处可去，请务必收留，只要有个歇脚的地方就行。屋内传出上了年纪的男人声音，说上面发了布告，禁止留宿陌生旅人，请走吧。那声音中透着颤栗，可以想见屋主惊恐害怕的样子。

江口坚持说自己只是行脚商人，并非什么可疑分子，终于成功敲开了大门。屋内有一对中年夫妇正围炉而坐，神色不安地瞅着三人。

江藤不失时机地掏出钱袋给了中年夫妇一些钱，许是金额太大，那对夫妇惊得眼睛都瞪圆了。江藤先用金钱解除了夫妇的警戒心，然后做事滴水不漏的江口和夫妇聊起了家常，最后对方完全相信了江口等人，脸上不再有怀疑的神色，女人还为三人下厨做饭，他们也心安地慢慢享用。就这样，江藤一行终于在这家过夜。虽然这是海边的破落渔家，残壁上挂着稻草席以挡风，连棉被都没有，然而对三人而言，这比时下最豪华的酒楼还让人舒心。

翌日早晨，三人托这家的男人找去往高知的便船，男人大费周折，终于找到一艘小船。粮食用水准备妥当，三人从祖谷浦出发。

海上一路风平浪静，不久便抵达浦户。这是三月二十五日，从浦户到目的地高知仅余一里地。

五

江藤终于进入了朝思夜盼的高知。他与船田住进了旅馆，先派江口拜访林有造。林与江藤关系甚密，江藤举兵前两人在去往长崎的船中还相约起义。江藤历尽千辛万苦也要来高知，为的就是见林有造。

江口拜访林有造时，不巧后者正和来客觥筹交错。传话的书生进来通报，林起身悄悄一瞄，见来的是个陌生男子，便吩咐书生回话说现在不方便，若有要事，请明日再来。

但江口坚称此事十万火急，一定要见到林有造。林听到江口的土佐口音，把江口请到另一间屋子，心想：该来的还是来了。

林问："江藤君可与你同行？"

江口答："是。"

"现在何处？"

"先生正在旅馆休息。"

"如你所见,我家地方狭窄,又有来客,请您回去转告江藤君,眼下搜查极为严格,你们绝不能待在旅馆里。你们先去郊外散会儿步,入夜了再来找我,我会去同志片冈君家中等你们。"

林有造在地图上注明了片冈健吉的地址,给了江口。江口盯着林有造的脸,说了声"我知道了"便离开了。

江藤听了江口的复命,按林有造的建议,立即出了旅馆去附近散步以等候天黑。他去片冈家时留下了船田,只携江口出行。

江藤看见坐在片冈身边的林有造的瘦削脸庞,想到为了见他自己千里迢迢吃尽了苦头,不禁胸口起伏,面上动容。

"喂,林君,好久不见啊!我出乎意料地失败了。"

江藤的声音像从嗓子眼里挤出一般,林有造则平静地回道:"江藤君,你受苦了,不知如何才能安慰你。我离开长崎刚抵达神户,便听到你举兵的消息,你的动作竟然如此之快,太让我吃惊了。后来我再去东京,又听到你败北的消息,时间之短真让人不敢相信。"

林告知了岛、香月、山中等人被捕的消息,又说了一些话,最后林有造道:"一旦举兵败北,便永生无法摆脱叛军的贼名，所以我劝诫来找我的香月等人自首。江藤君绝非我辈言语所能左右，但求深思。"

没承想林有造居然说出了这样一番令人意外的话，江藤抱着胳膊紧闭双眼，长时间的风餐露宿令他十分憔悴，但脸上仍掩饰不住精悍之色。江藤重重地点了头。

"明白了，我也考虑考虑。"

说完他站起身来。

林有造抬眼看着江藤——他腰间别着大小两把刀，乔装成山野村夫时穿的红坎肩脱下后让江口帮忙拿着，依旧是一副镇定自若的模样。

江藤把所有希望集中于土佐，因而一路历经千辛万险而来，听到林有造这番出乎意料的冷淡话语后，觉得他背叛了自己。血气方刚的船田和江口义愤填膺，想要杀了林有造，但江藤新平制止了他们，决定接下来走水路去大阪。对萨摩失望，被土佐背叛，下一步江藤打算去大阪，他究竟出于什么打算？他到底在想什么？

江藤动身离开高知，但正逢深夜，于是三人在岸边休息等待天明，打算从水路前往阿波地区。谁知到了海边一看，风急浪高，无奈之下一行人只能改变计划，先去位于安艺郡下山村大山的茶馆吃饭，然后再走山路。

翻山越岭，又重复来时路的艰辛。江藤几度在树荫下休息，歇脚时江藤叫来了船田。

"我几次三番让你们别跟着我，你们不听，才被连累至此。自打我离开东京，你们一直相伴左右，千难万险中也不离不弃，这份情谊我没齿难忘。你们还年轻，今后还要干一番大事业，我们就此分开吧。"

江口也在一旁劝船田。船田的眼泪涌出，声音颤抖地答道："过去您得志时赶我走，我或许会答应，但现在我一定要追随到底。"

江藤似一口气堵在胸口，竟无言以对，只别过了脸。船田此时才二十一岁。

三人继续在山中艰难前行，傍晚抵达柏木村，在村民家借宿一晚，翌日再翻山往阿波方向前进。步行一日，很快又到了夜晚。

一行人抵达某部落[①]求宿，对方让他们去旁边村子的村长家问问。到了村长家，村长觉得来人可疑，所以并不答应。然而三人一掏出钱，村长就拿出了晚饭。江藤等人想在晚饭后立即动身，但夜色已深，打起火把一

---

① 过去受迫害、受歧视的人形成的特殊集团，形成于江户时代。1871年，日本在法律上废除了四民身份制度，但社会上的身份差别一直延续至今。

看，前面竟横着一条大河，连日的大雨让河水猛涨，水流极为湍急，也不见桥的踪迹，于是三人下定决心冒险过了河。

才刚过完河，本已停歇的雨又哗哗而下，势头越来越猛，三人淋成了落汤鸡，却片刻未曾在山路上停下脚步。雨下得更大，山路也越发危险，四周的黑暗像涂得密不透风的漆，加之雨势猛烈，三人不觉间走错了道，在溪谷中迷了路。

前面是急流，后面是绝壁，真正的进退维谷啊。倾盆大雨铺天盖地，三人头戴竹笠，被暴雨浇得无落脚之地，一整晚只能站着淋雨。等到天明之际，一行人都已筋疲力尽，几乎没了意识。

像江藤那般豁达的人，事后回忆道："自打从娘胎里出来后，还没受过这样的苦。"说的就是这个时候。

六

甲之浦在安艺郡的东端，位于土佐和阿波境内，因而此地的搜捕工作尤为严格。

甲之浦当地的野根二区有个叫浜谷的户长，得到江藤从高知往东逃跑的消息后，与叫作浦正胤的男子共同担任同区的巡查，两人一起看守街道。

浦正胤守着白浜、川内两村交界的岔道口，若发现有任何模样奇怪的人，即便是普通的旅人，也要进行种种盘问，绝不轻易放行。

某日，从东京派来的密探态度蛮横地责问浦正胤，问他明知江藤新平从高知向东逃走却为何不能将其逮捕，是不是放跑了江藤？浦正胤勃然反驳："绝不可能！送上门的人岂有不逮捕之理。"对方听罢，道："是吗？既然如此，江藤可能另取其他道路往阿波去了，总之我先往那边追踪。"说完立即走了。

浦正胤后脚去了浜谷家。

"江藤迟迟未现身，就这种情况来看，或许被东京派来的人猜中了，我们就解除对村境的警戒吧。"

浦正胤回到了家，却不知为何心神不宁，于是他又回到甲之浦的山麓，忽见山坡中部的新道上，三顶竹笠在茂林间时隐时现，不久，三个旅人装扮的人从坡道东边而下，来到正目不转睛凝视他们的浦正胤面前。

浦正胤仔细观察，三人中走在中间的主人，模样大概四十岁上下，竹笠压得很低，穿着斗篷，一副长途跋涉的疲惫神态，但眼神非同凡人，自成一股气派。另外有一位年约二十五六岁、体格健硕的年轻人，腰间别一把刀。再一人二十岁左右,也头戴竹笠。这三人怎么看都不是普通的旅人。

浦正胤向那两个年轻人问道:

"喂,你们从哪儿来?要去哪儿?"

"从高知来,要去大阪。"

对方答道。浦正胤听出了九州口音,心怦怦直跳。之后的问答如下:

"哪儿人?"

"大阪人。"

"为何去高知?"

"做生意。"

"我是本地的巡查,这一带最近有情况,我奉官命来此地。你们可有证明身份的旅券?"

"从大阪出发来到高知已是几个月前,那时候还未曾听说过旅券呢。我们不是坏人,请放行吧!"

"那可真不凑巧,但上头有官府的命令,没有旅券者不得擅自放行。请诸位先在此地歇息,等候县厅的命令吧。"

话音刚落,在问答间一直保持沉默的主人模样的人走到浦正胤面前,说道:

"你是巡查吗?我有密报,能带我们去个方便的地方吗？"

这是那主人模样的男人说的第一句话，声音中透着威严。浦正胤不觉间感到一种压迫感。他将三人带到甲之浦的衙门。

到了衙门，那男人正襟危坐道：

"我是岩仓具视右府[①]的执事山本清，食违之变[②]以来，我担任内务省的侦查人员，受命秘密前往佐贺、鹿儿岛、高知三县，此事十万火急，因此未等内务省的命令便出发了。具体情况你以后会知道的，我们现在就在此地等候县厅命令吧。"

那男人一副从容不迫的神态。

户长浜谷得到浦正胤的报信之后立即赶来，看到那男人后立即直觉是江藤新平，但仍装作不知情，慎重应对，同时暗中派士族中的年轻人看守衙门周围。一切布置妥当之后，浜谷立即派人向县厅报告要求查明三人身份，结果正如那人所述，三人身份记载如下："长崎县人，当时岩仓殿内有山本清（四十左右）、江川十吉（二十七八岁）、仆从藤田善八（二十五左右）"。

---

① 右府，日本旧时官职中右大臣的中国式名称。

② 食违之变，1874年1月14日在东京赤坂食违坂地区发生的暗杀右大臣岩仓具视的事件。

浜谷为了款待这几位客人，临时向三井借了地方，夜里简单备下酒宴，招待并留宿三人，同时让人在周围把守。

第二天早晨，自称山本的男人要了砚写了信，写好后拜托浦正胤邮寄。浦正胤收过了信，途中他看了看信封，上面写着：

东京　岩仓大人　亲启

浦正胤半信半疑，他携信前往浜谷家，正巧遇见一位名叫细川是非之助的县少属官。细川为追踪江藤来到当地搜查，今早刚到浜谷家。

细川听了浦正胤的话，又看了山本的信封，断定此人定是江藤新平无疑。三人一同拆开了信，只见遒劲的文字跃然纸面，自有磅礴的气势。

谨曰：本人犯下大罪，尚存寸志，望上表大人或诸参议。上月二十三日夜决议，筑丰被围之际前往萨州，劝说西乡，之后前往土州，取路纪尾，正欲东上，土州监守严格难以通过，只得徒作停留。唯愿能东上之路顺利，现在土州静候消息。如前所述，上表寸志，谨怀赴刑之觉悟。此次即上禀此事。顿首再拜。

江藤新平

收信人为三条太政大臣大人、岩仓右大臣大人、木户参议大人、大久保参议大人、大隈参议大人、大木参议大人。

虽然早有心理准备，但细川、浜谷、浦正胤三人读完了信后皆脸色大变，惶惶不安。

七

夜里，浜谷派人携信前往江藤等人逗留的三井下属地。打开信，是浜谷的邀约："棋艺不精，但开一局，可愿赏脸？"江藤写了赴约的回信。

江藤将一把银制短刀藏入怀里，携船田出门。留下的江口担心道：

"先生，没关系吗？"

"没事。"

江藤笑了笑，但他心中似乎已感到大限将至。

江藤到后，浜谷请其入座，座间还有一位陌生客人。浜谷引荐道：

"这是县厅的细川，这是岩仓大人的执事山本。"

说是请江藤来下棋，但完全没有开局的意思，三人一阵闲谈。

然而细川无法平静，问答之间也不时前言不搭后语，实际上方才细川便几度想直呼江藤姓名，但语噎在喉，心存恐惧。

这样下去不是办法！想到这里，细川终于从怀中掏出一张照片问江藤：

"您认识这人吗？"

这是江藤新平本人的通缉照。

江藤看了一眼照片，瞬间脸上浮现出难以名状的表情，但立即又恢复平常的神色说道：

"您已经察觉到了，我就是江藤新平。"

那声音丝毫未变，像在继续方才的闲谈。

明治七年三月二十九日，江藤就缚，距他逃离佐贺后大约一个月。

细川暂时将江藤绑住，但无论如何，对方直至就缚前还是参议兼司法卿，因此为了表示敬意，细川又立即给江藤松了绑。

或许是因为即使被捕也难以掩盖江藤的气宇轩昂

吧，之后他与细川交谈时也一直在吸烟，他用力敲打火钵，似乎要把烟管敲碎一般。

江藤的随身物品中除了银制短刀和金表之外，还在一个皮口袋中装有钱款两千五百圆，以及一支六连发的手枪。短刀用老梅树雕刻刀身，是铸刀师埋忠明寿时代[①]的名作。

江藤就缚的消息传到佐贺大本营是四月二日。

平日里深藏不露宛若一汪平静水面的大久保利通此时也毫不掩饰地溢出了欣喜之色，他丝毫未察觉自己的手舞足蹈。部下纷纷来祝贺，大家都知道大久保在江藤逃走后是何等地焦虑郁结。

大久保通常不在乎他人的评价，因为他总自视甚高，觉得他人不值一提，唯有江藤让他费尽了周折。他在日记中也对江藤多有谩骂，足见平日里江藤在他心中的特殊位置。

大久保在接到消息的那日大喜过望，设宴庆贺。岩村通俊、山田显义、河野敏镰、野津镇雄等列席，个个酩酊大醉，骚嚷不已，唱歌的、作诗的、舞剑的……直至深夜，哄笑声仍不绝于耳。

---

① 桃山时期至江户时代初期。

大久保在当日日记中记载：

> 兵库云扬舰舰长今井来报，江藤及手下共九名在高知县被捕。着实让人雀跃不已。岩村、山田、西村等举杯庆贺，各自赋诗作歌，纵情尽欢。

猎物入网，不出几日就会被带到大久保的面前吧。他在上座抿着酒杯，那志得意满的眼神中藏着犀利的算计与残忍的神色。

八

大久保日记记载：

> 七日。犹龙舰护送江藤等九逆贼抵达早津江。
>
> 八日。河野大判事来询问定罪依据之法律。决议后，征询亲王，亲王无异议，按商议定罪。亲王的随从旁听江藤的审判。

亲王是征讨总督仁和寺宫嘉彰亲王，河野是从前江藤任左院副议长时期提拔为大绍院出仕官、曾经的部下河野敏镰。数年之后亲手将自己的恩人绳之以法，河野的心境如何？

此时，河野位列权大判事这一判官职位，因大久保掌管量刑权，他充其量不过是宣读判决文书的官员，并且大久保为了旁听裁判过程而列席法庭，就坐在自己面前，因此河野也无可奈何。他几度想向江藤表示同情，但被大久保的眼神牢牢监视着，无计可施，所以不能苛责河野的残酷薄情。

江藤在四月七日被护送至佐贺县早津江后立即上陆，坐人力车前往佐贺城，傍晚抵达自己曾经占领过的县厅，然后立即被关押在牢。

四月五日，全权负责处刑的大久保在佐贺设临时裁判所，任命大判事河野敏镰为审判长。

对江藤新平的审判仅八、九日两天，只有一审，不许上诉。这并不是公正的审判，而是听任胜者一方为所欲为的军事裁判。

被告江藤的态度并不值得称赞，审到要点处，他总是闪烁其词，其他被捕的年轻被告都是堂堂男子汉的做派，而身为一党的领袖，江藤的言行不能不说是奇怪。

或许江藤并未预料自己会被处以死刑吧，即便作好了被判以极刑的准备，但他仍侥幸认为不过是会长期被困囹圄罢了，榎本武扬就是前例。榎本逃至北海道箱馆与官军抗战，最终不仅逃脱一死，还被新政府任命了官职。然而榎本背后有黑田清隆誓死相护，若没有黑田的运作，榎本的命运谁又知晓？江藤没有黑田般热心的同情者，即便三条、岩仓同情他，大久保也不会妥协，江藤的同乡大隈则冷眼旁观，副岛、大木都不过是螳臂当车。

江藤新平在陈述时避重就轻，或许是想尽力减刑吧，因此他直到最后都不愿自首而想去东京。他在土佐写给三条及各位参议的信中也说明了自己的真心志向，即便被打倒，也总有一天会东山再起，与庙堂之上的萨长势力斗争。在他昂扬的斗魂中有一种凄怆。

但江藤小看了大久保，后者绝非心慈手软之辈。大久保思维缜密，凡事政治至上，不会掺杂任何感情算计。"征韩论"破裂以来，政府的约束力似乎有几分松弛，而眼下大灭征韩党正是挽回政府信用的大好时期——这便是大久保的着眼之处。西乡尚在鹿儿岛，西南地区气氛险恶之时，大久保大费周折对付江藤新平，就是要杀鸡儆猴，牵制西乡。

四月十三日清晨五时，天未拂晓，一片漆黑。江藤熟睡之际，监狱的官员走进来，"江藤、江藤"地摇醒了他："马上要审判了。"

江藤与岛、朝仓、山中、中岛、香月等一起出庭，对面正中是河野审判长，身旁是大检事岸良等众法官，旁听席上依旧是大久保内务卿，他一如既往地留着长须，昂首靠在椅子上。这天，警卫的数量格外多，个个如临大敌。上次在公堂之上，江藤对河野破口大骂："河野，你小子今日有何脸面站在我面前！"

今天早上是江藤大骂河野后的第一次出庭，是审判，也是断罪。

河野审判长正襟危坐，扫了扫站成一排的被告，不疾不徐地宣读判决书。

判　决

江藤新平

此人藐视当朝宪法，以征韩为名结党，筹集火器，抵抗官军，大逆不道。鉴于此，除籍……

河野读到此处，吸了一口气，不觉提高了嗓门：

……枭首。

江藤一直垂着脑袋听判决，当河野念完"枭首"二字,他顿时抬起脑袋,血气上涌,双眼爆瞪,身体向前扑:"审判长,我……"

江藤大声地要往下说,而受惊了的河野立即示意,于是四五名警卫便把江藤双肩向后扳,硬把扭动身子的江藤连手带脚架出了法庭。一切发生得太突然,在场的人都站起了身。

人群中只有大久保始终冷眼凝视,嘴角甚至浮现出若有若无的微笑,身子却一动未动。

审判没有采用改订的律例,而是援引了早已废弃的新律纲领。大久保将昔日同僚枭首却纹丝不动,他的脸上有一种凄凉。

大久保在那天夜里的日记中写道:

江藤丑态,余笑不止。

那天江藤被处刑。枭首示众的有江藤和助江藤一臂之力的忧国党领导人岛义勇,两颗头颅一起曝于众人面前。

这幅画面被拍成照片在市面上流通贩卖,但政府怕放任不管会引起事端,五月二十八日发出禁令通报:

有人将已故江藤新平、岛义勇枭首照片贩卖，有伤风化，予以禁止，现下令缴收持有品，并从买家处上缴。

四月十三日，大久保听完江藤被处刑的报告，在日记中一笔一画地写下：

今日畅快，大安心。

作为有关江藤报道的结局。

啾啾吟 [1]

---

[1] 此篇题目源自明代王阳明的诗《啾啾吟》。明代武宗羁留南都时，忠、泰、江彬等在武宗面前诽谤王阳明谋反，而王阳明在赣州阅士卒、教战法。江彬派人来观察动静，有人劝王阳明回城以免遗人口实，而王阳明不从，做《啾啾吟》云：知者不惑仁不忧，君胡戚戚眉双愁？信步行来皆坦道，凭天判下非人谋。用之则行舍即休，此生浩荡浮虚舟。丈夫落落掀天地，岂顾束缚如穷囚！千金之珠弹鸟雀，掘土何烦用镯镂？君不见东家老翁防虎患，虎夜入室衔其头？西家儿童不识虎，抱竿驱虎如驱牛。痴人惩噎遂废食，愚者畏溺先自投。人生达命自洒落，忧馋避毁徒啾啾。

一

　　我叫松枝庆一郎，弘化三年（1846）丙午八月十四日生于肥前佐贺，是锅岛藩家老的儿子。

　　这个出生年月颇为平常，但奇就奇在藩内同一天共有三个男孩出生，除我之外，一个是主君肥前守直正的嫡长子淳一郎，一个是享俸禄三百俵①、三位侍从的御徒众②石内勘右卫门的儿子嘉门。

　　"真是难得啊，莫非前世便是主从情深？"

　　当时人们都如此传说。

　　我的父亲认为我和少藩主同一天出生肯定是前世的因缘，欣喜之余为我取名庆一郎。三个男孩同一天出生，这件事也传到了主君直正的耳朵里，他慰问道：

---

① "俵"与"石"皆为日本的计量单位，但"俵"单纯是表示包装粮食的单位，而"石"则是俸禄的衡量指标。

② 御徒众，江户幕府的官命，指将军外出之际担任徒步先驱开道的警卫。

"你们两家的孩子都壮实吗？好生抚养啊！"

就这样，我和石内嘉门生来命运就紧紧相连，但我直到十岁时才初次见到他。大名、家老、下人的孩子境遇不同，但同年同月同日生的三个人都茁壮成长，一晃已是安政三年（1856）。

这年开始，少藩主淳一郎要进学堂，藩儒草场佩川奉命担任讲学先生。佩川是古贺精里①的门人，精通汉语，一生作诗两万余首，他很早就以儒学侍奉藩主左右，是藩校学风的奠基人。

佩川开始讲学之际，少藩主需要学伴，按惯例，在地位高的藩臣子弟中挑选了三人作为贴身学伴，我很荣幸被选中。

挑人选时，老臣中有人询问：

"各位，石内的儿子虽是下人出身，但与少藩主同日出生，蒙藩主大人的特别关照，把他也选做学伴如何？就当是成人之美了。"

在场的众人都点头同意。

儿子破格入选，石内勘右卫门不胜感激。儿子嘉门常被人夸头脑聪慧，因此石内勘右卫门指望儿子能借此

---

① 古贺精里（1750—1817），佐贺人，朱子学者，"宽政三博士"之一。

机会出人头地。我还记得初次看到入城的嘉门，那是一张颇有城府、伶俐的脸，因此我看他的眼神时带着些许抵触。

然而因为生日相同，孩子的内心中会产生一种亲近感，少藩主也对我们俩比对其他的学伴更为亲近，一旦有事，总会叫上我们俩。

于是我和嘉门的交流自然而然地多了起来，初次见面时的抵触情绪也逐渐消失，两人变得无话不谈。

嘉门确实聪颖过人，我常常佩服他的才智。

举个例子，草场佩川年届七十，每月十日开讲，六年间风雨无阻。他涉猎的经书范围广博，讲学力求严谨正统，对于少年来说有几分难懂，但草场并不因为对方是少藩主而暂缓进度，因此每次听讲时少藩主都会面露难色。尽管少藩主就是之后的锅岛直大，历任意大利公使等职位，却不能说是头脑敏捷之人。

"怎么样，听懂了吗？"

佩川下课后，少藩主询问候在一旁的学伴。

少年们通常回答："听不懂。"这时有人说：

"我好像略懂一二。"

大家一看，原来是石内嘉门。

"嘉门啊，你来说说。"

"是。"

嘉门的脸微微涨红,但谈吐落落大方,听上去字字在理。那时大家年纪都还小,且不论嘉门说出的内容是否正确,但说出的话倒挺通俗易懂。

"原来如此。"

少藩主半信半疑。

下一次上学堂时,少藩主向佩川提问以求证。

"先生上次说的,可是这个意思?"

听罢,佩川点头赞许道:

"您的理解正确。"

打那以后,少藩主在学习中遇到难以领会之处,总向嘉门请教,而嘉门的回答也八九不离十。

嘉门的才智堪称同龄人中的佼佼者。

佩川有天进城时瞧见嘉门,在荫处暗中叫住他。

"你又准备将老夫讲课的内容告诉少藩主吗?"

嘉门脸红,低下了头。佩川紧紧盯住他,道:"没关系,今后你出城或有空时,可以来老夫家坐坐。"

从此以后,嘉门经常去拜访佩川。

嘉门是个好学少年,佩川也格外惜才。

二

少藩主的学伴中有人嘲笑嘉门的下人出身，在背地里污蔑他，当然这里面夹杂着几分嫉妒，嘉门似乎也有所耳闻。

"我是下人的儿子，但那又如何？咱们走着瞧，我会用自己的双手打拼的。"

嘉门严肃地、用受侮辱者的激烈语气予以反击，那副样子绝对不是年少之人的意气用事。事后仔细想来，当时正是逐渐向身份制度发起挑战的时代。

我佩服嘉门的才识，又同情他的出身，于是我总向父亲提起嘉门。

"那可真是人才啊，您一定要在将军面前美言推荐！"

老臣们也早就讨论过嘉门。实际上，就在我们走马观花地通读《左传》《史记》《四书五经》《八家文》《资治通鉴》等书之际，嘉门从佩川处借来读的书目早已超过了我们的学力，那些内容对接受过古板严厉教育的老人们来说尚且费解，却源源不断地印入早熟的嘉门脑中。

每当我推荐嘉门时，父亲总会带着好意地回道：

"好的好的，我会考虑。"

翌年文久元年（1861），藩主直正退位隐居（号闲叟），少藩主袭封，担任从四位下侍从信浓守，改名为直大。年迈的草场佩川趁此机会辞去了伺讲一职，那年他已经七十四岁了。

某日佩川来向我父亲作别，两人谈论种种，最后聊起嘉门，父亲问道："据说他前去先生家求学，此人如何？犬子对其大加称赞啊。"

或许父亲有日后推举嘉门之心，于是先了解情况。

"确实。"

佩川满是皱纹的额头再添几道沟壑，侧首道："此人头脑确实聪颖过人，但似乎是个不招人喜欢的孩子。"

我从父亲嘴里听到佩川的话，想起最近嘉门鲜少出入佩川家，想必他做了什么触怒了老人家吧。

这期间嘉门的父亲堪右卫门病死，十九岁的他便不再做学伴，子承父业当上了御徒众，俸禄增加了二十石。

但嘉门感到不平，他原本期待能够获得晋升。

"果然敌不过门第出身，下人的孩子一辈子是下人。"

嘉门还向我吐露过愤懑，我安慰他："别着急，你还年轻，藩主大人也会多加考虑的。"

实际上我也对藩主直大没有任用嘉门一事颇感奇

怪，他应该很清楚嘉门的才能。

我又想起主君在免去嘉门学伴一职之前对嘉门相当冷淡，我很不解，论才能，明明我们都不及嘉门。

"我好像被主君嫌弃了。"嘉门说。

接替父亲担任御徒众一职的嘉门也不受同僚和领班待见，他是新人，被众人孤立。

"大家都不把我放在眼里，那么我也以其人之道还治其人之身。"

嘉门曾对我寂寥地笑着，这笑容中自然包含着忿懑。他说：

"就因为我是下人之子吗？"

他说的没错，但并不尽然，嘉门身上应该也有不招人喜欢的地方吧。我想起佩川的话，"不招人喜欢的孩子"。嘉门曾经那般热心地去佩川家求教，但最后落得如此评价，然而我也说不出个所以然。

不过我承认嘉门性格孤僻、孤芳自赏，但他并非故作清高，本质上是个善良的人。究竟为何他会被人排斥呢？

主君和佩川起初都对嘉门很好，但逐渐疏远他，我甚至怀疑他命中注定会被人抛弃。

三

为了让嘉门重新振作，我经常邀他一起去城下町游玩。有一天，我们乘马车去城外三里一处名叫莲池的锅岛子藩领地，我叔父住在那里，我们顺便前往探望。

叔父是子藩家老，正在书院中边看书边和自己对弈。

"哎呀，你来了！家里人都好吗？"

叔父逐个问候了我的家人，我把同行的嘉门介绍给他，叔父和蔼地说：

"是嘛，不错，我们家庆一郎平常受你照顾了，今天就在这里好好玩吧！"

叔母和堂妹千惠出来迎接我们。千惠芳龄十八，继承了叔母的瓜子脸，脸颊到下巴的皮肤还是孩童般稚嫩。

"欢迎欢迎！"

千惠高高梳整的头发披散下来，许久不见，她已经出落得沉鱼落雁，教我不敢相信自己的眼睛。

嘉门在我身边，奇妙地停下了步子。

叔父设宴款待我们，酒足饭饱后我们乘马踏上归程。

"今天真愉快啊！"嘉门说道，一脸的满足。

"是嘛，那就好。"

"真是待人亲切的一家人啊，亏得您把我当朋友，我区区一个下人也能被善待啊。"

"别胡说！"

嘉门的脸上隐约呈现出恍惚之色，似乎还沉浸于方才逗留在叔父家的氛围里。

"怎么样？如果你喜欢，下次我们多待会儿。"

只要朋友开心，我愿意多多邀请他散心。

之后过了几日，我们又结伴出游，嘉门见到我后便很欢欣。

"今天你们玩得尽兴！"叔父还是一如既往和蔼地看着我们。叔母客气地说家中只有粗茶淡饭，让千惠帮忙为食欲正旺的我们准备酒菜。

千惠过来和我商量："现在正是菱角成熟的时节，给客人也准备一点吧。"

"行，谁去采？"

"我去吧。"

"那么，我们在一旁守着你。"

"这……"千惠羞赧地笑了。

宅邸深处环绕着一圈水渠。叔父家地处水乡，这一带的无数水渠纵横交错。

水渠中菱藻茂盛，菱角的果实正如其名呈黑色菱形状，煮后剥去硬皮，味道类似板栗。附近百姓家的女儿一到菱角的季节，闲暇时间便来城下贩卖。

此地有一种浮在水面供人乘坐的大木盆，叫"板"，人们采菱角时就坐这种木盆。

千惠坐在木盆中用手划水，一面在水上移动，一面采菱角，我和嘉门立在岸上观看。

初夏的骄阳反射在水面上照亮了千惠的面庞，她周身还有树丛和水草的倒影，脸上倒映着透明的苍翠之色。水一动，千惠的脸上波光摇曳，眼前人和我自幼熟识的千惠简直判若两人。

"瞧，采了这么多！"

千惠从膝头捧起菱角给我们看，带着天真烂漫的微笑。漂浮在水面上捧起菱角的那一瞬间，千惠的身姿看上去就像一幅画，和我并肩的嘉门也屏住了呼吸。

之后过了一个月，莲池的叔父派人给我送了信。大致内容如下：

> 前几日你带来的石内之后来过两三回。因为是你的朋友，女仆们都以客相待，但内心甚是疑惑。家中正有碧玉年华的女儿，若他与你一道前来倒也相安无事，但他独自来玩，让我们难以招待。望你劝阻他。

读着读着，我感到自己大惊失色。这段时间里，我正和千惠定聘。

四

叔父的信，字面客气委婉，但隐含着怒气，我也对嘉门瞒着我数次造访叔父家的不守规矩——不，当我得知其目的之后，心中涌起了不快。

我自幼爱慕千惠，因此心里对父母之命媒妁之言定下的婚事感到幸福，而嘉门的行为无异于突然之间踹了我一脚。

但我转念一想，或许嘉门只知我和千惠是堂兄妹而未曾深想，遇见千惠后渐生情愫，于是瞒着我几次三番独自去叔父家登门造访……我这样说服自己后，比起心生不快，更多的是疑惑。

但我只能下定决心。

那是一个繁星满天的夜晚，我邀嘉门去人少的地方散步。

"嘉门，我就开门见山了。我收到了莲池的叔父的来信，他不希望你今后独自前往。我就转告你一声。"

嘉门突然停住脚步。在黑暗中我也能感觉他的脸色瞬间大变。他在黑色的阴影之下无言驻足良久。

我距他两三步,和他正对面。

"松枝。"

嘉门终于出了声,那声音比我想象的微弱。

"是我对不住你,是我轻率了。但我无法对你说出口……我喜欢千惠小姐。"

说来奇怪,嘉门的声音竟颤抖凝噎。我一怔,下意识间无法回应。这个一贯自负的男人哭了。

"求您了,替我问问千惠小姐的心意吧!您是她堂兄,千惠小姐对您肯定无话不说……不需要立即去问。"

说到这里,嘉门的语气更弱了。

"其实,我很怕立即得到答复。"

嘉门已经想得如此之远,而我无论如何也无法当场告诉他千惠是我的未婚妻。

然而,此时我未向嘉门和盘托出实情,可谓失策。

不久,嘉门被征入长崎警备队,即将出发。当时九州各藩轮流出人去长崎服役。

"正好,我会离开一阵子。这段时间内,请问问千惠小姐的心意。"嘉门在出发前对我说。

看到他那张严肃的脸,我更加没有挑明的机会。

此后不久，长期染病在家休养的父亲去世了，我顺利袭得父亲的官位，还被提拔为御用部屋①用人，以便预先熟悉藩政，将来和父亲一样继承家老职位。

长崎的嘉门来信祝贺。

"祝贺！果然门第出身就是一切。玩笑话请勿介意，总之可喜可贺啊。"

我对着只有嘉门才能说出的话不禁苦笑，同时又感受到嘉门似乎在无言地催促我探听千惠的心意，这真叫我无地自容。

我继承父业后，周围人和亲戚突然之间都开始热切地关心我的家室问题，莲池的叔父最积极，现在已经到了必须定夺的阶段了。

不久，我迎娶了千惠。我虽然沉浸于幸福之中，但只要一想到嘉门，便觉得心底某处吹起了凉风，很快他也会知道这个消息，每念及此，我的心中便如黑云密布般忧郁。

派驻人员对本藩的消息格外敏感，我结婚的信息也似乎立即传了去。再次收到嘉门来信时，我想，是福不

---

① 御用部屋，指江户城中大老、老中、若年寄的执勤室，在此处决议政事。此处应指藩主的议事厅。

是祸，是祸躲不过，该来的终究来了。我内心挣扎许久后，拆开了信封，果不其然，信里从头到尾都是过激的字句。

"事到如今我已无以为言，我那么信任你却被摆了一道。像我这样的人，注定会被人抛弃欺凌，但杂草也是有骨气的，你给我记住！"

嘉门那咬牙切齿的样子似乎就在眼前，我立即动笔写信解释原因，但不论我多么诚实地想要辩解，结果都变成了无力的借口，我自己边写也边觉得厌恶，写到一半撕了扔掉，最终只简单地写了一句"一切等你回来后说明"。

不用想，没有任何回音，别说回音，连嘉门都失踪了，他在长崎的派驻地脱藩跑了。

我同情嘉门不为世人所容的孤独，作为他的同情者，却在他的头上打下最后一记重拳，我心里对他有着无法言喻的负担。

然而嘉门有才学和霸气，想必他能在另一番新天地开拓自己的命运。他在佐贺藩英雄无用武之地，或许在异乡能崭露头角立身处世，若能如此，那真是因祸得福了……我聊作自慰。

五

庆应改元之后，幕府日益式微，本就不太平的社会更加动荡不安。

嘉门音信全无，有人说他和之前脱藩的大隈八太郎（重信）等人在京都，但消息并不确凿。

大隈是领四百石俸禄的炮术家之子，改元前的文久年间，他计划扶植藩主直正以便自己扩张势力，然而直正不为所动，他也白白错失良机，为此他满腔怨恨。直到不久前他在长崎开办了英语学堂，心中的不满这才逐渐散去。

嘉门确实有可能投靠大隈，两人均在长崎，有机会相识，而且大隈豪放不羁的言行定能引起嘉门的共鸣，看来嘉门投靠大隈的传言并非空穴来风。

我很仰慕大隈的旷世之才，若嘉门能得到这等人物的知遇，那我真替他高兴，比起在目光短浅的同辈中愤愤不平虚度年华，这个结局不知要好上多少倍。

不久，明治维新开始了。

藩主直大历任外国事务局权辅、外交官副知事等外事官职，明治二年任外交官知事，我成为了佐贺藩的权大参事，此后我的仕途开始顺水顺风，这也多亏了主君直大的拔擢。明治四年，直大前往英国留学，出发之前他对我说：

"我到了之后，也把你调来。"

此时我进了政府，当上太政官少书记官，与千惠一道来了东京，住在曾供旗本居住的宅邸里。

我常常想起嘉门，自我与千惠成亲之后他就杳无音信。我偶尔遇见大隈问起嘉门，他说：

"我在京都时他露过几次面，之后就没见着了。"

大隈没有多说。难道嘉门那宿命的性格连大隈都接受不了吗？大隈的排场大，包容力也大，不会对投靠自己的人挑三拣四，即便如此，连大隈都容不下嘉门，这只能说是连嘉门自己都无法改变的宿命性格在作祟吧。

如果嘉门一生孤独而终，那真是世上最寂寞的事，我认为对于嘉门这不幸的命运，我也负有一半责任。就娶千惠这件事而言，我觉得是自己将嘉门逼向了更加黑暗的深渊，为此我懊悔不已。

但我对嘉门仍有期待，他的才能不会就此埋没。

明治十一年秋，我经大隈的推荐受命去英国留学，调查民政及法制。当时大隈是参议兼大藏卿，权倾一时。我的留学事宜虽是旧藩主君拜托了大隈，但我和直大只打了个照面,他就从英国回国了。

我在英国待了四年,调查的课题对新生日本而言不可或缺,因此我一直都兢兢业业。头一年半的留学时光中有二分之一的时间用于学习语言,后两年半专门用来做研究。

每当我读书疲乏时,便徘徊在伦敦清冷的公园,再看看海德公园里挂在树梢的月亮,思乡之情奔涌而来。我想念留在国内的千惠,禁不住几次呼喊她的名字。

我就这样在伦敦充实度日,而故国的世情也在不断变化。

六

从明治十一年直到开设国会的明治二十三年,是日本国内自由民权运动兴起的时代。

当时的青年们如饥似渴地阅读密尔、斯宾塞的译著《论自由》《社会静力学》等书,这些新思想风靡一时。"人生而自由""上天命人类获取自由,故人类需要行为的自由"等名言对青年们来说具有无穷魅力。

这一切都是人民对取代封建幕府的新政府实行专制的强烈不满,因此板垣退助建立自由党,成为自由民权运动的直属政党之后，党员数量立即在全国范围内激增。另一方面，被萨长势力排挤出政府权力中心的大隈重信也下野建立改进党。这两大政党虽未联手，但于政府而言是巨大的敌对势力。

政府对政党进行了镇压，尤其是对待激进的自由党，政府更是一贯采用高压政策虎视眈眈。《新闻条例》《谗谤律》《集会条例》等一经颁布，自由党即被束缚住了手脚，言论结社自由被剥夺后，党内还有人诉诸非常手段，政府与自由党之间的矛盾愈发不可调和。

明治十五年春，我学成归国，此时政府与自由党的冲突也达到了高潮。回国后我立即被任命为司法少丞，当时的《东京日日新闻》报道了我回国的消息。

"前天八日，留学英吉利的太政官少书记官松枝庆一郎乘三菱邮船名古屋号回国。此人学习法律四载，一定掌握了许多新知识，本报将做追踪报道。另，此人立即被任命为司法少丞。"

对我而言，安然如故的千惠正翘首盼我归来才是回国的最大喜悦。

"祝贺夫君学成归来！"

我看见来到横滨码头相迎的千惠，她的眼中正溢满了泪花，此时我才羡慕西洋人的风俗，他们可以在人前肆意表达爱恋之情。从横滨到新桥车站的这段路上，我们夫妇俩好似半梦半醒地关不住话匣子。

当时伊藤博文为了调查宪法正在欧洲考察，国内由山县有朋、黑田清隆坐镇，两人皆为萨长派阀的代表，是镇压政党的急先锋。

一天，山县把我叫去。

"你是肥前人吧？"

"是的。"

"和大隈很熟？"

大隈重信在明治十四年的政变中被迫下野，许多敕任的部下最终都追随他而辞职，这便是山县意之所指。但此事发生在我留英期间，当时我没有递交辞呈，现在更无意辞官。如今同乡中的前辈副岛种臣、大木乔任留在政坛。我说明了心中的想法，山县瘦削的下巴忽然一张，道：

"那就好！明年伊藤博文也要回国，在此之前你把在外国的调查整理好。"

于是我便勤勤恳恳地着手此事，当时政府强力镇压自由党，两者矛盾激化。明治十五年爆发了"计划颠覆政府"的福岛事件①，十六年春天爆发了"计划暗杀高官"的高田事件②，都是自由党党员的所作所为。紧接着明治十七年爆发了群马事件、加波山事件、饭田事件、名古屋事件，十九年爆发了静冈事件……自由党党员掀起的非法运动层出不穷，政府也拼命派出密探检举揭发。

回国不久，我就知道自己成了自由党人的攻击目标。某日，我在司法卿的屋子里报告完要事正欲退出，"喂！"地一声被司法大臣叫住了，留着西式络腮胡子的山田显义别有深意地笑着。

"你知道这件事情吗？"说着他递来一张报纸，"你似乎也被报纸攻击了，好生看看吧。"

"是。"

我不明就里地回到座位摊开了那张报纸。

是《日本自由政治新闻》。

---

① 福岛事件：日本自由民权运动高涨的1882年，福岛县县令三岛通庸镇压反抗自己统治的自由党党员、农民，并给反抗者扣上"颠覆国家"的罪名。

② 高田事件：1883年3月20日，以新潟县为中心爆发了镇压自由民权运动的事件，被逮捕的大部分自由党党员蒙冤入狱。

近日，吾等攻击愈烈，萨长派阀愈发狼狈，唯恐自己的牙城崩溃，频频拉拢他藩势力入伙参加防卫战。司法少丞松枝庆一郎即为其一。此人出身肥前，早先在大隈的推举下进入司法省，获得留学伦敦之机。然大隈被萨长的阴谋放逐出庙堂，河野敏镰、前岛密、矢野文雄、北田治房、尾崎行雄等诸位官员最终被罢免。若松枝庆一郎有一片情义，当舍身追随前辈大隈，为明哲保身屈于仇敌萨长，沦为走狗，实乃寡廉鲜耻之辈……

七

作者名为"辉文生"。《日本自由政治新闻》并非知名报纸，但似乎由自由党党员执笔，满篇都是攻击政府的文字。我完全不认识该作者，可能对方看到《东京日日新闻》之后对我进行了调查吧。

某天，我叫来司法部内通晓政党内情的官员。

"这个名叫辉文的是何许人也？"

对方立即回道：

"此人是近来在自由党内部声名鹊起的评论家，大有接班马场辰猪、末广重恭①之势。"

"本名是？"

"这个……我不知道这是不是此人的本名，党员内部以谷山辉文相称，有人说他是九州人。"

"九州？"

我的脑海中有一丝念头如疾风般闪过。

"我想了解此人，请再做具体的调查。"

"遵命。"

"此外，这人还写过什么东西吗？"

"有的，他还写过《民权辩解》。如有需要，我给您找来。"

"拜托你了。"

次日，这位官员如约带来了书，这是一本类似民权论的入门导论。那天夜里，我在灯下以异乎寻常的热情开始阅读此书。

书的开头写道："天赐人权。生而为人，悉享此天赋权利，丝毫不应有差别。"再翻几页，目光落在这些文字上，我的心脏猛地一跳：

---

① 马场辰猪、末广重恭皆为明治初期反政府的政论家，分别逝于明治二十一年和明治二十九年。

试想，早生百日晚生百日，权利本不应有异。今日吾国社会中，即便同年同月同日生，但出生上流家庭则作为良家子弟受人尊敬，恰似天赐特殊权力。出生下流家庭则位卑人贱遭受鄙视，一生居于权力下风。世人亦不怪之。……

　　果然如此，此人是石内嘉门！

　　"即便同年同月同日生"云云，能说出这话的不是他又能是谁？三人生于同日，而他受到最不公正的对待。这一句话中饱含着他深入骨髓的恨意。

　　我也知道了那则新闻是对我的攻击。嘉门恨我入骨，他曾说过："杂草也是有骨气的，你给我记住！"如今他开始要让我看看他的骨气了。

　　我本来毫无加入萨长派阀的打算，那篇报道中的攻击都是妄评，但我心中对嘉门没有丝毫的敌意或反感，莫如说我是希望通过这种方式减轻一直以来背负的良心不安，哪怕一点儿也好，不论遭受嘉门如何的憎恨，我都甘之如饴。这就是我的立场。

　　我很想知道嘉门的行踪，毕竟我内心对他抱有诸多愧疚。嘉门根本不知道我的想法，但他总算在失踪二十五年后的今天作为自由党内部的知名评论家大展拳脚，我由衷地感到欣喜。我一直认为，嘉门富有才学，走到哪儿都不会被埋没，果不其然啊。

我对着《民权辩解》，想一字一顿地对他说："嘉门，好好大干一场吧！"

我把这件事情告诉了千惠。千惠早就知晓我的内心，也因事出于己苦恼不已，听完她也面露喜色。

然而第二天我去政府办公，听完之前拜托打听消息的官员的回信后，心情染上一丝愁云。

"我了解了一些关于谷山辉文的消息。"此人报告。

"说来听听。"

"他既是自由党员，也是激进分子，平日里大肆散播过激言论，似乎被党内的稳健派敬而远之，但在年轻气盛的壮士们中非常受追捧和尊敬。"

"是吗？"

"他主张即便明治二十三年开设国会，但只要政府依旧镇压自由民权运动，自由党最终仍会灭亡，与其坐以待毙，还不如闹革命颠覆政府。此人是俄国虚无党的支流。"

"嗯。"

"目前此人并未有相应的行动，但政府正盯着这一派人。"

这的确是嘉门会做出的事情，但前景堪忧啊。

八

明治十六年六月，元老院干事河濑真孝被任命为司法大辅。某天夜里，他在我们这群同僚的簇拥下于柳桥的酒楼设宴。

我不胜酒力，如厕时想吹吹风，以镇静一下醉醺醺的脸，于是绕着树丛走到庭院。此处不知仿哪个名园而建，院落格外精致，院子里的树木在夜色中静沉沉地化作一团团黑影。酒楼呈回字形，中间是庭院，整体像一座城堡，各包厢都灯火通明，歌声与三味线乐声不绝于耳。

我在院子里站了一会儿，正巧，隔着庭院对面的包厢拉开了障子门，我可以看见明晃晃的包厢内部。艺伎四五人，客人似乎只有一人，像喝醉了一般趴在榻榻米上，只能看见黑色的后脑勺。

客人躺卧着。我看得出艺伎们闲得无聊，但我不知为何目光紧紧盯着那间包厢。两位艺伎频频向客人讨钱，他们的对话听不真切。客人终于起了身，艺伎的小伎俩也得逞，到手的钱让她们乐不可支，花枝乱颤。

我看清了客人，那是一张瘦削的、上了年纪的脸，浪人般的苍白长发披散在脑后，露出天庭，货真价实的老人模样。这身打扮来到这种地方，真是不修边幅。

不一会儿，那位客人命令艺伎把障子门拉上，我的视线也被严实地挡上了，但奇妙的是我对那张脸印象非常深，即便对方出现在这等莺歌燕舞之地，他的背影看上去也如此落寞。

此后我偶然与这人再见时还能立即认出他的脸，也是因为他在我心中的印象过于深刻吧。

七月二十日，前右大臣岩仓具视大人去世，政府停止办公三天，为其举行了国葬，葬礼盛况空前。

我在葬礼会场准备退场之际，忽然有人拍了下我的肩头。一位华服男子笑着站在我身边。

"呀！"

此人是警视总监桦山资纪，我和他是点头之交，于是打了招呼。

"可否哪天晚上赏脸？想问你些事情。"他微笑着说。

"不知所为何事？"

"我想请教些你在英国调查的法制问题，可有空？"

"小事一桩，但可能帮不上你。"

"爽快！两三天内我就会备好马车接你。"

我们交谈的过程中，找总监有要事的人恭谨地站在背后，似乎在等我们谈完，于是我匆忙与总监作别。刚才也说过了，我和桦山总监交情并不深，他找我说这些真让人意外。

两日后，总监派人来请我去他的府上。傍晚，我坐上接我的马车赴宴。

被请入席后，我与桦山总监对面而坐。他说：

"反政府党派真不好对付啊，照这样放任下去，不知将会引起何种骚乱，现在必须保护政府的绝对安全。"

果然他提起了镇压反政府党派的事情，眼下的条令尚不完善，因此桦山想问我外国的法令，以做参考。

不巧我并不精通这个领域，就像之前答应会面时说的一样，恐怕力不从心，帮不上忙，但对方的盛情难却，我只得随意搬来沙俄政府对付虚无党的计策以充场面，都是些前言不搭后语的内容……桦山对反政府党派恨之入骨，此后担任海军大臣时在议会上公然发表了拥护藩阀政府的演讲，引起舆论一片哗然。

话说一半，总监的手下中途进来。

"大人。"

这人打住了话头，因我在场而略显犹豫。

"没事，这位是司法省的人，不用顾虑，说吧。"

"是！我已经把上次那人带来了，对方说一定要见您。"

"嗯？既然是这样，那就带过来吧。"

"遵命！"

"不用担心！抱歉啊，我就在这里见他……松枝先生，刚才这人是河冈警部，以后你们就熟了。"

九

不一会儿，河冈警部把人带进屋子，我一看登时惊住了。半白的长发、像被刀削出来的下巴、脸上深深的褶子、头发稀少的光亮天庭。我在柳桥的酒楼里匆匆瞥过这男人一眼，依旧是不修边幅的模样。

警部对总监毕恭毕敬地鞠躬，而这男人却甚是悠然，他毫无忌惮地在总监面前坐下，微微点了点头充充样子。这是一种傲慢的态度，他甚至面带着微醺。

"我是桦山。"总监对他说，"我听河冈说起过你，谢谢你了。这次事关重大，全拜托你了。为了国家，劳你辛苦！"

男人重重点了头。

"总监，我一直想见您，您承认我是国士吗？"这男人有几分酩酊，声音嘶哑。

"你本来就是国士。"

"就凭这一句,我们已是知己。士为知己者死!"

"失敬失敬,我会重重答谢。"

"不用,按老惯例就行,哈哈哈哈哈!"

河冈警部在一旁告诫道:

"太过张扬的话不会引起周围人的疑心吗?"

"我知道我知道,我会注意的。不过是乌合之众,他们什么都不懂,只知道闹事。"

"就怕他们闹大了。"

"确实。"

男人举起一只手,抬高了声音笑道。

"包在我身上!既然我答应下来,就一定做到让您满意。"

这次的谈话真真切切地发生在我眼前。他们对话时,我目不转睛地盯着这个男人。简直就是个奇迹!我居然和前些日子在柳桥的酒楼中见到的男人同席,因此我仔细地观察着他。如果我有一丝敏锐的洞察力,那么就能从他的容貌中发现更为惊人的事实,然而在那个场合下我并未想到这么多。事后一想,这或许又是幸运。

片刻后,这个奇怪的男人和警部一起退了出去。除了奇怪,我还真找不到合适的词来形容他,既不是官员，又不是实业家，也不像学者，但他与权倾朝野的桦山总监如此无所忌惮地谈笑风生，而且谈话的内容似乎非同寻常。

房间里又只剩下我和总监二人。

"刚才那人是我们的人，潜伏进自由党了。"总监做了说明，我深深地点了头。从对话来看，那人是密探也合乎逻辑。

"他是自由党内赫赫有名的人物，这次我们把他拉拢过来做心腹，准备利用他，将自由党的势力连根拔除。"

"原来如此。"

我又点了点头，但心情并不愉快。政府放出密探，靠这些人的活动捏造出类似"颠覆政府"的罪名以消灭反政府势力，这是政府的惯用伎俩。

所谓密探，必须在党内同志中言辞激进、采用过激手段干出违法的行为，因此颇具领导力。就凭这点，刚才那男人的态度不像是普通人啊。

"大人，那是个怎样的人呢？"我问道。

"他在自由党中也是个有头有脸的人，是知名评论家，受很多党员的尊敬。"

桦山总监答道。"评论家"一词引起了我的注意。

"评论家？叫什么名字？"

"可能你也听说过，谷山辉文。"

我感到耳中百雷齐炸，惊愕到茫然不知所措。

"刚才那就是谷山辉文吗？"

我情不自禁地问，一惊之下，连声音都变了。

"你认识他吗？"

"不，只听说过这个名字。"我好不容易挤出了回答。

"这样啊，因为他很出名啊。"总监对我的惊愕表情并未做他想。

十

我一直都相信谷山辉文就是嘉门，但没想到刚才那人就是谷山辉文，而不是嘉门，所以我异常惊愕。此外，（即便他不是嘉门）谷山辉文这个与我颇有缘分的人物居然是政府的密探，这个事实也着实让我大吃一惊。我原本私底下对他有几分敬意。

"不过……像他这样的人物竟然成了密探。"

我问了个连自己都觉得意外的问题，总监带着几分得意，笑道：

"那都是河冈警部的功劳，费了很大功夫才把他治服了，一开始也是个不屈的硬骨头。事实上，收买那样的名人并非不可能啊。"

正说着，河冈警部又回到席位了。

"终于把那家伙送走了。他喝醉了，说了许多失礼的话。"

"没什么。"总监轻轻接过河冈警部的话。

"我们正在说你呢，松枝先生很佩服你收服了谷山。"

河冈向我点头问好。

"这个，我一开始也没想到会成功。"

"是用钱收买的吗？"

"他当然爱钱。总之他酒不离身，豪饮作乐也是不小的排场啊。"

我想起柳桥的酒楼里被艺伎伺候的谷山。

"他出手太阔绰了，恐怕会叫同伙生疑，我也提心吊胆。"

"我读过谷山写的书，是个人才。"

"他确实是个人才，作为评论家，他几乎可以和马场（辰猪）、中江兆民平起平坐了，在壮士中也颇受尊崇。一开始，自由党的领导人也很相信他。"

"一开始？"

"没错，一开始。"河冈果断地答道。

"一开始他很得信任，但逐渐被党内高层疏远。"

"为何?"

"不清楚,没有特别的原因。非得找个理由的话,或许仅仅是因为谷山身上总有被疏离的气质。"

"……"

"这一点,谷山自己也和我说过。他说,他命中注定不招人喜欢,刚开始和他人相安无事,然后,没来由地会被人讨厌。谷山最后答应当政府的密探,也是因为想对疏离自己的自由党表达一种不满吧。"

我背后吹起阵阵凉风。这究竟是在说谁?难道说的不正是石内嘉门吗?我感到自己突然间血气上涌。

我细细琢磨刚才见到的那人的样貌:半白的长发、深深的褶子、刀削般的脸颊……那是嘉门吗?二十年未见,他的脸已经变得连我都无法辨认了吗?

他若是嘉门,肯定会认出我,然而他在和总监交谈的过程中明知我的存在却没看我一眼,这完全是对待陌生人的态度。我既然没认出他,或许他也没认出我。时隔二十年的岁月,我也迎合当朝官员的潮流,脸颊上蓄了浓密的洋式胡须,他当然没法认出我。此外——对了,我想起了谷山辉文写的《民权辩解》一节,"即便同年同月同日生"云云这一句,能说出这话的怎么可能是别人?我坚信了最初的看法,谷山正是嘉门。

虽说没认出对方，但我刚才与牵挂多年的旧友促膝而坐。

他的容貌怎么会有如此之大的变化呢？二十年前，他的脸颊饱满，如今完全没有当年的痕迹。花白的头发、深深的皱纹、憔悴的脸颊……几乎可以被错认为老人。我已三十七岁，无论如何也没法和他被视为同年人，他这副模样让人联想到这些年生活的不幸与失意。

嘉门居然投靠政府做了密探，这使我的心陷入了深深的黑暗。身怀过人的才智，竟然不能博得喜爱，我对于这种人的末路不禁产生一种战栗。

草场佩川曾经说，少年时代的嘉门是"不招人喜欢的孩子"。嘉门在佩川那里吃了闭门羹、不被主君直大重用、未得大隈赏识、最后在落脚的自由党中也没找到自己的位置……我也是将他逼入深渊的人之一啊。

十一

我心里五味杂陈，脸色无法保持平静，却努力装作若无其事地从总监府邸告辞。没想到待了这么长时间，外面夜已阑珊，载着我的马车疾驶在不见人影的路上，只听见车辘辘嘎嘎作响。

我一心想着嘉门的事情，没注意马车走到了哪里，突然听见车夫发出一声短呼，随即马车摇晃着刹住了。

"对不起，前面有个醉鬼挡道，险些就碾上了。"

车夫是个毛头小子，简短地说完，跳下掌车的座位往前面走去，不久便听到他的咒骂声。

我探出身体试着往那个方向看，不远处有盏瓦斯灯，淡淡的灯光中浮现出两个黑色的影子，一人在地上坐着不动，另一人是车夫，正揪住醉汉。我的注意力被一屁股坐在地上的身影吸了去，那是刚才在桦山总监府邸内看见过的身影。我赶紧下了车。

"出什么事了？"

"哎，这人赖在地上不走了……"

我向车夫打手势让他退下，然后徐徐看向醉汉的脸。

果然是他，刚才见到的谷山辉文，那时他就已经醉了，出去后不知又在何处继续痛饮，现在已经神志不清。他摔了个屁股蹲儿，根本爬不起身。我透过淡淡的瓦斯灯像要把他的容貌深深铭刻进脑海一般紧紧盯着他：半白的头发、深深的皱纹，面对这张初老的脸，我拼命回忆想要搜寻出什么。

是的！果然没错！皮肤虽然松弛，脸颊爬满了皱纹，但眼角的表情还留有年轻时嘉门的影子，虽然只是日薄西山般的残影。接着，我从鼻子、嘴角一处一处地发现了嘉门的特征，即便他整体像变了个人，容貌也已衰老，但脸上的各个部分依旧残留着他的特征。

"嘉门。"

我被冲动所驱使，抓着他的肩摇晃。

"嘉门，是我啊！我是松枝庆一郎。"

他抬起了脸，看着我。熟透的柿子般的气味扑面而来，我没有避闪。四周很暗，我命车夫将马车前的玻璃提灯拿来。他的眼睛在明亮的灯光下闪闪发亮，我越看越觉得他就是嘉门。

他迅疾把脸转到阴影里。

"喂，嘉门！我是松枝，你听见了吗？"

我再度扳过他的肩，但他不想看我，大声嚷道：

"你搞错人了！我是谷山辉文。"

"胡说，嘉门，是我啊，这里没有别人，你安心地把假面拿掉吧。"

"你小子是谁啊？"

"我是松枝啊，庆一郎！"

"松枝庆一郎？嗯，司法少丞嘛，萨长的走狗！"

"我读了你的论文，《民权辩解》也读了。真怀念啊，我找你找了很久。"

"找我?别搞错了!我和你素昧平生,自由党党员谷山辉文怎么会有官场上的熟人?!"

"嘉门,够了!你可能没留意,但刚才你和总监会面时我也在场。"

他确实没有丝毫的惊讶。他再次认认真真地盯着我的脸,但眼神中不再有刚才的强悍,转而被怯懦和狼狈所取代,之后又变成无法言喻的悲哀。

"嘉门,你落得今天这个田地,都是我不好,千惠也很担心你啊。"

我说出千惠的名字时,他的内心似乎再也控制不住地动摇起来。他歪着脸,马上就要怒吼或哭泣出声。

"好了,今天晚上到我家去吧。"我抓着他的手。

如果那个时候没有别人,他肯定会放下固执听我的话,跟我回家,然后我一定会尽力让他改头换面重新开始,至少我能救他于悲惨的人生最后一程。

"啊,先生,您在这儿啊,叫我们一通好找。"

"谷山先生,走吧!"

两位壮士打扮的男人跑了过来,都是年轻的自由党党员吧,两人一左一右将嘉门抱了起来。

万事休矣。

他踉跄地靠在两人的肩头站起身来,放声笑道:"呀,失敬了，各位。随便把我带到哪儿，我们继续喝！"

两人狐疑地瞟向我，扶起嘉门走了。他的背影如此寂寞，和曾经在柳桥的酒楼里见到的一样。

"谷山！"

我对着他的背影脱口叫道，感觉自己必须发出声音，胸中无限感慨，却无语凝噎。

"那么，我期待你大展拳脚！"

他给了我一个清晰却普通的回答。

"谢谢，你也是。"

他继续向前走，左右的年轻人似乎在问我是谁。我听见嘉门的回答：

"他吗？是我的旧识，他刚叫住了我，我才认出他，是个平步青云的幸运儿啊，和我不同……"

不用说，嘉门这话是说给我听的。我目送他的背影蹒跚地消失在黑暗之中。

十二

此后不久的深秋十一月，谷山成为政府密探的事情暴露，被三名自由党党员谋杀。

他被骗去住在奥多摩山中的一位党员家，在一间房间内饮酒时，被事先埋伏好的人用猎枪枪杀了。子弹打穿了胸口，但未正中心脏，因此他尚存一口气。

"我们以自由党之名天诛你这只政府的走狗！"

听到党员们的骂声，嘉门笑了，重重地点了点头。

党员又说："你有什么要说的吗？"

嘉门开口："一把岁数，却无妻无子，也没有留遗言的对象，反而一身轻松。但……"他沉默了。

"但……什么？"党员催促道。

"没什么，行了，就这些。"嘉门又沉默了。

我看了审判记录，逐一了解了事情的经过。他确实有话要说，却突然主意一变。

"你是个人物，为什么甘当政府的走狗？"党员问他。

"宿命啊，命中注定我会这样。"嘉门似乎如此回答。

我知道，无可奈何是嘉门的天性，而他最终对自己的命运举了白旗。他才智过人，也曾放手一搏，最后却为世人所不齿。

不，起初大家都认可接受他，但中途一个个离开了他。并不是他有缺点或过错，这就是他的宿命啊，终生不为世人所容。

他死前并没留下什么话，"但……"这一句或许是想对我和千惠说点儿什么吧。终生未娶，对未来绝望之后，他成天买醉，借酒浇愁，沉浸于虚无世界，最终竟当了密探。

然而，他到死都是谷山辉文，没人知道那是佐贺县士族石内嘉门。这使我感到些许宽慰。

战国权谋

善因善果人不觉，恶因恶果易分辨。且说，佐渡守不到三年面上生疮，半边面瘫，板牙外露，饱受病苦而死。其子上野守被削藩，流放至出羽国由利，其后转押至秋田，囚禁于佐竹大人处，四面钉上栅栏，挖上壕沟，受人密切监视。正应了那句话，一切皆逃不开这因果宿命吧。

——引自《三国物语》

一

庆长十二年，家康把将军之位传给三儿子德川秀忠，自己退位隐居至骏府担任大御所。他把常年侍奉左右的本多佐渡守正信安置到江户的秀忠身边做师傅，自己身边留下正信之子上野介正纯。

九州地区的大名从京都、大坂①前往江户的途中经

---

① 今大阪，"大坂"一词最早出现于室町时代。

常要去拜见身在骏府的大御所家康，拜谒者必须通过上野介正纯请求会面，没有正纯的裁夺，谁也见不了家康；不论多么有权有势的大名，都要请求正纯从中打点。

事实上，家康把一切事务都交给了正纯，骏府的政务几乎全由正纯一手掌管。家康年近七十却容光焕发，近四五年来丝毫没有衰老的迹象，每每偷得浮生半日闲，还会去周边的山野中鹰猎，主君丰臣秀赖及母亲淀夫人尚在大坂，家康一切称心如意。在旁人眼里，他就是个漫步山野锻炼体魄的老人。

正纯作为家康的管家，全权负责大小事务，处理事情干净利索，目睹过正纯做事的人能感受到那股子爽快劲儿，足见他聪颖过人。正纯从十六岁开始侍奉家康，像至亲一般了解家康的所有心思。他处理事务时并不一一请示家康，凡事都自己拿捏，但件件让家康满意。正纯办事甚得要领，绝无失手之时。

去骏府拜见家康的诸位大名首先要看正纯的脸色，因为正纯的一允一否都能左右家康的意思。

正纯正值四十二三岁的壮年，浓眉中透出精悍，眼大唇薄，看长相很难让人亲近。他往往嘴上说着话眼睛却看向旁侧并聆听对方交谈，仿佛随时发动着全身的触角，有事前来相求的人会认为自己看见了冰冷的刀刃。

从骏府出发抵达江户的大名们要谒见将军秀忠，而在谒见前后必须拜会老中本多正信。众大名在骏府刚见完正信之子正纯，在江户又见到了同一个模子铸出的脸，只是面容已经显了年纪罢了。正信额上秃发，颧骨外突，深陷的眼窝里闪烁着大眼珠子。他年逾七十，脸上爬了无数皱纹，身材精瘦，背驼。

正信给人的感觉可以用平静来概括，他的脸上总是洋溢着老人稳重的笑容，善于辞令，说话滴水不漏，与其子正纯恰恰相反。但见面的人都听说过正信是出了名的心狠手辣，见面后反而会感到阴森可怖。

正信的工作量比其他人多，一个人包揽了江户的所有政务，这一点与正纯相同。江户城中也有其他的老中，但他们在正信面前简直黯然失色，正信也无法向同僚随便吐露实情，因为正信的话全是家康的意志。

江户和骏府，一对父子同时担任老中，成为主君身边协助掌管政事的出头人，权倾朝野的程度可想而知。

> 诸将军士皆须屈膝而跪，连室町时期的武门父子细川赖之、赖元也无法匹敌。

有儒者在文章中如此评论本多父子。

然而,如此受宠的正信曾经背叛过家康一次。

永禄六年(1563)秋,三河地区一向宗起义时,正信从家康身边逃跑。那时二十二岁的家康还姓松平,正信二十六岁。

家康与一向宗的争斗因些微摩擦而一触即发。

家康与今川氏真[①]道不同不相为谋。后为了防范今川,家康在领国佐崎修建了新的堡垒,并向当地的上宫寺借粮食。秋收刚过,寺内有大量粮食铺在阳光下晒干。上宫寺对借粮一事并未做出回应,而家康的士兵却将粮食一掠而光搬进堡垒。上宫寺隶属于一向宗,号称"守护不入"[②],军兵不得入内,连领主都不允许干涉寺内事务。家康的士兵强抢粮食可谓侵犯了一向宗的特权,于是上宫寺召集人马闯入地方官员的宅邸闹事,骚动由此逐渐扩大。

虽然骚乱的导火索是些琐碎之事,但双方的纷争却根深蒂固。一向宗的势力在北陆、近畿、东海诸国盛极

---

① 战国大名今川家的末代家督。

② "守护不入",又叫做"守护使不入",日本镰仓时代、室町时代幕府禁止追踪罪犯或征税的守护使或官员进入特定区域。战国时代幕府的权限遭到否定,战国大名取而代之。

一时，乱世之中不论多么宽厚慈悲的佛恩都需要有实力做后盾。一向宗的信徒们一旦闹事，立即演变为起义，双方开战。三河地区的一向宗势力因宗祖亲鸾在境内的矢作地区讲过经以及莲如曾在全境各地传教而蔓延至三河国全境。针崎、野寺、佐崎等地均离家康所在的冈崎不足一里，领地内有一向宗下属的三个寺院，这些寺院都不断地扩张权力，与领主对抗。

起义者召集各处的信徒，短时间内人数骤增，赶来的信徒中不仅有庶民，还有家康的家臣。这些家臣比起君臣之缘，更拥有依靠佛法摆脱未来永劫的信仰。

冈崎城内有不少人向起义军的阵营倒戈，其中还有世袭将领和家康的妹夫，本多正信也是其中一员。

家康与起义军展开了殊死搏斗，一想到今川氏真的大军可能随时从背后大举进逼，家康真是破釜沉舟。如果氏真当真率大军杀来，那么家康必定不堪一击，然而幸运女神频频眷顾年轻的家康，氏真错过了开战的大好时机，只能放弃宣战，家康最终平定了起义军的猛烈进攻。

一向宗的信徒投降时，家康虽然网开一面，但参与起义的大部分信徒都逃之夭夭，正信也一样。正信虽然很早就为家康效力，但他只不过擅长鹰猎罢了，此时还并未获得家康的重用。

此后十九年间，正信在畿内、北陆、东海之间到处流浪，其间也曾一度认了新的主公，但转眼间又告假继续颠沛流离。大和国的松永久秀曾见过正信，回想家康派来的侍从也不在少数，但正信既不刚强又不柔弱也不卑屈，料想不是等闲之辈。这样的男人却白白在外漂泊空度岁月，其间的艰辛困苦无人知晓。

正信最初从家康身边逃跑时是二十六岁的青年，十九年的流浪岁月把他磨砺成初显老态的男人。他年纪轻轻就成为没有主公的浪人，在长年的流浪中也逐渐老成，深切地洞察了人心的善恶和世事的变化，同时也终于开始为这样漂泊不定的生活而担忧。正信斑白的两鬓格外扎眼，内心肯定也是如寒风拂过般寂寞吧。

在这样的心境下，他通过昔日旧识大久保忠世向旧主家康提出复归的请愿。

二

天正十年（1582）六月，家康在堺一带巡游时，传来了本能寺之变①的消息。事出突然，连家康也措手不及。家康提出就此前往京都，在知恩院切腹自尽，好不容易被众人劝下来。事关重大，连家康这样的人物也惊慌失措。

家康主从一众人等立即赶回领国，孰料在宇治附近遇见了意想不到的人，此人正是十九年前逃出三河国的本多正信。家康惊诧地盯着正信的脸，那张脸已是满面风霜的老人的脸。

正信回答了家康的疑问，他说之前通过忠世提出了回归的请愿，万幸得到了家康的批准，欣喜至极，便从加贺回到了三河，但听闻家康要晋谒京都的消息，坐立难安的他立即动身前往京都，途中在大津打听到了家康一行人逗留的位置，便一路追随而来请求拜见旧主。家康听罢大悦，心想在这世事难料的旅途中，哪怕多增加一个自己人也能壮壮士气，而正信长年在各国流浪，对周围的地理也颇为熟悉，因此家康让正信带路。

两人重新回到主从关系时，家康已是不惑之年，正信比家康年长四岁，此后正信尤其能讨家康欢心的原因

---

① 日本史上著名政变，织田信长即将统一全日本前夕，在京都本能寺中被部下明智光秀弑杀，日本历史因此被改写。德川家康少时被卖给织田家，曾与织田信长一起度过少年时代，后结盟为稳固的同盟。

就在于：家康的部下多是不懂人情世故的田舍武夫，而在外漂泊十九年的正信比他们更有经验，有更多见闻，更通晓天下情势，因此正信的见识理所当然地比诸将领高明，也逐渐被家康器重。

庆长三年（1598），丰臣秀吉死时，家康五十七岁，正信六十一岁，两人已是心意相通的至交。

据说有这样一件事。石田三成被福岛正则、加藤清正、黑田长政等将领追逼，乘女眷的轿子逃至家康位于伏见的旅舍，生死完全被掌握在家康手中。是夜，家康正思考如何处置三成，夜深时分频频咳嗽，此时正信来到家康的卧室附近。家康问道：夜已深了，你来所为何事？正信反问道：不为他事，主公打算如何处置三成？家康道：若是为此，我也正在反复考量。正信听完微笑道：既然您在费心权衡，那我也就放心了，就此告辞，说完便退下了。家康似乎顿悟一般，立即下决心让三成平安回到佐和山。

正信就像家康肚里的虫子，能够洞悉他的想法。如果家康彷徨不知所措，正信则给他自信，而家康听了正信的话总能安下心来。后来，两人的关系比起主仆更像友人，而且正信办事勤快，更称家康的心意。文禄元年（1592）至翌年，江户城进行了维护，负责此项工程的正是正信。他兢兢业业，尚未启明的黑天里就去施工现场指挥，中午才瞅空咽一口早饭，夜深人静之时回到住处，这才顾得上吃晚饭。不论风霜雨雪，他从没有旷过一天的工。这项工程完成后，家康甚为满意。

正信步步高升，肯定有人对此不满，那些忿忿不平的人因为正信没有任何战功而瞧不起他。

有一次，正信在军事会议上发言，榊原康政瞪着正信骂道：这种猴子拉稀坏了肚肠、只会耍小聪明的破落户怎么会懂我们的做法？本多忠胜则一面贬低正信是个没腰骨的懦夫一面肆无忌惮地嘲笑。

正信面对这样的谩骂和中伤，并不正面相击，他只在心底里笑话这些人四肢发达头脑简单。对方看到正信的这种态度，只觉得他狡诈市侩。只有亲友才知道正信的艰辛付出。正所谓人的器量不同，行为处事的方式也不同啊。

孰料关原之战后，康政和忠胜都接到了解甲归田休养生息的命令，被迫离开家康回到各自的领国，当觉察出这是正信从中献策后，两人义愤填膺，却无计可施。康政只能在罹病时躺在被子里对家康派来探病的使者说自己近来肚肠不好，同样抱恙的忠胜也只能对家康的使者说自己原本想前往江户觐见以拜谢主公之恩，无奈最近腰骨乏力。之前两人曾对正信恶言相向，而现在只能聊做反抗了。

正信加官进爵，大权在握，而他的对立者们一个个不可思议地失势。

正信的同事内藤清成、青山忠成两人被削去关东奉行职位，同样离不开正信的"功劳"，他曾向家康讽谏过两人。众人都认为此事是正信故意而为之，毕竟他想要挤兑两人。

与正信平起平坐、跟随秀忠的老中大久保忠邻被削藩事件，正信也是幕后黑手。

大久保家族论忠诚、论武勇都在三河家臣中数一数二，代代位列老中一职，忠邻更是秀忠的辅佐大臣，忠邻的儿子忠常还迎娶了家康的外孙女为妻。连忠邻都被削去官职，世人更是诧异。

三

据说正信与忠邻早在庆长五年（1600）便产生了嫌隙，那时秀忠取道中仙道赶往关原，抵达上田城时，两人就战法问题意见不合，然而这似乎并非两人水火不容的主要原因。

忠邻的父亲忠世是正信的恩人，他在正信年轻时曾助其一臂之力，在正信漂泊在外的第十九个年头希望回到主公家康身边之际从中进行了斡旋。忠世之所以答应帮正信一把，想必他也认为正信是个有见识的年轻人吧。正信同样感谢忠世的大恩大义，最好的例子就是每逢年三十和正月，他总有三天在忠世家用餐。忠世去世前还一再嘱咐正信照顾自己的儿子忠邻。

忠邻从十三岁开始为家康效力，这五十年间非常受宠，文禄二年（1593）以后在秀忠身边担任老中，其权势无人能及，每日登门造访的人络绎不绝。忠邻爱才，对来者均以礼相迎，连默默坐着的陌生人也为其提供膳食。忠邻好茶道，他不仅为大名们奉上香茗，还亲手为使者们献茶，因此忠邻极有人望。

其子忠常在居城小田原去世时，世人争前恐后地从江户来悼念，据说每日有数百人赶往小田原，各大名、旗本将路堵个水泄不通，许多地方官员、组头[①]未经请示便赶去，连秀忠的手下都缺勤奔丧。

和自己地位不相上下的老中居然赢得了如此高的威望，正信又将作何感想？

---

① 组头，江户时代辅佐名主管理村中事务的官员。

不久，家康、秀忠谴责了那些前去悼念的近臣："你们做得太过了。"有人在背地里传这是正信的进言。

忠邻听到传闻后，突然之间蛰居小田原不上朝，表面上是因为丧子之身不宜务公，实际上是在宣泄内心的愠怒，他变得遇事沉不住气，爱发牢骚。过了一阵子，他终于出勤了，但也不如之前那么勤于公务。

某日，家康对正信道："最近听说相模（忠邻）不怎么主动上朝务公，何故？"

正信答道："我不了解他所为何事，但他终日沉湎于为亡子叹息，自然而然就玩忽职守了吧。"

正信当着家康的面清清楚楚地说出了"玩忽职守"。

家康听罢剑眉一蹙，嘟哝道："其他人还情有可原，但相模这么做就公私不分，有失身份了。"

正信默不作声地看着家康明显动怒的表情。

不久，忠邻受命为取缔耶稣教而晋谒京都，但此时家康和正信、藤堂高虎①等已经密谋商议给忠邻定了罪。忠邻抵达京都的旅舍时，因遭到嫌疑而被削藩，囚禁于彦根。

---

① 藤堂高虎（1556~1630），安土桃山、江户初期的武将，曾经跟随过浅井长政、羽柴秀长和丰臣秀吉，关原之战、大坂之战时期投靠德川家康。

忠邻被降罪的另一个原因在于他的干儿子大久保长安为人处事不检点，给家康留下了糟糕的印象。长安本名叫作大藏十兵卫，是一介能乐优伶，家康看中他有开发矿山的特殊才能而提拔了他，他后来开发了佐渡、石见等各国的金银矿山。家康给十兵卫赐姓大久保，让他改籍进入代代出名臣的大久保家族，忠邻便成了长安的干爹。然而长安徇私舞弊，他死后，家康依旧没有放过他，继续追罚。家康之所以对忠邻不满，是因为他认定身为干爹、长期召见长安的忠邻对此事不可能不知情。家康猜想长安的那些不义之财也流入了忠邻的钱囊。

家康比普通人更痛恨那些不择手段中饱私囊之辈，他对正信恩宠有加也是因为看出正信无心贪图私利。家康夺天下后，老臣武将们都为俸禄微薄而愤懑不平，而正信却满足于一两万石的俸禄，即便要给他加薪，他也断然拒绝：我多年蒙受主公之恩，家里说不上富裕，但也绝不贫苦。年轻时我没有仗剑打天下获取功名，如今一把年纪了，不可能靠战绩出人头地，请把多余的那部分钱财分给其他勇士吧。家康由此对正信格外信任，只要是正信的话，家康绝不怀疑。他疏远忠邻，内心已经远远偏向正信。

正信参与商议了罢黜忠邻一事，他并未向家康求情。

大久保一族因此对正信多有记恨，说忠世待他恩重如山，他却在罢黜忠邻一事上袖手旁观，甚至落井下石。

忠邻被免时，曾经投奔他的人没有谁敢为他求情，并非人情冷漠，实在是众人忌惮正信，才裹足不前啊。

庆长十八年（1613），忠邻孤伶伶地前往囚禁地，从此之后便是本多正信、正纯父子独掌大权的时代，真可谓是"诸将军士皆须屈膝俯首"。

四

庆长十九年（1615）十月一日，家康因钟铭问题[①]与位于大坂的秀赖一族翻脸敌对，下令诸军出动。这是家康多年来的夙愿。

他已经是七十三岁的高龄，死期和夙愿一直在竞争。他一直为此焦虑不已。如今走到这一步，家康自然欣喜万分。

[①] 钟铭问题，庆长十九年（1614）7月26日德川家康为灭亡丰臣氏而挑起的事件。丰臣秀赖在德川家康的建议下重建方广寺大佛时，将同时铸造的钟的铭文上"国家安康"的字句解读为分割家康的名字、斩断家康的身体，诅咒德川氏，而将"君臣丰乐"的文字解读为祈愿丰臣家的繁荣，因而德川家康对丰臣家大为非难，使得大佛开眼延期。此事激怒了丰臣家。

"冲锋陷阵扫敌军，留取功名待追忆。"他拔出大刀从地上一跃而起，面容和动作瞬间返老还童，仿若换了个人。秀忠派土井利胜前来请命：若主公精力不济，请允我充当左膀右臂。这个请命当即被家康斥退。家康勇往直前是因为他看到了大坂方面势力土崩瓦解的末路。他老当益壮，意气风发，从骏府出发后一面在途中享受鹰猎，一面西上。

然而实际情况与家康的期望相反，大坂并未立即陷落。十二月二十日，两军达成和议。

家康在征途中跨年过了正月，回程途中再次悠然地鹰猎，一行人回到了冈崎。这时，家康似乎在等着什么消息。

和谈的条件之一是留下大坂城，毁掉二环三环的外围，填平外部的护城壕沟，这项工程由本多正纯、成濑隼人、安藤带刀等人负责。受命此项劳役的一线诸将率领士卒数万人乌云压境一般聚集在大坂城外部，不论房梁围墙一律砸毁，投到沟壕中，石头壁垒也砸个粉碎，不出几天，外城的护城壕沟便被填为平地。之后士卒们并未收手，他们进入大坂城城中心的外院，开始填埋间壁的壕沟。城主秀赖愤然抗议，但士卒们只是回复道：大御所家康交代，一切指挥权交由本多正纯负责，若有疑问请找正纯对质，我们只是按正纯的吩咐行动。

于是秀赖派人要求与正纯交涉，但正纯称自己积劳成疾，病倒在住吉的旅馆里闭门不出，谢绝任何访客。派来的使者叫玉儿，是淀夫人的侍女。成濑隼人看玉儿生得眉清目秀，便出口调戏，安藤带刀则一言不发，事不关己地继续监督搬运工们填埋壕沟。

大坂城方面怒从中来，立即让大野主马[1]与玉儿一道前往京都找正信。玉儿见到本多正信后质问缘由，正信装做吃惊的样子，答道：

"正纯这个蠢货，连下命令都不会，鄙人现在就把这件事禀明大御所。但鄙人这两三天偶染风寒，正在用药，只能静养，烦请您等鄙人身体康复后才能够务公。"

然而正信的病情一拖再拖，大坂来的使者只能干着急，想另托他人，但对方也都闪烁推脱说此问题必需本多大人出面才能解决。不知不觉间，大坂城城中心附近的沟壕都填埋了大半，正信这才向家康禀报大坂使者前来一事。

家康听罢也做出一副吃惊的样子，道：

"使者的要求合情合理，我们赶紧去视察一番。"

---

[1] 大野主马，生卒年月不详，安土桃山时代至江户时代前期的武将，丰臣氏的家臣，大野治长的弟弟。

于是派正信前往大坂。

正信到工程现场一看,壕沟的填埋已经逼近了大坂城城中心。他说道:

"真没想到啊!实在是愧对众人,请给不肖子正纯及主事者定死罪吧。"

道歉完,正信退下了。

而正纯如此说明:

"主上下令填埋护城沟壕,我听岔了,以为要把所有壕沟都填平,是我们做得过火了。事已至此,请主上赐罪。"

家康替正纯向大坂方面辩解道:"我本想让正纯切腹自尽,但你我好不容易达成和谈,值此可喜可贺之际,多杀一人也是晦气,请高抬贵手饶他一命吧。"此事也就不了了之。较之家康、正信、正纯三人的心狠手辣,被算计的秀赖母子和大野治长[①]等确实幼稚,后者根本对抗不了那三人。

家康比秀忠先行离开京都,他在冈崎逗留时已经听秀忠汇报填埋大坂城的工程全部竣工的消息。

---

① 大野治长(?~1615),大野主马的哥哥,安土桃山时期的武将。最初跟随丰臣秀吉、秀赖,关原之战时投靠德川氏,之后再度进入秀赖麾下。大坂夏之阵时败北,为主公秀赖殉死。

家康等的就是这个信儿，现在终于能够长舒一口气。

二月七日，家康在远州中泉与随后从京都出发追上来的秀忠以及本多父子会合。摒退所有的闲杂人等，四人进行了长时间的密谈却没得出结论。他们很早就在商量再度攻打大坂城。

三月十二日，板仓胜重报告大坂方面宣战的消息，而万事俱备的家康就等这阵东风吹来。他四月四日从骏府出发，再度向京都进发。

与去年不同，家康此次并未率领大军，人数也只有去年的一半，部下将领中除了藤堂高虎、伊达政宗[①]及元龟天正年间以来名声显赫者，家康只亲率了小一辈儿的青壮年。要拿下所有护城沟壕都被填平了的大坂城，无异于攻打一座毫无防护的裸城，因此派一众年轻人上战场也能取胜，但家康还有另一个打算：经此一战，天下太平，就把最后一次踏上战场的机会让给年轻人吧。

五

家康老当益壮。

[①] 伊达政宗（1567~1636），安土桃山、江户初期的武将，仙台蕃藩祖。最初归附于丰臣秀吉参与了文禄之战，关原之战时隶属德川氏。

此次拿下大坂城后,他依旧在返回骏府的归途中享受着鹰猎。八月二十九日,白日里秋老虎依旧肆虐,家康在大坂之战中被晒伤的脸更显活泛,许是因为大坂之战按照预期轻松取胜,他终于卸去长年压在肩上的重荷,放下心来。他不畏酷暑,毫无疲倦之色。

家康在骏府仅修养了一个多月,九月末再度前往关东地区鹰猎,十月十日抵达江户,二十一日开始在户田、川越、越谷、岩村、葛西、千叶、东金及关东一带的各个鹰猎场巡游。

家康让正信相伴,而正信正是养鹰匠人出身。

七十四岁与七十八岁的两位老翁心满意足地在晚秋的野山里纵鹰捉鸟。

两人都老了。如今家康和正信的关系比起主从,更像莫逆于心的老友。

例如,以前家康说明自己的想法并征求意见时,正信如果不赞同,则会假寐不予作答,于是家康也重新反复考量。反之,正信如果赞同便会给予热烈的回应,家康得到回复后则心意坚定如磐石。

家康隐居后在骏府安定下来,正信也经常从江户前来探望。正信原本是为了商谈政事或请求家康裁决而来,却像去茶友家聚会般欢欣雀跃。看着正信,家康总能察觉老友的寂寞。

骏府的内堂深处，家康与正信亲密无间地畅聊许久，走廊上也总能听见两人的笑声穿透障子门而来。

现在家康正志得意满地看着身边的正信用衰老耷拉的眼睛一心一意地指示老鹰去捕捉天空飞舞的猎物。对两位老人来说，夕阳西下的秋日原野上，死期正在不远处蹲守，而他们相互扶持的背影也正映照在人生的残阳中。

十二月四日，家康离开江户回到骏府，不料这是他最后一次去江户。

鹰猎是家康最大的兴趣爱好，前些年开始更是频繁地去鹰猎场。攻陷大坂城的夙愿业已成真，武家诸法度、公家诸法度、诸宗本山诸法度等法令也已制定完成，眼下，他终于能全身心沉溺在这项爱好中。

家康在骏府迎来了七十五岁的元旦，正月二十一日，还去了田中城放鹰。值此隆冬时节，寒气逼人，家康却精力过人。然而他在此地食用炸鲷鱼后，食物中毒，最终演变为不治之症。

家康罹病的消息传到江户，众人大为震惊，秀忠及各大名纷纷赶至骏府，这里的街道因为家康的大量随从而堵得水泄不通，混乱至极，伊达政宗等人特地从奥州远道赶来。

家康的病情一进一退，不断反复，进入四月后，逐渐加重。

家康在病床上胡思乱想。

有时格外想见正信。

然而正信也在去年岁末染疾卧床，加之年迈体衰，前来骏府的可能性微乎其微。

此时，无法见到家康最后一面的正信比家康本人还焦虑。正信的病既是源于衰老，也有一说是患了类似面瘫、嘴合不拢而露出后槽牙的疑难杂症。家康想见正信，是因为想推心置腹地把后事全权委托于他。

或许是知道自己命不久矣吧，家康把前来探病的所有人挨个儿叫到病榻前嘱咐后事，得到大御所的恳切托付后退出来的大名们个个一脸的感激，像伊达政宗这样经历过大起大落的男子也是满腹感动。

只有一个人例外，那就是福岛正则。家康看着正则的脸道：

"关于你的事情，背后有许多风评，将军对你多有提防，我也为你说过情，但你若不服，大可解甲归乡，固守城池。"

正则听完，犹如电击一般全身颤抖不已。正则回去之后，家康叫来正纯细细询问，正纯答道：

"福岛大人曾跪坐在鄙人面前流泪，说太阁丰臣秀吉在世时他就对主公您效忠，而如今被怀疑有二心，您的命令太过残酷无情。"

家康满足地笑笑，点头道：

"福岛现在还不足为惧，今后必须把他斩草除根。"

家康透露今后对正则如何处置时，秀忠和土井利胜也在旁边，但把家康此时的遗命牢记在心并在日后付诸实践的是正纯。这的确是正纯的处事风格。

六

家康在病中得到圣旨，被任命为太政大臣。元和二年（1616）丙辰卯月十七日巳刻逝世。

家康的死讯传到身在江户的正信床头，正信不禁放声痛哭，那已经衰弱得如同枯木般的身子从床上滚下来抽搐挣扎。家康是这世上正信唯一能够托付的老友，而今家康的灵魂坠入晦冥的黑暗中，正信也成了一个孤苦无力的老人。

家康的遗体按照遗嘱，朝西埋葬在久能山，面朝西方不仅仅是因为家康希求死后进入西方极乐净土，还源自他死后也要压制西国大名的执念。

十七日半夜，家康的灵柩被抬向久能山的临时屋舍，这时天空飘下雨点。

按照遗嘱，本多正纯、松平正纲、板仓重昌、秋元泰朝等四人在棺柩周围护驾，后面是由秀忠的代表、土井利胜、御三家的代表、尾张的成濑正成、纪州的安藤直次、水户的中山信吉等组成的送灵队伍，天海、崇传、梵舜三位僧侣随行。送葬的队伍只有这些人，其他人等一律禁止入山。

一行人在下雨的山路上默默抬棺前行，耳边只有雨打梢叶声，整座久能山被封闭在昏黑的阴暗中。

送灵的队伍不时停下来休息，每次正纯都会走到灵柩前蹲下。雨水浇湿了他的头发，顺着脸颊一串串流下来，他口中始终念念有词：

"大人，一切都按照正纯的指挥进行着呢。"

"鄙人会陪在您身边。"

正纯说这些话，仿佛是说给生者听。正纯照看罹病的主公一百一十多日，加之因家康的逝世而伤心不已，他的面容本就非常憔悴，而这个夜里，他看上去更因悲叹而心智癫狂。

成濑正成看过正纯照料家康的样子，而今更是感动不已。他向站在身旁的土井利胜不住地感叹。

然而不论正成如何赞扬正纯的忠诚,利胜始终一言不发,不予附和,他眼里透出冰霜般的冷漠,脸上是讽刺的表情。

正纯按照家康的遗命,等家康埋葬在久能山之后,便将骏府内的钱财遗物分与三家①,其他一切后事也均由他一手包办。

正信办事一如既往地果敢干练,他原本就是个雷厉风行的人,正是这样的手腕与才智,再加上家康的信任和宠爱,才将他打造成了一个充满自信的傲岸男子。

正纯的容貌给人难以亲近的冷漠印象,加之他老谋深算的阴郁性格,更让人敬而远之。他阴险的声音继承自父亲正信,但正信老来性格圆滑稳重,而正纯尚不够火候,个性露骨,且棱角分明。正纯在家康生前天不怕地不怕,即便有人中伤他,仗着家康的权势狐假虎威,那些不服者对他也无可奈何。

一旦家康逝世、正信继而归西,正纯背后高耸的权力庇护也逐渐崩塌。

正信比家康晚五十天去世。就像追随老友的脚步一

---

① 三家,指德川氏一族中的尾张、纪伊、水户三家,在所有德川氏的亲藩中占据最高地位,辅佐将军。

般，正信咽下了最后一口气。"正信为主公效力不辞辛劳，考虑到子孙后代的绵延相继，嫡男上野介所有的领地财产按现在的配额即可，请一定不要多加赏赐。"

这是正信对秀忠留下的遗言。

正如其他自恃者一般，正纯并未意识到自己的势力已是江河日下。家康死后，他重新复出，从骏府去江户担任老中职位，与他同席的有土井利胜、酒井忠世等。正纯眼里一派志得意满，完全不把性格稳重的利胜等人放在眼里。

即便是父亲正信活着的时候，正纯也比父亲更为傲慢。有一次，正信在不住地感慨述怀，正纯却嗤之以鼻，认为老爷子已经开始犯迷糊了。在他眼里，父亲已是老骥，因此父子间产生了隔阂。

此外，福岛正则削藩事件也增强了正纯的自信。正则为修缮居城广岛城向正纯进行了口头申请，正纯答应做担保，于是正则放心地在未获得书面许可证的情况下翻修居城。当时幕府规定，没有许可就不能施工。幕府抓到了正则的把柄，出其不意地革了他的官职。

处分福岛正则一事是家康的遗命，正纯亲口听家康下令。不到两年时间，他将号称"狂暴大名"的福岛正则轻而易举地消灭了，其心狠手辣，较之曾经一面敷衍丰臣秀赖一面填埋大坂城所有护城壕沟时，简直有过之而无不及。

正纯打心眼里不畏惧秀忠。家康在世时，秀忠都要让正纯三分，如今正纯心中依旧残留着这份优越感。

因为他曾经对秀忠有恩。庆长五年（1600），秀忠没赶上关原之战，战争结束了他才抵达大津，家康因此震怒而拒绝见面，甚至私下里还在考虑废嫡事宜，连家康的重臣井伊直政都暗中将希望托付于忠吉（秀忠的弟弟）。此时正纯向家康求情，将此次秀忠迟到的罪过推给自己的父亲、同时也是秀忠师傅的正信，请求家康拧下正信的脑袋原谅秀忠，家康的怒气这才得以平息。由此，秀忠对正纯毕恭毕敬。按照正纯的性格，这件事像是正纯故意给秀忠卖了个人情。

而在秀忠看来，正纯遇事总是强行涉足，这无疑让秀忠不悦。

七

正纯似乎不太看得起利胜。

利胜不是才子，而是"九层之台起于垒土"，一步一个脚印的踏实人，因此性格颇为耿直，和正信同事多年却相安无事。利胜出生于家康位于浜松的居城，家康常把他置于膝头或用筷子哺喂食物，因此坊间谣传利胜是家康私生子。天正七年（1579），秀忠在浜松城出生，因此家康在秀忠满一周时让已经七岁的利胜跟随秀忠，并赐米二百俵，自此利胜与秀忠相形左右，这与四十五岁重回主公身边从最底层开始打拼、老来成为秀忠师傅的正信完全不同。在本多父子一手遮天的时代，利胜若有半点违抗，可能会立即被挤兑，迄今被本多父子排挤失势的有内藤清成、青山忠成、天野康景、榊原康政、大久保忠邻等都是能激起本多父子敌对意识的人物。利胜为了不引人注意，而假装喜欢屈居正信下风，因此一直平安无事。然而这毕竟是家康、正信生前的事，如果正纯还以当时的标准来衡量利胜并依旧目中无人，那么伶俐过人的正纯也会因为自负而看走眼。

元和五年（1619）十月，正纯领俸禄十五万五千石，赐得领地宇都宫。这究竟是谁的计策呢？

正纯一直享俸禄三万三千石，领地位于野州小山，突然被加增十二万二千石，显然是为了答谢本多父子多年来的功劳。正纯毫不犹豫地接受了这份加封，因为他打心底里就认为这是理所当然。

但他的亡父正信却不这么想。正信在家康提议加官晋爵时认为，自己年纪大了，也没有沙场立功的可能，安安心心寿终正寝才是自己最大的期盼，因而辞退了家康的封赏。正信死前也对秀忠说，若想我族家泰人安，请勿为犬子加封。十九年的颠沛流离丰富了他的人生经历，因此他对世事变幻、人情冷暖了如指掌。正纯却因自负和年轻气盛，无视父亲的遗志。

正纯进入宇都宫领地时惹了些许纷争。

宇都宫一直都是奥平家的都城，前藩主家久去世，七岁的幼儿成为后嗣。宇都宫是奥州通往江户的要冲，幕府担心幼主无法把控如此要地，便下令奥平家移居下总古河，让正纯取而代之。

奥平家对这个处置愤恨不平，尤其幼主的祖母是家康的长女于龟，人称加纳夫人，是个性格刚烈的女人。这位勇妇在围剿长篠城[①]时与亡夫信昌一道参加了防卫战争，性子火暴。把自己的乖孙子挪走继而来一位没上过战场的正纯，加纳夫人自然怒不可遏。这位一怒之下便不论是非黑白的老妇人为了发泄心头之恨，将宇都宫

---

① 长篠城之战，1575年5月，织田信长与德川家康联合军在长篠城西面设乐原与武田胜赖军队展开的战争，联合军使用了大量大炮，大获全胜。

城内的竹木伐个精光，将门窗隔扇卸下准备带去古河。

正纯也火冒三丈，加纳夫人违反了将城池完整交付给后来人的重要法规，因此他设下关卡，将奥平家带走的东西悉数夺回，大有即便是将军的姐姐也绝不轻饶的气魄。加纳夫人因此怀恨在心。可以说，这个摩擦也是因为本多父子从中作梗、导致加纳夫人的女婿大久保忠邻遭遇不测的宿仇。

元和八年（1622）四月七日是家康的七周年忌日，秀忠动身前往日光参拜祭奠，预定途中在正纯的居城宇都宫逗留一晚。

正纯为此立即着手修缮城内设施，手下数千人不分昼夜地赶工，他还专门营造了将军休息室。

四月十二日，秀忠按计划从江户城出发，十四日抵达宇都宫，夜里接受了正纯的款待，在城中歇息。十九日，秀忠再从日光山出发，按计划，法会仪式结束后，将再度在宇都宫休息一晚。

十九日，正纯从大清早就开始在城内做好清扫工作，等待秀忠的到来。此事一了，这次的重任就算顺利结束了。正纯从居城的修缮工作到诸事的准备、接待、警备等下足了功夫，连正纯都如此重视，家中上下更是拼命。十九日是这次重大任务的结尾，因此宇都宫中的空气骤然紧张，大家都在翘首等待秀忠驾到。

然而预定的时间已经过去许久，秀忠一行却还未抵达。正当大家在担心究竟出了何事，掌管将军起居的老中井上正就出现在众人眼前。面对正纯等人的一脸错愕，井上传话道：将军突然接到夫人生病的消息，便从壬生地区立即返回江户城。本多大人此次格外费心费力，因此无需出府，就此回宇都宫休息吧。接着，井上还说想要参观新建的将军休息室，于是像检查一般来回巡视了正纯特地新造的建筑。

秀忠突然更改计划从壬生回江户，其中内情并非如井上所言，而是他刚从日光下山便收到了加纳夫人的密信。

这封密信是一种针对本多正纯的告密状，信中写道，正纯从堺瞒过关卡秘密运来一批大炮，还消灭了根来同心[①]大炮队中的大量家臣，此次正纯营造的将军休息室别有蹊跷……总之，信的大意在于指出正纯有谋反的征兆。

秀忠将这封密信给土井利胜看，并询问土井，之前

---

① 根来同心，江户幕府的大炮队。天正十三年（1585），丰臣秀吉攻打纪州，津田杉野坊照算组织大炮队迎战坚持到了最后。秀吉一方虽然骁勇善战，但最终全军覆灭，少数根来组的残党逃往伊势。这些残党被德川家康收编，加上根来寺原来的僧兵组成同心一百人的根来同心组，参加了关原之战。

留宿的宇都宫城是否真有可疑之处。利胜的近臣中有人回答：宁可信其有不可信其无，仔细回想发现似乎确有其事，寝殿的门插着门臼，即便想下到庭院里也打不开门。此外接待人员称，为了防止火灾而将城中的火光熄灭，因此先到的人连行李都没拆开。利胜的家臣突发疾病要求汤药，对方也没答应。还有本多氏的家臣全在野外露营，连马鞍都没取下，似乎在准备着什么。大家前后一想，纷纷认定这其中必有玄机。秀忠和利胜听完，意味深长地对视了一眼。秀忠决定暂且先让井上去秘密检查，自己即刻动身回府。

元和八年（1622）七月的三伏天，正纯因公前往山形的最上家族抄家，在旅馆逗留时，突然接到削藩革职的命令。

之前，幕府根据加纳夫人的密告对正纯展开了调查，但并未发现谋反的嫌疑。实际上，正纯未经许可便搬运来大炮，是担心公然行动会对其他的外样大名①造成不好的影响，并无其他深层考虑；杀害根来同心组是因为对方妨碍修缮工程，聚众闹事，于是正纯打算手刃数名首谋者以杀鸡儆猴；城内禁火是因为将军大驾光

---

① 外样大名，与谱代大名、亲藩大名相对，指关原之战结束后臣服于德川家康的大名。

临，夜里点火易酿成重大事故；马不卸鞍是为了做好警备以防万一；新殿的建筑没有任何怪异之处，仅地板比其他房间高出一些。总之，没有任何一项能称之为可疑，然而幕府以此为借口，削去了正纯的官职。伊丹康胜、高木正次两人前来传达将军的旨意。

"因本多氏正纯忤逆将军之意，没收宇都宫领地，在出羽国由利重新赐予俸禄五万石。"

使者宣读完命令之后，一直低头不语的正纯突然扬起头，瞪着使者吼道：

"鄙人不明白何处忤逆了将军之意，此外五万石俸禄的新领地鄙人也拱手奉还，只拜领千石即可。"

正纯怒火中烧，他怨恨做出这项裁决的秀忠和土井利胜，奉还五万石俸禄是为了羞辱对方。

使者匆忙回到江户向秀忠复命。秀忠听到正纯的所作所为后勃然大怒：正纯返还俸禄的要求是藐视身为主公的自己，简直无理至极！因此他决定将正纯和其子出羽守正胜流放至出羽国由利郡的佐竹义宣处。

八

正纯于元和八年（1622）秋季至翌年冬天被幽禁在

出羽国由利郡的本庄，后遵照幕府旨意，被转移至同国横手郡。

佐竹的家老梅津政景奉主人义宣之命在中途的大泽口迎接，正纯和其子正胜乘坐轿子，后面跟着十几位家臣。

政景打了招呼，正纯从轿子里露了露脸作为回应。头发花白、脸颊瘦削，只有眼睛圆睁，与年迈的亡父正信简直是一个模子里刻出来的。为了答谢政景的专程迎接，正纯的眼睛勉强露出笑意，看上去远比六十岁的实际年龄苍老许多。五月的耀眼阳光下，正纯眯着眼睛眺望天空，看上去就像一个无欲无求、避世隐居之人。

政景领正纯父子进入横手城，将他们的身份禀报管家须田新右卫门。

佐竹义宣对看守正纯父子一事非常慎重，嘱咐他们若有任何不便，即刻反映。

正纯父子是幕府派来的高官，必须好生照应；同时他们也是犯人，按照法令，被囚人员不得外出。但义宣说，若正纯父子想透透气，也可以去外面走走。

此后百姓们经常能看见一位老人带着三四位随从在附近的田间散步，他们暗地里管这位老人叫"上野大人""大人"。

奥州的秋天来得早，一整面的野山眼瞅着就染上冬色，正纯外出散步的次数增加了，满目萧条的北国之秋也正衬出罪人的心境。

横手是盆地，四面环山。正纯被幽禁在距城中心东面三环附近山麓的高台上，整个盆地一览无余，正面山脉之上还能看见落了雪冠的鸟海山在远处耸立。当地负责警卫的藩士告诉正纯，这一带是鸟海山的最佳眺望点。

从幽禁地点出发沿着山麓的街道往北走，不远处就是一片沼泽地，灰暗沼泽蓄着的水洼在枯木和野草间闪闪烁烁泛着亮光。正纯喜欢这片冷然的景色，他经常来到此处。

这一带是后三年之役①中有名的清原武衡、家衡被镇压的金泽栅遗址，曾经八幡太郎义家看见鸿雁乱飞，便知附近有伏兵。这个故事据说就发生在位于金泽栅西面的沼泽地区。

进入十一月，雪下了一层又一层，人们根本无法出门。正纯整日待在幽禁地，就这样迎来了冬天。

如今的正纯落魄不堪，瘦骨嶙峋，但眼神依旧锐利，即便落到如此田地，他的心中似乎仍有期望。

---

① 后三年之役，平安后期1083年至1087年间奥羽的豪族清原氏发起的战乱。战争的原因是清原氏内部的相继问题，陆奥守源义家与清原清衡一道将清原家衡、清原武衡逼至金泽栅，并最终平定。

有时政景命藩士用猎枪打野鸡，会给正纯送来五六只，让他高兴。

既负责照料又负责监视正纯父子的梅津政景写的《政景日记》如今尚存：

○ 黄昏时分从虻川宿驿拿来两只豆雁送给上野大人（正纯）

○ 送给本多出羽大人（正胜）野鸡十只

○ 送给本多上野介大人及出羽大人每人麻布衣服五件、酒两大桶、咸鱼十条

○ 入夜，黑泽味右卫门从冈内记所衣物店带来麻布衣服五件送给本多上野大人，其中有一件单衣，一并送来的酒菜可供举办三次酒宴

○ 送给本多上野大人小袖和服两件、茶器一件、酒两大桶、大鲷鱼十条，由浪井权右卫门带去，有回信

佐竹义宣为抚慰正纯的失意而送去各种物品，事实上，义宣自己也去幽禁地与正纯谈笑。

然而，义宣的好意没有持续太久。

宽永三年（1626）二月末，义宣相隔许久再次来探

望，正纯也极有兴致。闲聊到最后，正纯说：

"关原之战后，神君①家康在处分佐竹大人你时曾与我商量，神君认为你并非敌对态度，因而无需采取任何处分，但鄙人极力主张削你一半的俸禄至二十万石。早知今日，何必当初？如今承蒙你的照料，当初就应该按照神君的意思行事。"

当然这本是茶余饭后的闲谈，主客相顾放声而笑。然而辗转听到这个传闻的秀忠却没笑，他当即向使者说道："流配之身还敢置喙天下赏罚，成何体统！"

正纯对昨日的追忆不意间显露出他当年的权势，他曾经一句话就左右了领四十万石俸禄的大藩的命运。那是家康与本多父子掌管天下政治的时代，秀忠被正信"少爷""少爷"地当作孩子。家康在世时，秀忠对正纯也得礼让三分。如今正纯半夸耀地谈起过往，触怒了秀忠。

四月，使者岛田利正来到横手宣旨：之前囚禁的本多正纯旧罪在身、新罪败露，监护人必须严加看管，看守人员必须禁止人员进入，两罪人不许配有随从。

佐竹无可奈何地在正纯的居所周围安上栅栏、挖壕沟、增加警卫人数。一直以来，警卫人员对外人进出正

---

① 德川时代，家康死后的尊称。

纯居所一事多有通融，如今也必须严格禁止，横手的藩士基本上都担任了看守正纯父子的警备工作。正纯房间里的窗子只许留有些许缝隙用于采光，其他全都用钉子封死。这下正纯被完全当作囚犯了。

正纯并不知道江户方面如此憎恨自己，佐竹善待他，多多少少是出于正纯终有一日能官复原职的预想，连正纯自己都在暗自期待那一天的到来。然而，这样严苛的处分将他万分之一的希望毫不留情地击得粉碎，正纯终于知道秀忠、利胜那冷漠且充满敌意的眼神牢牢地盯紧着自己，一刻都未松懈过。

此后正纯像变了个人。他隐匿在房间深处，连看守人员都很难见到他。

随从被打发掉之后，由看守人员负责给正纯送饭。他们从另一栋房子拿来饭菜，打开唯一没钉上钉子的一扇门走进去把饭菜放下，敲敲吊在房檐上的钟。有时房内会应答"来了"，但一般都没有任何回应，当然他们也没见过老人。离开后一小时左右再回去，饭菜的盘子空空地摆在地上。这些看守人员不禁感受到一种异样的气息，仿佛自己在供养着盘踞在黑暗深处的某个怪物。

正纯被囚禁在这幽暗的房间后窸窸窣窣地活了十五年，这让后人大为吃惊。

其间，长子正胜三十五岁时逝世，而那些在附近一边过着百姓生活一边希冀着主人东山再起的家臣们，因为做不惯的体力活、寒气、饥馑和对主家的失望，最终流浪或死亡。

宽永十四年（1637）丑年二月二十七日前后，老人没有出来拿饭菜，负责送饭的下人走进房中一看，正纯正高声打着呼噜睡着了，摇了几下他也没睁开眼睛。藩医被叫了来，只是号了号脉。到了二十九日，呼声停止了，这正是正纯咽气之时。享年七十二岁。

佐竹藩将正纯的遗体用盐浸渍着，等着尸检。儿子正胜死时正纯还活着，因此江户方面煞有介事地派了两位验尸官来。而自己死时只来了一个叫东条伊兵卫的人。东条简单地验了尸，然后一面称颂了奥州的春色，一面立即动身回江户。

秀忠早已去世，如今的江户已是家光治世，因此在奥州的边陲死了一位叫本多正纯的老人，根本引不起任何人的关心。

妾

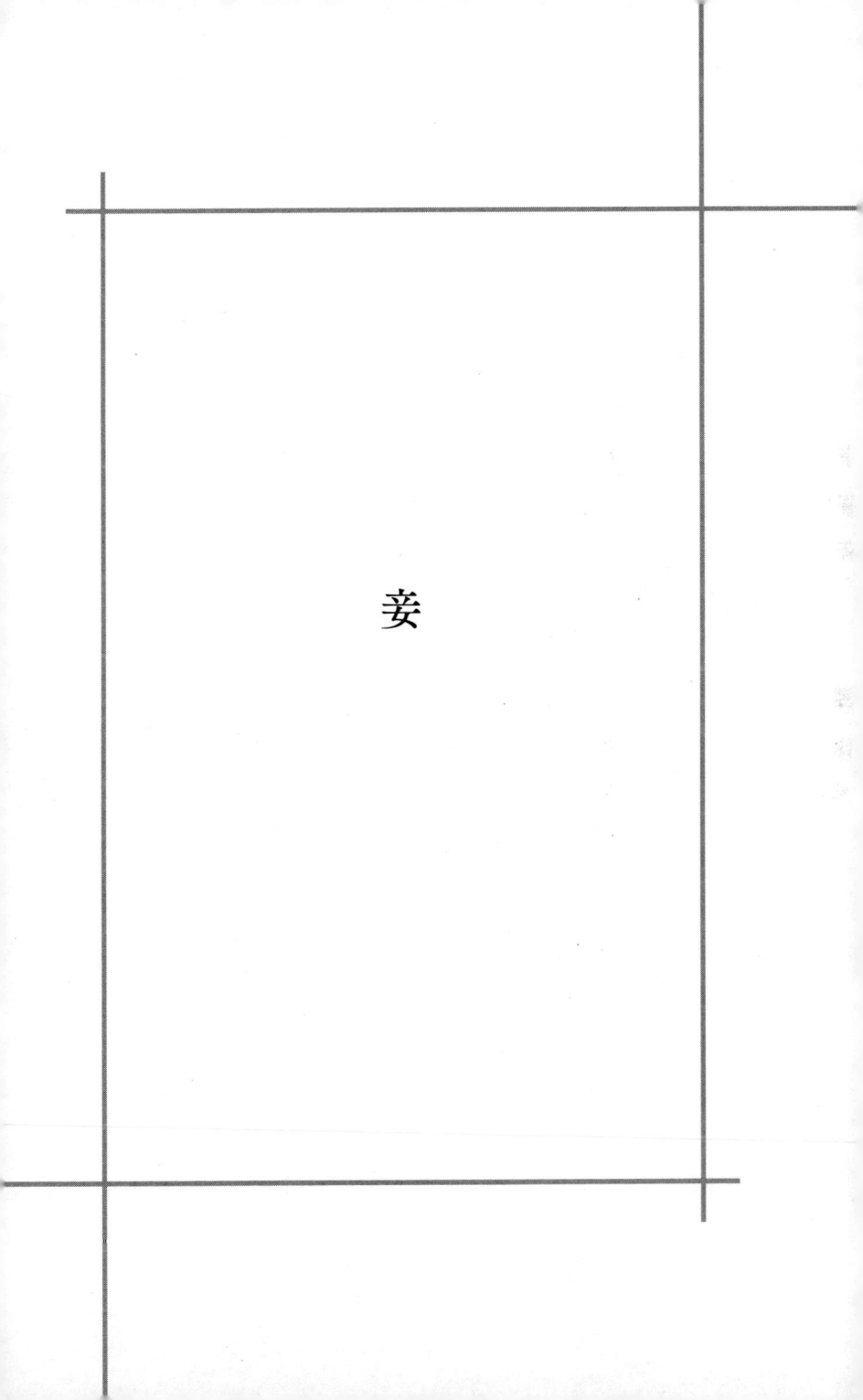

一

女人说自己怀孕了。杉野织部的脸色变了。他从没想过会这样，妻子那张狂暴的脸立即浮现在了眼前。

"真的吗？"织部连声音都变了。

女人回答说是千真万确，虽然带着几分羞赧的脸因为血气上涌而通红，但眼中满是认真。

问后方知女人的身孕已经快四个多月，织部更是惊得屏住了呼吸。这女人叫阿常，本是武士之妻，但结婚才一年，丈夫就撒手人寰。阿常离开家乡来到京都的亲戚家，在此遇见了织部。

织部满脸都是困惑，更糟糕的是，自己虽在京都执勤，但妻子刚从江户过来。织部是倒插门的女婿，作为丈人家的养子虽不至于不名一文，但妻子也不容易敷衍打发，如果妻子知道了该怎么办？一念及此，织部的眼前就一片阴霾。

和阿常进展得如此深入，是从突然有人要给她做媒时开始的，织部看罢阿常老家的来信后突然很想要她。

托人来说媒的那个对象已经年届不惑，这一点本就让人厌恶，而女人正是如花似玉的年龄，作为姑娘家，肢体灵活，皮肤紧致，因此织部出于本能而不想把阿常拱手让人。

织部没告诉阿常自己是有家室的人，他并非故意隐瞒，而是没有找到合适的机会坦白。而阿常打算和织部结成连理。

棘手啊！

织部想。这事情变得棘手了。四个月的身孕，眼下阿常必须好生休养，该在什么时候让她缠腹带呢？一旦显山露水就会引人注意，阿常也没法在亲戚家待下去。最重要的是，他不知道该上哪儿去找产房。

织部打心眼儿里觉得，此事最棘手的一点在于找不到解决方法。他接连失眠，但一想到有个小生命在女人的身体里一刻不停地成长着，织部就觉得不能坐以待毙。因为内心操劳，他的脸上没有了神采。

最先注意到织部脸色差的是组头。组头做事心细，深得部下好评。"有什么烦心事吗？"当组头问织部时，他忽然计上心头。若是平常，织部对组头肯定敬而远之，但因为对方的人品和德望，织部想找组头商量这个难以对亲友启齿的秘密。实际上，人生在世五十年，组头那张刻满年老褶皱的脸、大腹便便的身材以及沉稳的声音，可靠得让人好奇他到底会有怎样的智慧：他能特别注意到我的异常，可见有着其他人所不能及的老练啊。

对啊，找组头商量吧。

织部在某个夜里下定决心前往组头的官宅，低头冒着冷汗把事情的经过一五一十地说了出来。

默默聆听的组头当然没忘记用世俗的教条斥责织部，织部的头压得更低了。

"你还没有孩子吧？"

这位老练的上司问道。

"是的。"

"结婚多久了？"

"五年多了。"

"嗯，世间这种事不在少数。干脆等那孩子生下来，由你们夫妇收养，如何？"

"……"

"夫人那边我去说，你不好开口吧。"

组头的解决方案最符合常理，也最适合现在的情况。

织部惶惶不安地等待妻子的归来。

妻子富美乃回来后，脸色看上去苍白得吓人。织部只瞅了一眼，妻子便转过头去。

"我今天把这一辈子的脸都丢尽了。"

妻子想冷静，但声音在发抖。

"如果不是组头大人替你说情，我一定会断然拒绝。我是为了家族的名声才忍耐下去，就怕出了万一，让我那身在江户的父亲大人为难，你也吃不了兜着走。我接受组头大人的提议，收养那个孩子。组头大人提到了生孩子的人家和地方，我会全权负责。我不知道是个怎样人家的女子，今后请断绝和她的任何来往。我现在和你把话说清楚了。"

妻子本就是个性子刚烈的女人，如今每一条怒胀的神经都充斥着狂暴。

"在那个女人面前，我们就是路人。只有组头大人知道这个耻辱。"

这句话给了织部些许救赎。只要能将自己早有妻室一事对阿常瞒到最后，他也别无他求了。

二

富美乃找到的人家位于加茂川向东通往八濑的路上，是一户偏僻的接生婆家。

想找远一点儿的人家，这也符合她的考虑。织部去见阿常，是为了把地址给她，这是经过妻子允许的、与阿常的最后一次相会。

"这是地址，我熟人的妻子会全权负责，放心地交给她就行。"

自责在啃噬着织部的心，他胸口发紧。

女人的眼睛湿润了：

"你不能经常来看我，我一个人，心里不安。"

"会去的，只要公务不忙，我一定会去看你，保重！"

"孩子生下来后，我们就一起生活吧，请早日办好手续。"

"明白。总之，你一定要保重身体……嗯，给你一个好东西，这是个药盒，身体不适时记得吃药。"

黑漆的药盒上用金泥绘着菱形唐草家徽。

京都的天空秋风吹拂，高濑川的河水倒映着飘浮流动的白云，狭窄的木屋巷上停着几辆人力车，三四名京式织染模样的匠人操着京片子在交谈，阳光明媚……

多年以后，织部总也忘不掉与阿常分别那日的光景。

织部去衙门执勤，富美乃独自在家，这时产婆派了人过来，富美乃立即准备出门，没带任何仆人。离二条有很长一段路。

此时富美乃的心情正如之前对织部说过的那样，自己生于领一千八百石俸禄的幕臣之家，岂能和不知根底的女人相提并论？哪怕是怒形于色也是一种耻辱。丈夫的过错已是不争的事实，自己为了家族名誉，对不久即将出生的那个孩子也只能睁一只眼闭一只眼，然而那个女人却让人无法原谅，那是个卑贱的、不知从哪儿冒出来的人。富美乃又想，自己只要高高在上地将一切事情默默按计划推进就好，因此连自己是杉野内人的身份都不能被察觉，这一点富美乃也交代过接生婆。

"那女人是昨天来的。"

在入口处相迎的接生婆一脸卑屈地对富美乃说。究竟是个怎样的女人？因为好奇，富美乃的心情开始起了波澜。

穿过昏暗的厅堂，爬上楼梯。不论何种木材的横切面上一律都涂着铁丹，这是京都一带的建筑特色。

坐在光照明亮的二层房间里的女人见到富美乃，慌忙把正缝着的物什放到膝头。乍一看，那是缝给即将出世的孩子的小小襁褓。这是阿常在不经意间向富美乃心脏射出的第一箭。

女人肤色白皙，相貌纯真，没有想象中的卑微之色。

此外，那种源自母性的安定淡然的态度激怒了富美乃，脱口而出的话语简直出乎她自己的预料。

"我是杉野的妻子。"

富美乃没有落座，以仁王一般的姿势站立着。阿常像被弹起了一样往后退，眼中满满的难以置信。

"您说什么？"

"杉野是我的丈夫。"

幕臣的妻子一派得意洋洋的神色。

"我们不能容你，你肚子里的孩子就随便处置了吧，我不会将其视作我丈夫的孩子。"

惊愕与悲痛在阿常的脸上交织。

"这……这可是织部大人的心意？"

"自然如此。我丈夫被你骗了，还被组头大人狠狠地训斥了一顿。你再纠缠不清，我丈夫就不得善终了，请离开吧。"

阿常癫狂般地站起身，脸色冰冷如死人，一双丹凤眼闪烁着杀气，连富美乃都下意识地往后退了一两步。然而就在那一瞬间，阿常颤抖着身子从房间冲下楼。

那夜，富美乃向丈夫逐一报告了事情的经过。

没有任何感情色彩的语调，隐藏不住胜利者的宽心。

"请代我向组头大人问好。"

织部自始至终屏息凝气地听着,眼前仿佛看到了残忍的生死对决,胸口怦怦作响。

当这股亢奋平静下来时,织部的心中涌起了对阿常的惭愧和追慕。

三

这是二十多年前的事情了。

如今织部已是五十五岁的老人,这段记忆也已风化,即便有差错也无从回忆。不光是因为往事久远啊,时光流逝带来的世事变幻也让织部苟且偷生。

富美乃真会挑时间死啊。

织部总是如此感慨。如果她还活着,也只能叹息了吧。领俸禄一千八百石的幕臣之家曾经让她引以为豪,如今这一切早就灰飞烟灭。

回想往事依旧如梦,幕府灭亡了,自己一直相信幕府像地球一样安稳,不料它却脆弱地瓦解了。说实话,这一切真叫人不敢相信。代代相传的系谱上列载了一百年、两百年、三百年前延续下来的祖先的姓名,那是遥远如云烟一般的时代,而这些姓名都是杉野家效力于朝廷幕府的历史,到了自己这一代,幕府竟然朝廷覆灭了，老实说，就像地球毁灭一般让人不敢相信。

诸事变革，日本进入了明治新纪元。

幕府将军（庆喜）去水户隐居，继任（田安龟之助）转封至骏府，领俸禄七十万石，加上几万人的家族，许多家臣都是无偿跟随主公迁移。

织部的朋友或死于鸟羽伏见之战，或在上野之战中被围而死，或跟随同前往骏府。织部感到寂寥。他与今年满二十的独子进介相依为命，富美乃生下进介后很快去世，那时候杉野家还稳坐一千八百石俸禄。妻子死时没看到之后的任何一丝艰辛，因此让织部羡慕不已。

织部现在靠古董家具铺子营生。明治维新后，他立即开始从商，所有商品均是自家的家具器物，还摆着一些先祖曾经用过的赏赐物品。织部将房子的围墙推倒了扩建，凸窗也拆了充做摆台。

附近的大宅子慢慢成为空宅，正因为从前被打理得井井有条，所以一旦荒废了就格外显眼。之前的屋主可能移居去了骏府或者还乡归农，留下来苟延残喘的像织部一样做起了小本买卖。荞麦铺子、甜酒铺子、茶馆、饼铺子、算命摊子……那时候，旧幕臣就靠这些讨生活。

织部邻居家的宅子占地千坪以上，原主人曾位至奉行，是享五千石俸禄的高官。此人如今举家迁往知行地①隐居，宅子空着，无人居住。

这家的主人钟情庭院，建造宅子时也模仿京都的古老庭院，并按自己的想法改良，织部偶尔受邀去游赏，这才一窥院子的精致气派。宅子没人居住后门扉紧闭，庭院一片荒凉，好好一个院子弄成这样着实可惜，让外面的人看了都揪心。实际上，正门前郁郁葱葱疯长的杂草也在告诉路人这里的荒芜。这个时期，其他巷子都把房屋推倒变成田地种茶树。

邻居家与织部家相接的一侧高耸着一棵银杏树，从前这家人都把这棵树当作路标。随着太阳位置的升降，这棵树在织部家前面投下一道长长的影子。

织部一整天都在家里看店。生意不好做，但物品却在一点点减少。织部靠变卖全部家当维持生计。

进介在新成立的洋学堂上学，虽然织部不希望儿子学洋学，但进介热心地说服了父亲。

某天，从学堂放学归来的进介对父亲说：

"隔壁好像搬来人了。"

"怎么说？"

"有很多人进进出出的。"

---

① 知行地，指日本近世将军、大名给予家臣作为俸禄的土地。

成天闷在家里对外面一无所知的织部立即走出家门。

确实如此，隔壁的门敞开着，儿子所说的"很多人"是木工、园艺师等匠人，他们在大宅子的围墙内高声说话，似乎在忙着什么。

织部不禁想，究竟是谁搬来了呢？看来是在对宅子进行彻底的翻修啊。

从第二天开始，织部的兴趣转移到了隔壁的邻居。园艺师用剪刀修剪树木的声音频频传入耳际，木工钉钉子的声音也没有间断。有人爬上银杏树修去无用的枯枝。

修缮工作持续了十天半个月。

织部逮着一位木工询问，对方回答：

"听说是新政府的官员。"

织部面露不悦，甚至感觉到愤怒：那些暴发户把自己逼入绝境后登上权势的宝座，居然住到了自己的隔壁。得势者和失势者竟成了邻居。屈辱感袭来，织部愈发气愤。对方的宅子比自己的大得多，这更让织部恼火。此后织部再也没出去看隔壁的情况，一整天都郁郁寡欢，坐立难安。

大约过了二十日，从学堂回家的进介告诉织部：

"隔壁好像住进人了，那宅子变得气派极了。我从外面看简直怀疑自己看错了呢，门牌也安上了。"

"写了什么？"

"太政官出仕畑冈喜一郎。"

织部没有回应，也没有再继续这个话题，很明显，织部情绪不佳。

四

隔壁人来和新邻居打招呼。

用人模样的男子过来致意，还想放下点心盒子，被织部拒绝了。对方以为织部客气，更加执意要把点心留下，不料织部厉声叫道：

"我不要！"

用人这才注意到织部愠怒的脸色，于是愤怒地走出了织部家。

打那以后，两家再无任何直接往来。

隔壁的当家人畑冈喜一郎是个三十二三岁、敦肥、精力充沛的男人，此人把江户时代武士的发髻剪了，短发向左右两分，还模仿西洋人般留着两撮儿八字胡须，以彰显威严。这个时期很少有人蓄须，因此见者在惊异的同时，还多少感到一丝滑稽。这原本就是织部讨厌的那种脸。

这张脸每天早晚上下班时要经过织部家门口，乘马车的畑冈穿着一身带家纹的宽大和服裙裤，一看便知此人在官衙中有着相当的身份，这更让织部不悦。

织部每日愁眉苦脸地目送着畑冈的身影。

必须得想点儿办法！

织部愈发心焦。非常不可思议，织部只要看见那张脸心里就堵得慌，他的暴脾气根本无法抑制，加之最近的惨淡经营，更加助长了他的怒火。一想到对方生活的阔绰，再想到世事的变幻，织部心有不甘。

"喂，去买张纸，要一面门板那么大的。"

像是计从心来，织部面露喜色。

进介按照父亲的命令将买来的白纸贴在门上。在进介准备的过程中，织部似乎正在捋清思路一般在旁边默默地磨着墨。

"很久没看到父亲大人您挥毫了，您准备写些什么？将纸贴在门上很奇怪啊。"

"你看着就知道了。"

酝酿许久，那吸饱了墨汁的毛笔一落在纸上，便立即开始跳跃。

"啊，这是……"

纸上出现的不是文字而是画，那是一条丑陋的歪脑袋鱼，嘴上有特别长的须子。

"这是泥鳅。"

织部自己做了解说，之后又补了几笔：

本店售泥鳅　杉野屋

笔法遒劲，力透纸背。写完后起身一看，织部为自己的杰作深感满意。黑色的八字胡须又长又有气势，分外显眼。

"明天一早，将这个拿到门口去。"

听罢，进介哑然。

"这简直是在和隔壁的官员比谁的胡子长啊。"

"……"

"没错，明天咱们的官员大人一看到这幅画，肯定会不由自主地摸摸自己的胡子，我就是想看这一幕。"

父亲向来一言九鼎。第二天一早，进介无可奈何地照做。

织部早晨起床后像个孩子一样充满了期待，他比平常更早地坐到摆着家具物什的店头。

时间到了，马蹄声由远及近，织部开始紧张。

果不其然，马车上的畑冈一看到贴在门板上的招牌立刻大吃一惊，能看见他的表情明显变了，好似读懂了织部的讽刺。

因为胡须而给全体官员起"泥鳅""鲶鱼"等绰号是不久之后的事情，然而这个特点太过明显，所以大家都能联想到。织部自然也能抓住这个滑稽的鱼须大做文章。

畑冈目光锋利地扫向织部，织部若无其事地对上对方的视线。畑冈的脸上确确实实地涨起了血色，然而他没有更多的反应，就此策马而过。

"哈哈哈哈哈哈！"

织部一个人笑出了声，实际上他有好多年没有如此畅快地笑了。进介已经去洋学堂，没让他看到这一幕，真是太遗憾了。

不知道对方会说点儿什么啊，真有趣——织部翘首等待着，像年轻人一样带着几分挑衅。

然而什么都没发生。招牌每天都挂出去，畑冈每天乘马车从屋前经过时都能看见，然而织部注意观察那留着胡须的脸已经像水一样冰冷。

知道对方没把自己放在眼里，老人分外恼火。他重新将招牌画上的胡须部分仔仔细细地用笔墨加重。

我就不相信这样还不能激怒你！

织部期待着效果，然而畑冈只是瞟了瞟修正过的画，若无其事地从织部家门口走过。

很明显，自己被无视了！意识到这一点后，屈辱感再次袭向织部，他愈发憎恶畑冈。

然而招牌带来了意想不到的效果。傍晚时分，进介也回到了家，这时有个女人进来一本正经地说想买泥鳅。

这女人背部修长，五官白皙齐整，身上的和服一看就很名贵。

织部从没想到真的有人因为招牌上的泥鳅而来，结结巴巴地说：

"不……不好意思，我们已经打烊了。"

女人笑了。

"我还以为能吃上柳川锅①呢。"

女人接下来的话语中，那轻佻的语气让织部都吃了一惊。"招牌上的胡子和我家老爷的太像了，所以我想尝尝啊。"女子身上有酒气。

五

织部父子后来才知道，这女人是隔壁当家人纳的妾。

---

① 柳川锅，一种日本菜肴。将切开背部去骨的泥鳅和削成薄片的牛蒡放入浅底锅中炖煮，然后加入鸡蛋而成。

女人叫小由，对外宣称自己二十二岁。

她在幕府倒台之前是柳桥一带声名远扬的妓女，维新之后失去了有权有势的恩客的花街柳巷也寂静无声地萧条凋敝，成为新客人的萨长人最初被妓女们嘲笑为乡巴佬，但时事已成定局，萨长出身的官员声望地位节节攀高，不少名妓被赎身。

小由本是江户时期的妓女，被如今的丈夫畑冈——此人也出身长州——赎身之前格外会撒娇缠人任性撒泼，但世间之事全被一根看不见的线操纵着啊，最终她不情不愿地听了周围人的劝，做了畑冈的妾。

据用人们说，畑冈觉得这女人可爱而对其宠幸有加。小由嗜酒，白天也若无其事地喝酒，一旦喝醉了，就向丈夫畑冈胡搅蛮缠破口大骂或者号啕大哭，平日里畑冈总是绷着脸一言不发，但也会笑眯眯地看着小由的醉态。

"要说舒服啊，还得坐轿子。我啊，不管多远也绝不会坐那种瘫子坐的箱子车。"

杉野进介走在路上听到这话，觉得是在说人力车，他抬眼看向声音的主人。那时候人力车刚刚兴起，不像之后那么舒适。

两个女人退到甬道的屋檐下说话,进介与说话的女人的目光对上了。女人脸上闪过一丝惊讶,之后姿态万千地欠身行礼。

进介不禁脸红耳赤,回礼后走过两人身旁。那女人是时不时能见到的隔壁家的妾,自己从洋学堂放学回家,女人应该是来拜访住在这一带的昔日好友吧。仿佛看见一朵珍稀的花儿——进介脑海中只留下了这个印象。

那天之后,进介和小由碰面时,小由总会默默欠身行礼。虽然小由住在宽敞的大宅子里,但两人是邻居,所以常常能见面。小由总是先打招呼,进介距离很远都能知道小由的眉眼在笑,这种态度让进介有几分迷惑不解。

有一天,进介照例从学堂回家,他与聊性大发的同伴告别后独自前行,不经意间身后一顶轿子追了上来,稳稳当当地停在了眼前。轿帘拉起,笑着出来站到进介面前的正是小由,进介吃惊地睁圆了眼睛。

"啊!"

"哎呀,是隔壁的少爷嘛!我在轿子里从窗户看到了您,不介意的话,我们一起走吧。"

女人比进介大三岁,从结果来说,这是一段由女方挑起的恋情，当然，像进介这个年龄的年轻小伙子，每每易被年长的女人所吸引。进介与小由的关系突飞猛进。

女人有丈夫，进介的父亲是没落武士，所以这段恋情进展得极为秘密。两人利用进介从学堂回家的时间相会，这段时间里，小由的丈夫还在官衙里办公。

进介有着不经世事的纯情，他希望和小由在一起，加之女人不幸遭逢变故，这份同情之心更激起了进介对女人的感情。小由在他人看来是个难以对付的泼辣女子，而她对于进介却是温顺亲切。

"小由姐，你会嫁给我吧？"

"委屈你了。"

"怎么又说这样的话呢？您再这么说，就证明您对咱们的感情不认真。"

"您在说什么呀，少爷，难道您还不明白我的心意？"

"不明白！如果您认真，是不会说什么委屈不委屈的话的。"

"但我是艺伎，又是人家的小妾，我无法陪伴在少爷左右啊。"

"什么少爷不少爷的，武士已经落魄了，现在还有什么将军的家臣吗？从前的武士身份早已是南柯一梦，我一定会说服父亲让我迎娶小由姐的。"

每次相会，两人都要重复这样的对话。

然而进介一想到要向父亲坦白自己与小由的事，心中也是一阵沉重，这件事即便求父亲答应，也是希望渺茫。父亲是如此顽固，而自己又赖在家里尚未独立，还得仰仗着父亲的资助才能去洋学堂。每念及此，进介心中充满了绝望。

小由虽然主动挑起了进介的热情与爱恋，但和现在的丈夫断绝来往也并非易事，不管怎么说，这需要花很多钱。畑冈在官衙里手腕果敢，下级都惧他三分，但他对自己却格外包容宠爱，因此在最大限度内允许自己任性。这样的男人一旦有了嫉妒之心，小由知道那将会是何等严重之事。

即便如此，两人的幽会仍在继续。

一天，进介说：

"我还没问过小由姐的身世呢，我想知道您父母的事情。"

小由的父母都是相州大山里的百姓，早已去世，若如实相告，总觉得很没面子。一瞬间，小由说出了连自己都意想不到的话：

"父亲是江户前往京都参勤的旗本。说出来怪不好意思，我的母亲去京都的亲戚家时，和父亲相遇然后有了我，但出于某种原因，两人分开了，后来母亲死去，我连父亲的面都没见过。"

"那小由姐您是了不起的武士家臣之后啊！"进介高声叫道，"为什么不早点儿告诉我？这不是什么卑屈之事啊！"

实际上，小由刚刚说的身世不过是将三年前离开柳桥时从朋友那儿听来的话套在自己身上。那是个沉稳却带着一丝寂寞的艺伎，小由一直把她当朋友，所以对方很感激，最终却因为心脏疾病去世了。

"那您知道父亲的名字吗？"

小由面对进介的这个问题着了慌，实际上她听那个女人说过，但记不清楚了。于是小由回答：

"对于父亲的名字，母亲生前曾严守这个秘密。"

六

织部简直不敢相信自己的耳朵，儿子端然跪坐在自己面前说要娶媳妇，而且要娶的居然是邻家的妾。

"蠢货，你是想气死我吗？"

织部骂道。实际上，织部根本说不出其他的话。

"不是的，我并没有想要惹您生气。"

进介的眼神非常认真,他向着父亲膝行靠近,好不容易下定决心向父亲和盘托出。进介一脸的凛然:

"我知道自己尚未独立,提出这种要求,肯定会遭到您的训斥,但我无论如何都想娶小由姐为妻。我们一定会孝顺您的,请答应我吧!"

"闭嘴!"织部大喝一声,"别被那狐狸精骗了!"

"您说什么?"

"对方是艺伎出身的小妾,将你玩弄于股掌之间,肯定是有什么阴谋。"

"不,绝不可能,小由姐对待感情很认真。"

"欸?你还说?你以为我会让你把那种卑贱的女人领进我们杉野家的门吗?"

"没错,小由姐曾是艺伎,现在也是别人的小妾,但这都是迫不得已啊,绝非小由姐的本意。小由姐不是什么地位低下的百姓,她的父亲和我们一样,都是幕府的家臣。"

"哼,那也是她耍的手段,如果真是前朝的家臣,姓甚名谁?"

"因为有隐情,小由姐的父母很快分开了,她的母亲一直保密,没告诉小由姐她父亲的名字。"

"看吧,"织部冷笑道,"她不敢说,是因为即便胡诌也会被我们识破。你啊，连这点都不明白吗？"

"不会的，我不相信小由姐会说谎。"

"你还不放弃？我们杉野家有你这样的蠢儿子简直丢人，被女人的花言巧语迷得晕头转向，居然不听自己老子的话。"

"小由姐不会说谎！"进介拼命地重复着，"她说她的父亲是去京都参勤的旗本，和住在同一条街的母亲相爱，这才有了小由。"

孰料，听到这句话后，一直咆哮着的织部突然沉默了，刚才还充满了怒意的眼神中浮动着复杂的阴影，脸上的血色也退去了。

进介再次看见小由，带着几分欣喜地走了过来。

"终于把我们的事情向父亲说了。"

"这……"小由杏眼圆睁，呼吸急促。

"令尊生气了吧？"

"是的，勃然大怒啊。"

"唉……"

"没关系，我早就料到他会这样。父亲生气是因为小由姐你的出身，真是顽固的旧弊啊。"

"我认为令尊的话在情在理。"

227

"怎么连小由姐你也这么说呢！前朝家臣的子女是了不起的。我把你的身世向父亲交代了，他起初还不信。"

"那是当然。"

"最后父亲说让你拿出证据呢，还突然问了很多关于你的问题，看样子父亲也有些相信了。小由姐，你有没有什么证据？"

"这个……"小由的第一反应是那位朋友临死前说的遗物，是一个药盒，据说是朋友的父亲留给她母亲的，上面还有家纹，确实是件宝贝，回去后好生找找，应该还放在自己随身放置小物的文卷匣中。

"可能有，下次见面时我带来吧。"

"您一定要好好找找！"

进介快活地说道，像那个年纪的年轻人一样，突然迈开了明快的步伐。

织部感觉自己身处地狱，从进介把小由父亲的遗物拿来给自己看过之后，他就如此真切地感受着地狱。之前还心存几分侥幸，如今看到实物，知道一切都是事实。

阿常！

织部不假思索地叫出了二十多年前的那个女人的名字，她的脸、她的声音都如此清晰地从回忆中浮现出来。当年阿常身怀有孕，却因为自己无法安顿，导致两人最终离别。两人的分手是因为自己欺骗了阿常，这永远都是自己不光彩的过去。

眼前又清晰地浮现出分别那天阿常那痛苦的表情。那是秋高气爽的日子，就在京都的木屋巷，几辆人力车停在道边，匠人操着京片子高声闲聊——连这些匠人的样子都清清楚楚地在眼前出现。

妻子是个性子刚烈的女人，出于嫉妒，将阿常赶出家门。一想到阿常对自己的怨恨，织部心中的惭愧就从未消退过。

当时阿常肚里的孩子，如今成了邻家的小妾。

织部无法平静，虽说即便是为了死不瞑目的阿常，自己也应该好好处理这件事情，但自己不仅无能为力，而且一想到进介与小由要结为夫妻，织部就感到一阵头发倒竖般的恐惧。

七

有好几次，织部都想向进介坦白，最终却难以启齿，这比死还令人煎熬。进介小的时候，织部比别人更加严格地将家风、家教灌输给他。在进介成长的过程中，织部一直标榜自己人格的绝对高尚，作为儿子的榜样。这件事无论织部如何下决心也无法开口。

织部还想拜托进介让自己与小由——实际上是自己的亲生女儿相见，然而他没有勇气重新提起二十年前自己对小由母亲的所作所为。小由的身影里，似乎阿常正在含恨盯着自己，这种感觉让织部无法面对。

他只能努力让儿子放弃。

"蠢货，现在怎能被女人迷惑，把心放在学业上！"织部总是重复着这句话。

进介的心动摇了，父亲终于不再对小由破口大骂，而是教导自己专注学业。然而他想娶小由的心丝毫未变。

"求求您，请您听我说……"进介不住地恳求。

让织部觉得可悲的是，自己不能和进介断绝父子关系，如果把进介赶出家门，他可能会和小由私奔。恶魔的深渊就在眼前紧紧相逼，让人恐惧不已。织部为此憔悴不堪。

终于，进介说：

"父亲大人，如果您不同意的话，就请您把我逐出家门，没有小由姐，我的人生也没有任何意义了。"

这是仗着年轻气盛才能说出口的恬不知耻啊。进介的脸上满是"出此下策实属无奈"的神情。

这也是做父亲的最怕听见的话，织部觉得自己的白发都因为愤怒而根根倒竖，他甚至怀疑时至今日是阿常来向自己复仇了。织部的脸色苍白，眼睛因充血而赤红。

"你们是姐弟。"

只要一句话，只要说出这句话，一切就迎刃而解了，然而这句话织部至死也无法说出口。织部每日每夜都仿佛置身于地狱，这样的折磨让他几近癫狂。

还有一条路……只能去找隔壁的畑冈喜一郎，让小由离儿子远一点，畑冈肯定不喜欢爱妾如此玩火。

这就去问问畑冈。

织部稍稍打起精神。平日里对于畑冈的憎恶，如今全都消失不见了。

织部去畑冈办公的官衙，先被引到接待室。等了一会儿，他听到脚步声走到屋外停住了，接着，发出脚步声的主人露了面。对方看见织部后，脸上泛出惊讶的表情。没想到来人竟是杉野，畑冈似乎以为另有其人。

"抱歉在百忙之中打搅您……"

织部打了招呼。

畑冈紧绷着脸一言不发，织部曾经嘲讽过的两撇胡子正摆出威严之色。看得出来老人似乎要投降认输了，因此畑冈对织部的露骨敌意也赤裸裸地显示无遗。

看见这个表情的瞬间,织部的心就像血气逆流般重新产生了逆反心理:看对方那张脸就知道他根本没打算听自己说话。好,那就算了!事到如今,织部为自己贸然出现在这个男人面前而后悔不已,不经意间对这般憎恶的人低头,让织部感到一种无法挽回的屈辱。他为自己的轻率而恼火,血气嗡地蹿上脑中。织部把如今的落魄和对不公命运的愤怒以及小由的不幸全都抛向了对面的男人,他的脸因为憎恨而露出天不怕地不怕的神色。

"我跟你小子打招呼呢!"

织部突然大声说道。

官员的脸上这才露出"什么事情?"的疑惑。

"没和你说话,我和你的胡子说话呢!"

织部认真地说道,眼中因充血而涨红。

*

大白天,织部在隔壁宅子里将小由杀了,然后自尽。他破墙而入,连用人都没发现织部是何时潜入的。

世人都道,士族出身的老人将邻家的小妾杀了。

酒井家杀人事件

一

宽延二年（1749）正月，老中酒井雅乐头①忠恭辞去职务，重新任职于江户的议政室，领国从上州前桥换至播州姬路。

这是忠恭及其领民举藩庆贺的大事。

忠恭从延享元年（1744）开始，担任了六年左右的老中职务，然而评价并不好。酒井家是代代侍奉德川氏的名门，与井伊家、本多家等并辔为几大特权家族。雅乐头忠清时代官至大老，权盛一时，他在江户城大手门的下马碑前建了官邸，因此被世人称为"下马将军"。

忠恭是忠清第五代后裔。此时酒井家族的家世异常显赫，但政治力量却远不如家世，因此坊间流传着一首打油诗：

---

① 雅乐头，雅乐寮的长官。

什么人徒有虚名华而不实？就是芳泽阿也女[①]和酒井雅乐头。

什么东西外强中干事事无成？就是波平刀和酒井雅乐头。

此外，领国更迭的前一年，即宽延元年（1748），朝鲜遣使来日本，担任接待工作的官员中曝出了受贿事件，勘定奉行[②]等遭到处分。忠恭时常负责安排接待朝鲜使者的官员，所以忠恭收受贿赂的传闻也不胫而走。

忠恭愈发声名狼藉。

正因为缺乏政治权力，所以忠恭是个规规矩矩、胆小怕事的人，一门心思琢磨着如何提高自己的名声。

忠恭越来越无精打采，工作上的积劳和心头的忧闷反映到了肉体上，即便离开江户城回家，他对家臣们也没有好脸色。

某日，忠恭像往常一样回到府邸，一脸不悦地想着心事，家臣犬塚又内前来求见。

---

① 芳泽阿也女，日本歌舞伎演员，京坂地区有名的旦角。初代芳泽阿也女（1673~1729）确立了旦角的写实演技。

② 勘定奉行，日本江户幕府的官职名，除负责幕府财政之外，还监督皇室领地的郡代、代官，办理农民诉讼等。

又内是江户的公用人①，全权负责藩中大小公务，是不同于家老的另一种秘书职位，没有过人的才智难以胜任，而忠恭格外赏识又内这方面的才干。

又内来到忠恭跟前，屏退近侍后说道：

"近来大人气色欠佳，想必是因为六年来担任首席老中这个大任的积劳所致吧，着实让人担心，长此以往，若您的身体垮了，可是一桩大事啊！公务虽重要，但对我们这些家臣来说，大人您的身体更加珍贵，请您最近务必考虑考虑官职之事。"

忠恭看着又内充满才智的眼睛，道：

"你是说让我辞官吗？"

说罢，又内低头答道：

"正是此意。"

忠恭非常爱惜又内的能力，自己的宠臣察觉到自己的苦恼，这反而让人欣慰。一直以来郁郁寡欢的忠恭瞬间释然，想把内心的苦闷一吐为快。

"我明白你的意思。近来我的名声似乎不大好，担任幕府重任六年，我自己也颇感疲惫，加之近来幕僚中多有麻烦，照此下去，万一给家族名声带来一星半点的

---

① 公用人，江户时期大名家中处理有关幕府事务的人。

损害，那真是罪过。实际上我自己也想尽快辞官，但是啊……"他叹着气，压低了嗓音接着说："如今就这样辞官，外人会说我是因为做了亏心事才请辞的，我不想这样。如果能升官，至少就职于议政室，那么不仅能在世间留个好名声，而且不会伤及我们家族的名誉。但这恐怕无法轻易实现啊。"

忠恭如果被说成是因为坏名声而辞官，那肯定会伤及面子。为了消除这种印象，所以他希望就职于江户议政所，继续享受老中待遇，但因为这件事希望渺茫，所以忠恭分外郁闷。

犬塚又内上前一步：

"您说得句句在情在理。这些事情我也思索良久。请放心，一切包在我身上。"

"你是想说求人帮忙吗？"

"正是！若说要寻点门路，我们可以试试请大冈出云守大人帮忙。"

忠恭再次看向又内的脸，不禁呻吟般地念念有词：

"去云州①找大冈忠光啊，嗯，我们可以找他帮忙。"

---

① 云州，日本出云国的旧称。

二

大冈出云守忠光是将军家重的侧用人①，集家重的万千信赖于一身。

家重多病，舌头不听使唤，无法正常说话。家重身边有很多近臣侍奉，但谁也不知道家重说了些什么，唯有侧用人忠光能解其意。

举个例子吧，曾经发生过这样的事情。

有一天，家重乘轿子外出，途中对着随从吩咐了什么，但没有人听清楚将军的话，于是家重发起怒来。一位随从立即跑回将军的居所，将这件事情禀告给忠光。

忠光听罢眺望天空，说道："啊，将军大人是说今天天气微凉，去把和服外套拿来。"

随从按照忠光的意思拿上外套返回将军身边，家重这才息怒。

如此看来，忠光解读家重的话语也有一半是靠推测，如果了解对方，那么就能推测出对方的所思所想，而忠光是一位极会察言观色的官员，正所谓"察未言之

---

① 侧用人，日本江户幕府的官职，位居老中之下，因在将军与老中之间做传达，所以有时权势凌驾于老中之上。

语，行未发之令"。

家重与臣下的对话都要依靠忠光传达，因此忠光的话即为将军的权威，老中及诸大名都特别敬重忠光。

忠光的权势让人想起了柳泽吉保[①]。

犬塚又内想替主公酒井忠恭拜托大冈出云守忠光。

"嗯，去找出云守啊。"忠恭的手指敲打着膝盖，说道，"如果出云守肯帮忙，此事必然万无一失。那么你就想办法让他帮我一把吧。"

忠恭像突然间看到了希望一般，眼中闪烁着亮光。

又内用极为认真的语调回答："一定全力以赴。"

又内此时三十八岁，正是准备干一番大事业的年纪。又内之下还有一个小他两岁的中小姓侍从，叫冈田忠藏，在工作上，他将忠藏当作自己的左膀右臂。

两人合力运作，寻找门路，接近大冈忠光。

忠光虽然权势在握，但并非柳泽一般的野心家，而是个正直的人。

不久，忠光那边有了回音：

"酒井家族不仅是特权世家，忠恭大人长期作为老

[①] 柳泽吉保（1658~1714），江户中期的老中。因得到将军纲吉的信任，作为侧用人掌握幕府政权，推进文治政治。

中为幕府效力，即便从老中职位退下后再就职于议政所，也是理所当然之事。"

又内大为欣喜，趁热打铁，再请求更换领国。

酒井家族的领地位于上州前桥，领俸禄十五万石，然而领地内的实际收入只是书面规定俸禄额的一半，大约七万石左右，因此每一代藩主当政时的经济状况都颇为拮据，大家非常希望能换到实际收入更多的领地。

正巧此时播州姬路城轮空，前城主因为年岁尚小，被调去了其他藩国的领地，城中暂时没有当家人。据说姬路城实际收入三十万石，是一片富庶之地。

又内开始运作，希望能将酒井家族的领地从前桥换至姬路。这样一来，主公忠恭不仅获得了就职于江户议政所的机会，还能赏赐到收入更高的土地。

又内与冈田忠藏向大冈忠光开展的请愿工作想必非常巧妙，不久，忠光的意思传达了下来：

"更换领国一事没有异议。"

又内欢欣雀跃。

忠光的承诺一点不假。宽延二年（1749）一月十五日，酒井雅乐头忠恭接到幕府的裁定，命其如愿地从原职退位，领国更换至姬路，还获准去江户议政所务公。

忠恭的喜悦无法详述，这个裁定可以挽救因名声不佳而辞官导致的面子受损，还能迁移到实际收成更加丰饶的土地，家族的将来也会安定。犬塚又内的功劳恐怕是在战场上夺取十颗敌人的首级也无法比拟的。

"你立了大功，今后也要努力为我效力啊！"

忠恭叫来又内恳切地感谢他。因为这次的功劳，又内在之前的六百石俸禄上新增四百石，官位也晋升为在江户办公的家老。

冈田忠藏也由百石的俸禄增加了一百五十石，共计二百五十石，被提升为江户留守居①。

两人因公受赏，自然格外欣喜。举藩上下都在欢庆此次的领地调换，因为大家都认为实际收入多就是好事。

因此幕府正式发布领国调换命令的第二天，忠恭派回的使者到达前桥时，酒井家的家臣们都满面喜悦地在城中大厅里集合。

但藩中有一个人对此次的处置不满。

这是一位六十一岁的老人，是藩国家老，名叫川合勘解由左卫门。

---

① 留守居，江户时代大名在领地居住时被派往江户代表藩国处理事务的官职。

三

忠恭派来的信使在大厅的上席落座，面对着在下面并肩而坐的藩士们宣读此次幕府的裁定。使者的声音高亢洪亮。

藩士们都低着头听信使的宣读，即便有打破厅内肃静的轻微咳嗽声，也能听出藩士们满足的兴奋。

正当大伙儿抬起头来想相互为酒井家庆贺时，家老席中有人出了声：

"我有话要对信使大人说。"

川合勘解由左卫门那一脸的不快映入众人惊愕的眼中，他依旧是一副苦大仇深的表情，对信使强硬地说道：

"刚才听您说完，我们有件事无论如何也想不明白。前桥地区原本是神君（家康）特地赐给酒井家先祖的领地，神君认为此地乃东北方面守护江户的要冲，因此将其赐给以勇武闻名的酒井家，并且神君还说过将来此地千金不换。我们得知领地的由来后颇为自豪，然而此次当家的忠恭大人请求更换领国，这究竟是怎么一回事？姬路比前桥实际收入高，这确实是可喜可贺之事，但武勋之家为实际收入的多寡所动摇，继而离开承载家族兴荣历史的土地，此举让人不解。神君将扼守关东东北的

咽喉之地前桥赐予先祖，而现在的做法是对先祖的大不敬。"勘解由左卫门提高了嗓门，

"主公让本多民部左卫门大人、境井求马大人、松平主水大人以及不肖鄙人担任家老职位，然而发生如此大事，主公竟没和我们商量一句便立即接受幕府的裁定，这是为何？我们的祖上都是幕府派给酒井家族的监护侍从。事无巨细，主公要先咨询我们的意见，然后我们答复'可'，这才是忠义。此次主公未经深思便擅作主张，然后再向家臣们通报更换领国的消息，这种做法委实让人难以理解，看样子主公对自家家风不甚了解。刚才您宣布的裁决，鄙人已经听到了，至于那些无法首肯的方面，请向鄙人解释清楚。"

勘解由左卫门目光锐利地环视左右，紧紧地闭上了嘴。这位老人平日里如枯木般瘦弱，此时看上去却似乎能震慑住整个大厅。

勘解由左卫门这位监护侍从是家康时代赐予酒井家族的"十六骑兵"之一，可以看作酒井家的家臣但又并非家臣。酒井家族是德川氏的重要护卫，于是幕府向酒井家派了一些藩政的监护人，勘解由左卫门的先祖也是其中一员，因此他认为此次更换领国的大事，主公竟然没有咨询这些监护侍从，真是岂有此理。

勘解由左卫门原本就对更换领地一事不服,他不满武士因为利益的得失而肆意迁移领地。

为了扼守关东以北,家康点名酒井家族镇守前桥。在勘解由左卫门这样的老人看来,前桥就是武家的名誉之地,这种武士的自尊与骄傲化成了对这块土地的深厚感情,如今这份情感被轻而易举地踩躏,岂不叫人愤怒!

此外老人还对那些藩士感到气愤,他们不顾藩国的历史和荣耀,只为获得更多的实际收入而稀里糊涂地为更换领国一事窃喜得意。

这位年轻的信使名叫高须兵部,被勘解由左卫门激动的语气和认死理的态度镇得一言不发,僵着一张满是困惑的脸。其他人也都知道老人门第高、性子倔,没人敢上前插嘴。和刚才的欢欣鼓舞不同,大厅里的空气凛然一变,所有人都被笼罩在一片压抑中。

勘解由左卫门环视低着头的众人,道:

"鄙人在这里对信使大人说什么也无济于事,现在就立即出府,向主公大人当面说清楚。"

没人敢回应老人,实际上大家都打心底里期待换到实际收入更多的领国去。藩士们理解勘解由左卫门的本意,却又把他的所作所为看作老人的冥顽不灵,但因为他的话句句在理,所以藩士们无法反驳。

然而在座者当中也有几人听完老人的话，赞同地点头，如家老境井求马和松平主水等人。勘解由左卫门一直感叹家门的历史、荣光和规矩正在崩塌消失，也震怒于主公和藩士们为得失损益而贸然行动的轻率。勘解由左卫门自幼呼吸着武士道的厚重空气，在他看来，今日发生的事情根本无法想象。

老人的心情，大伙儿都了解。另一方面，藩士们的日子确实拮据，因此求马和主水也无法多说什么。

四

自己领国的家老川合勘解由左卫门突然出府的消息传来时，雅乐头忠恭已从先一步回来的信使处了解了具体情形。

"事到如今，勘解由这老家伙还要说什么？我就见见他吧，立即把他带来。"

忠恭说话的语气显示他已经达到了忍耐的极限。

勘解由左卫门行过跪拜礼，向忠恭进行拜谒寒暄时，忠恭说：

"哦，勘解由，你已经听说了吧？我这次辞去了雅乐头的官职去江户议政所务公，领国也换到了姬路，大家都为我开心，想必你也赞同吧？这次突然出府是为了向我表示庆贺吗？"

勘解由左卫门抬起头直视忠恭，眼中闪着光。

"可悲啊，我出府是为了向主公大人谏言。"

"看来你有异议，姑且说来听听。"

勘解由左卫门把之前说过的话重新陈述了一遍。他没有任何顾虑，声音高亢。

他还增加了新的抗议：

"此外，听说主公大人此次论功行赏，给犬塚又内增加了四百石，给冈田忠藏增加了一百五十石，这是真的吗？"

"没错。"

"主公大人，您这样做是不了解家规先例啊。原本增加俸禄必须是针对立下汗马功劳者，并且加封也要有个限度。按酒井家族的惯例，加封二百石是上限，没听说过有谁的加封高于此限额，不知主公大人一次给犬塚大人加封四百石所为何事？但似乎大人您对家族的规矩、做法不甚了解。即便您真的不清楚这些，我们也不能赞同您给犬塚、冈田两人破格加封，所以我想请大人您说清楚。"

"哼，勘解由！你刚才说了这么多来质问我，难不成是想让我切腹自杀吗？"

忠恭被勘解由左卫门的话激得无以反驳，激动得连声音都变了调子。

勘解由左卫门眼底掠过一丝嘲讽的阴影。

"大人您别急，如果您真想切腹，那么鄙人不会阻止。鄙人可以申请充当介错①，然后为您殉死。"

勘解由左卫门说完，依旧固执己见，没有任何退下的意思。

忠恭气得嘴唇发抖：

"够了，你给我起来！"

"不，我不起来。"勘解由左卫门拒绝。

"起来！"

"不起来！"

主从两人毫不相让，这种僵持来回持续了两三次。

从刚才开始就一直胆战心惊的贴身侍卫中，有两三人忍不住冲上前抓住勘解由左卫门的两只手臂。

"川合大人，快起来！"

"这是主公的命令啊，快起来吧！"

他们抱住勘解由左卫门的身体要把他拉下去。

---

① 介错，在日本历史上是为切腹的武士担任补刀斩首的人。

勘解由左卫门退后一步，整了整被弄乱的衣服。接着他拿起端来的茶水呷了呷，默默地思考着什么，表情没有任何动摇。

不久，他拍了拍手，叫来了司茶打杂的小厮，吩咐道："犬塚又内大人和冈田氏在的话，把他们叫来。"

不久，障子门外面传来小厮通报两人到来的声音。

犬塚又内端正了自己的表情，保持着对藩中长老的殷勤态度。他立即行跪拜礼，双手触碰地面。

"家老大人不畏路途艰辛突然出府，想必一路舟车劳顿吧。"

勘解由左卫门点点头，算是打了招呼，嘴里说着"还过得去吧"，同时将两人请入了房间中央。他对两人徐徐说道：

"犬塚大人此次加封并晋升至家老职位，真是可喜可贺啊！但鄙人对此尚存些许异议，方才拜见主公大人时已经做了说明，具体内容想必阁下也有所耳闻，那么鄙人就不做重复，鄙人只是对二位的做法不敢苟同。你们采取各种手段秘密地策动幕府重臣，还走后门找关系，这种行为作为处事的手腕确实值得嘉许，但为了将来酒井家的家风，鄙人认为这些不值得弘扬，甚至可能扰乱家风。武士就要像武士一样光明磊落，这才是武士的处事手腕。我把您二位叫来别无他意，既然是君命，那我也无法违抗，但您二位暂时把加封的俸禄退回如何？我就是想劝诫二位，才把二位请来的。"

又内和忠藏二人一时语塞，眼睛看向地面。

五

宽延二年（1749）七月五日，酒井雅乐头忠恭按预定的行程从江户出发，南下前往位于播州姬路的新领地。

藩国家老川合勘解由左卫门一人的反对抵不过众人的同意。入城那天，鸟毛长柄枪、长柄折伞、帘门轿子、装饰有厚总镜的马鞍等华美器具琳琅满目，忠恭的家臣藩士们气派地进入了新的领国。

此时忠恭对勘解由左卫门说，进入新领国之际，请家老大人您兴高采烈一点吧，并赐下自己的宝马坐骑。获赐主公的战马是家臣的最高荣耀，忠恭此举是想安抚勘解由左卫门。

因此在勘解由左卫门表示感谢时，忠恭态度谦逊地说："更换领国之事，大人您虽然多有不解，但既然已成定局，无法更改，请大人将这些异议放在心里吧。"

对此，勘解由左卫门低头行礼，道：

"主公您的用心，让鄙人不胜惶恐。"

之后忠恭对勘解由左卫门劝戒犬塚又内、冈田忠藏两人辞退加薪一事也作出了决定：

"这次您就看在我的面子上，放过他们吧。"

此外犬塚、冈田两人事后也向勘解由左卫门表态：

"家老大人所言极是。承蒙主公大人的看重，今后为了酒井家族，为了报答主公万分之一的大恩大德，我们将粉身碎骨，在所不辞。"

勘解由左卫门松了口气，微微笑着若无其事地回答道：

"是吗？既然你们这么做是为了藩国，那么我也没什么好说的了，请珍惜这个机会，好好为主公尽力。"

似乎万事都圆满地解决了。

事后忠恭苦笑道："真是个老顽固啊！上了年纪的人成天嚷嚷着旧规矩，对年轻人的做法不满啊。"

犬塚又内接着道："川合大人真是忠心不二，坚守气节啊。"

在又内看来，勘解由左卫门不过是个思想迂腐、不知时世的老顽固，何为旧例？何为规矩？这些东西最终都无法束缚时代前进的步伐。现在藩中上下为财政所苦，都是因为前桥的旧藩国虽然账面上写着收入十五万石，但实际所得只有一半，为此藩士们过得相当拮据，长此以往，藩国的经济将会崩溃。勘解由左卫门的那一套大道理能挽救整个藩国的命运吗？更换到新领地，实际收入是之前的两倍，因此藩政总算有了向好的转机。主公酒井雅乐头不仅挽回了名声，还实现了领地更换，此乃大成功，其中的运作也颇费周折，虽然用上了各种手段，但也不能说失了武士风气，老人根本不懂时世啊！

又内心意已定，他对自己参与藩政的手腕颇感自负，对于勘解由左卫门那样的人，随便应付一下，敬而远之就好。

留在江户担任留守居一职的冈田忠藏提出想看一看新领国姬路，"啊，没问题！我给你想办法。"又内简单地回复冈田，擅自作了决定，让冈田离开江户来姬路。

留守居一职是各藩国设在江户的交涉机关的主任，他们进出幕府要人的府邸、负责与其他藩国的交涉等，相当于外交官，并且不能擅自离开任职地。

冈田忠藏来到姬路，走在城中的走廊上时，意外遇见川合勘解由左卫门。

冈田心下一惊，没想到碰上个难缠的人物，但事已至此，也无法躲藏，于是郑重地向勘解由左卫门致意：

"川合大人，好久不见，您的精气神还是这么好啊。"

勘解由左卫门抬起眼睛看了看冈田忠藏。

"是冈田啊，你看上去也非常精神。"

勘解由左卫门说完就要往前走，突然想起了什么，停下脚步叫住忠藏。

"冈田，你是江户的留守居，我没听说你是为了什么公事回到领国啊，难道是有急事？"

忠藏心里一颤，用早就想好的借口回答道：

"在下确实担任留守居一职，我怕有人因公事问起新领国姬路而无法作答，于是我想看看新领国的情况，就过来了。"

勘解由左卫门听完，眼中立刻闪出了寒光。

六

勘解由左卫门目不转睛地盯着冈田忠藏骂道：

"你说谎！你说的理由听上去合情合理，但其实一派胡言。你说你离开江户来到领国是因为公事上的询问，实际上有关领国的事务必须先向江户的家老咨询，然后再向各领国提出申请，最后由我们作答，这是惯例。以你的职位，你根本不需要回答任何关于领国的问题。留守居这个职位要全权负责领国与幕府之间的各种公务，如进贡、馈赠安排、与其他大名家派来的平级官员进行交涉，等等，没必要回自己的领国。你的做法不仅欠考虑，而且你是抱着游山玩水的心情回国参观的。怠慢职责，出来闲游，简直荒唐！还是赶紧回到江户为好！"

勘解由左卫门无所忌惮地放开嗓门，路过的人都一边回避一边竖起耳朵听。忠藏一言不发，面红耳赤，做贼心虚地赶紧溜走了。

勘解由左卫门再进一步详查，发现是犬塚又内允许冈田忠藏回国的。此外，与自己共同担任家老职位的本多民部左卫门也点头同意了。

近来本多民部左卫门不知何故总与犬塚又内为伍，更换领国时也与又内一道运作。作为"十六骑兵"之一的本多家是幕府派来的监督侍从，但正因为本多民部左卫门生性柔和，才容易被又内这样性子刚强、手腕泼辣的人收服。

勘解由左卫门想，自己已经年老，如果今后的藩政为犬塚又内、本多民部左卫门之辈左右，将会变成何等局面？酒井家的规矩肯定会被遗忘，传统的武士风尚肯定会紊乱。如今很多藩士都因换到了新领地后实际收入增加了而窃喜不已，所以犬塚又内才会得势，此人今后的实利政策肯定会加速藩内武士风气的堕落，那真是酒井家的危机啊。

勘解由左卫门总为此事忧心忡忡，然而他内心深处有个自己都没发觉的心理。

老人很孤独，因为孤独，才憎恶本多民部左卫门这样与自己年龄相仿的老人倒向又内等年轻人。这是一种嫉妒。此外，勘解由左卫门还下意识地认为是年轻一辈把自己淘汰至孤独的深渊，因此他对年轻人充满了嫉妒和愤恨。

勘解由左卫门请了二十日的假，称积劳成疾，在家闭门不出。

告假在家的勘解由左卫门没有任何异样，气色也很好，像往常一样在院子里仔细地侍弄花草。有时，老人会陷入沉思，但因为他一贯如此，所以家人也没太在意。

但事后想来，老人确实有一处反常举动。有一天，他出人意料地说：

"把奈美叫来。"

奈美是他的女儿，嫁给了同藩人。老人再没有其他子女。

妻子有些讶异，因为丈夫很少有这样的举动，于是说道："现在吗？有什么事情吗？"

"没什么特别的事情。就这样在家休养实属无聊，我想看看女儿，一起吃个饭。"

老人脸上露出几分虚弱的微笑。

女儿来了，勘解由左卫门心情甚佳。他原本滴酒不沾，但情绪好的话会稍稍呷几口。这天他喝光了一长柄酒壶的酒，酒劲上头，脸色通红。

勘解由左卫门眯着眼睛唱起了歌谣。

妻子和女儿都为勘解由左卫门难得的兴致而欣喜不已，女儿也放心地回了夫家。

二十天的假期结束，勘解由左卫门登上了姬路城。

他拜谒了主公雅乐头，为自己的闭门不出而道歉，同时向同僚高官们挨个儿寒暄一阵。见到他的人都说：

"您老心情愉快，这真是太好了。"

见到犬塚又内时，勘解由左卫门说："又内大人，我听说您近期将前往江户，日子定下来了吗？"

"是的，我在本地逗留许久，对领国的事务也大致熟悉了，打算四月十一二日出发。"

又内像往常一样柔和恭顺地回答。

"是吗？关于江户的政务，我想和您交流一下，也想和您加深情谊，十号左右，您能否大驾光临寒舍呢？我想请您吃个饭，哪怕是简陋的荞麦面，也请您不要嫌弃。哦，不仅仅是您，我还邀请了本多民部左卫门大人、松平主水大人等人，他们刚刚都答应了。"

勘解由左卫门正式邀请又内。

七

四月十日，雨从前天晚上开始就淅淅沥沥下个不停。

雨水干净、透明，经过雨水冲刷的树叶颜色鲜亮。

川合勘解由左卫门家将有客人造访，因此男女用人一大早就开始张罗宴席、打扫卫生。

准备工作结束时，勘解由左卫门对妻子说：

"今天不仅要请各位大人们吃饭，还有机密要谈。事关重大，为防止有人偷听，男女用人把酒菜拿进来之后，你就给他们些碎银子，打发他们今天出去玩。你也最好回避一下，去女儿那里吧。"

勘解由左卫门吩咐妻子待会儿把家里人全支走。

只留了一位叫吉藏的侍从。吉藏身型魁梧，腕力过人，胆子也大。

勘解由左卫门吩咐他道："等客人到来之后，你把所有出入口都上锁，把住玄关。不论发生什么事情，除非我叫你，你都别进到房间里来。"

未时刚过，松平主水精神抖擞地先行到来。主水家代代是酒井家的家老，此人年纪轻轻，但想法周全。勘解由左卫门把他叫来另有其因。

过了一会儿,犬塚又内和本多民部左卫门分别到来。

众人在书房改成的宴会客厅中落座。

勘解由左卫门致意:"细雨迎贵客,欢迎各位大驾光临。"

三位客人也表示感谢:"蒙您款待,诚惶诚恐。"

酒肴送入,主客觥筹交错。

宴席中途,勘解由左卫门的妻子和下人们都按照勘解由左卫门之前的吩咐,悄悄退出了房间。

不一会儿,宴席热闹起来,嗜酒的本多民部左卫门频频干杯,还说:"川合大人,你也喝几口啊。"

勘解由左卫门微微笑着说:"呀,实际上我是想和犬塚大人商量些公事,谈完之前我先不喝了。那么失礼了,我们在那边先谈公事吧。"

犬塚又内立即坐正身体,道:"失礼了。凡事公务至上,我也趁着没喝酒时洗耳恭听。"

勘解由左卫门看着本多和松平两人,说道:"实在抱歉,请允许我和犬塚大人暂时退到别的房间商谈。"

两人回答:"请不必介意,我们在此品尝佳肴。"

于是勘解由左卫门带领犬塚又内出了房间。

宅子很宽敞,有好几个隔间。外面下着雨,走廊上颇为阴暗。两人顺着阴暗的走廊走着，勘解由左卫门拉开了一间房间的障子门。

这是间八张榻榻米大小的房间。

壁龛里挂着画轴，摆着插花。

房间里没有人，异常安静，只听见外面的雨水滴答声。

又内来到房间正中央，环视四周。

"不错的房间啊。"他一边说着一边打算坐下。

此时，勘解由左卫门凑到又内身旁，在他耳边说道：

"又内大人，你的所作所为根本不是为了主公酒井家，因此我要惩罚你！"

话音未落，勘解由左卫门的身体就撞了上来，又内脚下一阵踉跄。

又内疾呼，身体失去平衡，准备拔出短刀防御。

短刀出鞘三寸左右时，又内的一只手已经没了感觉，勘解由左卫门抓住又内拔刀的空隙，将其右臂从肩膀处斩了下来。

顿时，血如泉涌，喷溅到背后的障子门上，像浇水一般。又内身子一歪，勘解由左卫门的刀从又内的右颈根处往左斜斜砍下，接着骑坐在又内身上，直直刺向了他的要害。

勘解由左卫门大喘着粗气站起身来，看见自己的衣裳已经被叉内的血染红了一大片。

房间的角落里早已预备了新的衣服。勘解由左卫门去厨房洗了手，换上了新衣服。

穿戴齐整后，勘解由左卫门重新梳理了头发。为了让呼吸平稳，他好一会儿一动不动。远处似乎有人在练习击鼓，那鼓声混着雨声传入耳际。

八

勘解由左卫门回到了原来的宴席房间，本多民部左卫门和松平主水正边喝边聊。

他向两人若无其事地说道：

"失礼了，请本多大人也去会谈室与犬塚大人一起商谈。真是对不住松平大人，请您在此稍等片刻。"

松平主水笑着答道：

"请勿介意，你们慢慢谈，谈完公事之后，我们几个再好好地喝一盅。"

民部左卫门站起身："主水大人，我离开一会儿。"

说着，他跟在勘解由左卫门身后走了出去。

走廊上依旧阴暗，两人进了一间房间，这是间六张榻榻米大小的房间。

勘解由左卫门说："请到这边。"

民部左卫门走到房间的中央，却不见又内的身影，问道："犬塚大人呢？"

勘解由左卫门答道：

"犬塚大人先走一步了。"

"先走？"民部左卫门一脸迷惑。勘解由左卫门走到他身旁。

"本多大人，您和犬塚氏的所作所为根本不是为了主公家，因此我今天要你们的小命。我刚刚杀了犬塚氏，你也觉悟吧！"说着，他拔出了刀。

民部左卫门脑中一阵空白，他看向勘解由左卫门，对方眼中透着杀气，于是他吃惊地想逃走。

"哪里逃！"

勘解由左卫门大喝一声，刀已经追上了民部左卫门的肩膀。民部左卫门虽然身中一刀，但也拔出了自己的刀。

然而他一转身便失去了站立的气力，被勘解由左卫门逮着空子从正面再砍了两刀。本多民部左卫门没有任何声响地断了气，勘解由左卫门大口地喘息着。

这间房间里也预先备好了更换的衣服。勘解由左卫门换好衣服，洗手漱口，洗脸梳头，然后像往常一样走向玄关。

玄关处，侍从吉藏按照吩咐把守着。

"吉藏！"勘解由左卫门说，"人哪，不知在何时何地就必须决一死战。你准备好了吗？"

吉藏今早看到家中上下的准备安排与平日里的宴请大不相同，料想肯定会发生什么大事，现在看着主人的脸，尽量装出平静的样子，但眼中已因充血而涨红。

虽然很惊讶，但吉藏答道：

"我早就准备好了。"

"是吗？那你来这边。"

勘解由左卫门在前面走着。

分别有八张和六张榻榻米大小的房间里，又内和民部左卫门的尸体倒在血泊中。

没想到居然是这等事变，吉藏的脸上因为惊愕而唇色大变。

"如你所见，我因故把犬塚又内大人和本多民部左卫门大人杀了。"勘解由左卫门声音嘶哑地说。

"我早就作好了心理准备。我会在这里自尽，想请你当介错。此外，我给在宴会间里等着的松平主水大人写了封亲笔信，信里交代了我手刃二人的缘由，放在我的文卷匣中，你帮我递给他。我是为了与二人决一死战才瞒着主水大人把他叫来的，他还蒙在鼓里呢。我给他添了大麻烦。你帮我转告他，请他原谅。"

说着，勘解由左卫门在房间正中央跪坐下。

雨天，黑夜来得早，房间里一片昏暗。

勘解由左卫门吩咐道："天色阴暗，你介错时不能出任何差错。吉藏，把烛台点上。"

吉藏点了灯，屋外还在下着雨，鼓声依旧阵阵传入耳际。

"松平主水大人在宴会间肯定等得不耐烦了吧。"

说着，勘解由左卫门解开衬衣胸襟，取出腰间别着的短刀。

两代人的殉死

一

庆安四年（1651）四月二十日夜，大老堀田加贺守正胜为当日凌晨寅时死去的德川幕府第三代将军家光殉死，剖腹自尽。

家光在这年早春时节染病，这个消息向一般人封锁了。世上还有许多被剿灭的前朝大名的家臣以及没了主君不再享受俸禄的浪人，他们对德川氏怀恨在心，一有点儿状况便蠢蠢欲动，若将军罹病一事走漏了半点儿风声，就会有人乘虚而入，动摇人心，说不定会挑起意想不到的骚动。就拿前些年的天草之乱①做例子，那正是误传家光死讯所导致的结果。

因此家光此次患病的消息极其保密，只有内部的几位大名才知道实情，侍医拼命挽救也无力回天。樱花早已飘落，被吹到御苑的庭院池塘里，菖蒲花开得正盛。

----
① 天草之乱，又称岛原起义，日本江户初期的 1637 年，发生在九州岛原天草一带天主教徒与农民的起义。

阴历四月已经过半,而家光终于要迎来自己的大限。

自从家光卧床以来,正盛片刻不离地在一旁照看。家光病入膏肓后,正盛就一直在将军身边不分昼夜,寸步不离。

家光病痛时发起癫痫,抓住正盛边喊边打:"该死的,你这家伙!"

家光睡觉时的转身和喂食等都必须正盛亲手伺候,有时正盛还要照顾家光大小便。

即便家光睡得迷糊,一睁眼若看不到正盛,便会四处寻找:"正盛呢?正盛在哪里?"

正盛一直陪在家光身边,很少退到别间小睡。

家光患病期间,正室鹰司氏以及夏夫人、玉夫人(之后的桂昌院夫人,纲吉之母)、乐夫人等侍妾也挤在病房里,但家光对她们无话可说。这些夫人看着正盛麻利的身影,眼里都是羡慕。

家光临终数天前。

这天,家光不知为何看上去心情很好,他要把头发梳起来。这个要求让周围人不明所以。正盛静静地抱着家光的背,把他扶坐在床上,仅仅用梳子就把家光的头发理顺,家光便很是愉快。

这或许是油尽灯枯前生命的最后一丝气力了吧。翌日，病魔再度袭来。

家光已经瘦骨嶙峋，半睁的眼珠是鱼鳞般的混沌，吐出的气息也很微弱，谁都能看出，家光正在和前来迎接自己的死神做斗争。

正盛对着家光的耳际大声说：

"大人，正盛要陪着您，请大人批准。"

家光的眼睛仍望着天花板方向，他微微点头，用细弱的声音道：

"准了……正盛。"

说完又陷入昏睡。

"感谢主公！"

或许这是家光最后听到的话，之后他便不省人事。

就这样，堀田正盛从垂死的家光那里得到了殉死的批准。

对于请求殉死的正盛和批准了的家光，在场者都了解两人的因缘，同时更为主从之间的亲密而感动。

二

正盛比家光小两岁。

正盛年少时是个端庄秀丽的翩翩美少年，因此很受家光的宠爱。

当时离战国时代并不久远，尚有好男色的遗风。

家臣中，家光宠爱的并非正盛一人，还有酒井山城守重澄。

家光不仅宠爱重澄，夜里还会微服前往重澄的宅邸，因此坊间流传家光每夜外出是为了试刀杀人。将军的师傅酒井忠胜对此颇为担心，整个晚上都偷偷地护卫着家光。

之后正盛和重澄开始争宠，两人心中的敌对意识也愈演愈烈。相见时，表面上微笑装作若无其事，而竞争之心却如烈火般燃烧。

家光先对谁说话、对谁的笑多一点儿，每一个细微的举动都能牵动两人的喜怒哀乐。

有时家光赐给两人浓茶，正盛先喝，之后再轮到重澄，重澄便怒气难平。他接过正盛的茶碗后也不喝，而是突然摔向窝身门①下面的石头上，茶碗被摔得粉碎。

家光看了，知道重澄生气了，但仍笑着说：

"山城，别急啊。"

在家光看来，宠臣之间的嫉妒并非坏事。宽永八年

---

① 窝身门，日本茶室特有的客人进出口。

（1631），两人同时获赐封俸禄三万石，然而之后家光的宠爱逐渐向正盛倾斜，对重澄开始冷淡。

重澄闹别扭，称病两年不务公。

家光知道重澄装病后命令道："居然敢欺骗对你恩重如山的主公，岂有此理，看我怎么收拾你！"

于是他没收了重澄的领地俸禄，将其发配至备后国福山地区的水野家。

此后正盛独享家光的宠幸。他起初是俸禄仅千石的知行，后陆续在武州川越享俸禄三万石，在信州松本享俸禄七万石，转移到下总佐仓领俸禄十五万石。

正盛的父亲正利看到儿子出人头地，虽然很欣慰，但又说："我们既不是高官世家，也不是权贵门阀，今后我可能会拖累犬子的晋升啊。"据说正利在宽永九年（1632）切腹自尽，享年五十九岁。

家光对正盛宠爱有加。正盛逐渐平步青云，位列众人之上。

重澄被流放至遥远的福山，他知道正盛步步高升后，心中充满了嫉妒和憎恨，最终对失宠的自己感到绝望，宽永十九年（1642）九月，在幽禁地亲手了结了自己的生命。

正盛受到家光的无上宠信，权势凌驾宿老[①]之上。

正因为受家光的君宠和提拔，所以正盛请求为家光殉死，大家都认为合情合理。

三

四月二十日，家光咽下最后一口气。各位大名得到急报，纷纷登城，一时间，江户城中混乱不堪。

正盛从家光遗体前退出，来到老中房间。因为长期不分昼夜地照料家光，正盛脸色憔悴，眼睛深凹。

老中房间里围坐着酒井忠胜、松平信纲、阿部重次、阿部忠秋等人。正盛落座，向众人低头致意：

"如各位所知，鄙人一直承蒙主公莫大的恩宠。主公罹病以来，鄙人早就打算陪伴主公去冥界再续主从之缘，幸得主公的许可。鄙人这就回府，追随主公的足迹而去，烦请各位永远为国效力，为天下尽忠。特此拜别，辛苦诸位。"

酒井忠胜等众人只能唏嘘不已，若说些"您准备殉死肯定下了很大决心啊""能够追随主公而去真让人羡

[①] 宿老，日本江户时代村町中的"年寄"。

慕"之类的话反而显得虚情假意。

这时，在座的阿部对马守重次突然正襟危坐，说道："不愧是堀田大人！实际上我也打算殉死。"

一言既出，举座皆惊。

正盛对重次说："刚才鄙人说得很清楚了，我受过主公的大恩大德，殉死一事也获得了主公的亲允。然而您和我情况不同。比起追随主公而死，侍奉大纳言大人（四代将军家纲）才是忠义之举。"

其他人也异口同声劝阻道：

"堀田大人所言极是，侍奉主公并非仅限于殉死啊。"

重次摇了几下头，说出了实情。

"非也非也，各位有所不知啊，这是已故的主公（家光）与我之间的秘密，迄今都未向外人透露半分……"

此事与之前忠长（家光的亲弟弟）自尽一事有关，在座的众人一听，认为重次的说法合情合理。

"此乃事情的经过。之前我已经把性命交到了主公手里，此次请允许我追随主公的步伐。"

重次说着，脸色涨红。

正盛跪行至重次身边，握住他的手道：

"我们已经明白了，接下来就按照您的心意去做吧。我们二人好好相处，跟随大人到天涯海角吧。"

正盛眼中泛着泪光。

申时（下午四点左右），正盛下了江户城。

在下乘桥坐轿子时，正盛对一路同行的重次作别，相互微笑："那么，我们就在黄泉路上再会吧。"

四

正盛换上了素色的窄袖便服。

他对妻子说："把正信叫来。"

正信是正盛的长子，是二十二岁的年轻人。正信之下有四个弟弟，大弟弟安政做了胁坂淡路守的养子，接下来是正俊、正英，最小的是正胜。

正信进入书房后向父亲行跪拜礼，正盛换上准备好的衣服端坐在书房里。

"正信吗？过来。"正盛对正信说道。

正盛容貌端正，年届四十六岁，平日里看上去要比实际年龄显得年轻，然而日夜守在家光病榻边寸步不离，这些日子的疲劳憔悴使得他眼角的细纹异常明显。

妻子儿女及家臣仆人等都知道了正盛在家光逝世后准备殉死的消息，眼看今夜这个消息将要变成事实，整个宅子都弥散着不安的静寂，这种静寂无法用"悲痛"

或"杀气"来形容。

正信走向素服的父亲面前,身体因为激动而颤抖,他咬紧牙关低着头。

"就像我之前说的那样,"正盛用平常的声音说道,"我承蒙已故主公如山如海般的恩德,从俸禄千石起家,逐渐晋升至领十五万石的俸禄,这都是无可比拟的君恩。你们明白吗?"

正信深深地低下头,道:"明白!"

"我必须报答主公的大恩大德,所以一直等待着有朝一日能够在主公的马前战死。然而主公威光盖世,天下太平,我最终没有机会在战场上尽犬马之力,内心苦闷,无为度日。主公染疾以来,我就想实现夙愿,万一主公有不测,我将誓死相随。我向主公请愿后,幸得主公批准……因此,现在我就要追随主公而去。"

正信无法出声。

"今后,"正盛继续,"天下就日渐太平了吧,然而家康公的苦心经营来不得半点掉以轻心,曾经台德院大人(二代将军秀忠)也常被如此戒饬。家光的后嗣大纳言大人(四代将军家纲)年仅十一岁,若今后众老中忘武而守成,你应当大胆力谏,这才是承蒙主上大恩大德的堀田家的忠义。你把这当作我的遗言,牢牢记在心里。"

正信伏身在地,声泪俱下,几近哽咽:

"父亲大人的教训,我一定……"

正盛看着伏在地上的正信,说道:

"好,这样为父也心安了。"

然后他回头看向妻子,问道:

"现在是什么时辰?"

听到妻子的答复后,他说:

"时光飞逝啊,让对马守(重次)抢先一步,我就追不上了,把其他的孩子都叫来。"

正盛向妻子下令,妻子静静地起身。

按照准备,夫妇儿子七人聚在一起,若无其事地享用了最后的一餐。

这夜殉死的有大老堀田正盛、老中阿部对马守重次、侧众①内田信浓守正信,二十一日殉死的有小十人②首领奥山茂左卫门安重,二十三日殉死的有书院掌管三枝土佐守惠正等。在大奥工作的正盛年迈的母亲伊古局也于二十日晚殉死。

请求殉死的都是已故主公特别看重的家臣,这与其

---

① 侧众,日本江户时期在老中的领导下侍奉于将军身边、夜间代替老中处理城内事务的官员。

② 小十人,江户幕府中负责警备、军事的一种职务。

说是出于主从情谊，更多的是因为这些人畏惧世俗的眼光和指责。主君生前那么受宠，主君死后不殉死而苟且偷生，真可耻——若被世人如此指责，那真是天底下最痛苦的事了，因此这些家臣选择自尽。家光曾重用的松平伊豆守信纲没有切腹，坊间便开始流传这样的打油诗：

  伊豆（信纲）大豆圆又圆
  做成豆腐是特产
  切开就得赶紧吃（嘲讽其没有殉死）
  变味之后下咽难

  风水转到松平家
  大权在握享荣华
  黄泉上路不嫌迟
  快快追随先主去

五

堀田正信继承了父亲正盛的官禄，成为佐仓的领主，领俸禄十三万五千石。正信把一万石分给了弟弟正俊，给了正英五千石。

正盛殉死之后，幕府格外重视堀田家。堀田家族进入本多、榊原家族的行列，成为功臣世家，还获得家光三周年忌日之际代替将军前往日光参拜的优越待遇。

年轻的正信很是感激，他时刻牢记着父亲的遗训。父亲生前嘱咐，若辅佐将军的众位老中安于泰平，遗忘武风偏于守成，自己则要大胆谏言，这是堀田家对主公应尽的忠义。当时父亲穿好了切腹时的素色窄袖便服，正信聆听父亲的话时因激动而浑身颤抖，但那声音依然在耳际回响。

因为父亲的遗命，加之父亲殉死之后幕府对堀田家的优待，正信为幕府效力的志向燃烧了起来。他一直密切注视着辅佐幼君的老中们，看他们的处置是否有误以及若有误该如何纠正。

家纲十一岁接任了第四代将军的职位，辅佐幼君的老中有松平信纲、酒井忠胜和阿部忠秋。

世间表面看上去歌舞升平，实际上危机四伏，若有可乘之机，谁知道将会引发何种事变？三代将军家光逝世不久，立即爆发了由井正雪事件[①]。

---

① 由井正雪（1605~1651），江户初期的军事学家，在江户开办了楠木流军学塾，拥有很多门人。1651年，纠结浪人趁三代将军家光逝世时策划倒幕运动，事发前暴露，自杀。

拥立幼君、压制诸大名、保持天下静稳……老中们的辛苦可想而知，因此家光死后，丧讯暂时被封锁起来。家纲即位后，众老中拼命维持政治现状，停止了革新、改革等一切冒险。

家光治世的时代，新制连年不断，而今只是守旧，毫无新时代的气息。偶尔有新的意见提出，众老中也不予回应。

"这不合法理，有悖惯例。"

虽说众老中会一起商议，但他们延续着三代将军家光时期的做法，由松平信纲独自裁决诸事，而一切事宜皆固守前代遗制，正是他的处事方针。

信纲认为要让天下泰平，则不能兴武，于是他不奖励武备，反而采取务实的紧缩政策。

正信一直密切关注信纲的施政方法，终于下定决心要遵守父亲的遗训，向老中谏言。正信心中有强烈的危机感：老中们对待诸事只顾利益算计而不劝诫旗本完善武备，如果大家习惯了这种做法，万一天下易变，那就没有人愿挺身而出了。

正信庆幸现在就有机会实现父亲的遗命。他之所以要采取行动，一方面是因为年轻气盛，情绪高涨，当然根本原因是功名心在蓬勃地膨胀。

老中的一员酒井赞岐守忠胜是正信的外公，于是正信先去了忠胜家，向其说明了自己的想法。

"父亲正盛殉死之际留下遗言，说继任将军年幼，若众位老中松弛武备安于守成则应当进谏。近来老中们的行为处事将武备抛诸脑后，下面的旗本也逐渐武风惰怠，长此以往，等到将军长成之时，不仅会忘记三代先人的遗言，而且只懂得利益算计，那真是遗憾至极啊！请老中大人鼓励众人重振勇武之风吧！"

忠胜满眼柔和地听着正信的话，答道：

"你的话合情合理，我知道了。"

忠胜好学，通晓经史，足智多谋。提到智谋，松平信纲要更胜一筹且能力过人，因此幕阁都团结在信纲周围。对于信纲万事专断的做法，忠胜内心经常感到不快。

正信的谏言是对信纲政策的非难，因此忠胜听得颇为顺耳。

六

因为忠胜耐心地听了自己的谏言，于是正信一直在等待改革的时机，孰料丝毫未有变化的迹象。

正当正信想去和忠胜会合时，有一天，正信在将军宅邸迎面遇见了信纲。

信纲从御用房间①走出来，正要经过老中口②，迎面撞见的正信退到旁边弯腰行礼。

正信想，之前向忠胜的进言应该转达给了信纲，信纲可能会做些回应，哪怕没有回复，总该有些反应吧——正信满怀期待地和信纲打招呼。

然而信纲不仅没有只言片语，反而步履不停地向前走。他恶狠狠地盯着正信的脸走了过去。此时的信纲还很精瘦，苍白的脸上有着神经质般的皱纹，脸上没有任何表情。他瞥向正信的眼神也如鱼一般冰冷，泛着不怀好意的光。

正信直觉地感到信纲听到了谏言而自己惹怒了他。

信纲把这份不快化作了更为傲岸的态度，对正信还以颜色："毛头小子就是喜欢自作聪明。"

信纲装模作样的脸上出现了这样的嘲笑，故意做给正信看，让正信知道在自己眼中他连司茶的奴才都不如。

正信全身因愤怒而燥热，信纲根本没把自己放在眼里……承受了这样的侮辱，而且信纲故意用这种露骨傲

---

① 御用房间，日本江户城内大老、老中、若年寄的办公房间。
② 江户城中的一个通用口。

慢的侮辱激怒自己，像毒刺一样扎入正信的心。

"好啊，咱们走着瞧！"

我要让你知道我的厉害——正信挑衅般抬起了眼睛。

翌日，正信拜访了酒井忠胜，询问老中们是否采纳了自己前些日子的谏言。

面对外孙的追问，忠胜那爬满皱纹的脸暧昧地笑了：

"别这么着急，此事关系天下泰平，不是一朝一夕就能实现的。"

"能被采用吗？"

"我觉得可以。我是这么认为的，你就等着吧。"

两个月过去了，半年过去了，转眼间已经等了一年。其间，正信去过几次忠胜的宅邸。

即便忠胜不回答，正信也知道信纲彻底持反对意见。不，岂止是反对，正信知道信纲从没有正面回应过自己的谏言，根本没把自己的话放在眼里。

正信似乎又看见了信纲那苍白瘦削的脸上浮现出轻蔑、故作高傲的冷笑。

正信不知不觉间开始意气用事。明明知道结果，但因为对信纲的敌意愈发深入骨髓，正信依旧多次去找忠胜。

善良的忠胜对正信的来访不知该如何应对，最终说了实话。

"这个,伊豆的那位……"

"被伊豆守大人驳回了吗?"

正信虽然早已料到会有这样的回复,但真正问出口后又分外恼火。

"嗯,伊豆守说,维持现状即可……他说将军大人年纪尚轻,在他长成之前,停止对诸事的改革。"

而正信却从反面来理解这句话。

现行方针怠忘武备,那么将军成人之后前途堪忧啊。因此正信才要进言,而这些话在诸位老中那里居然是对牛弹琴,正信愤愤不平。

七

万治元年(1658)九月,台湾的郑成功向日本请求援兵,书面申请经过长崎奉行递交至幕府。

郑成功是明朝遗臣,其母是肥前平户地区的人。他为反清复明攻占了南京城,最终却失败了。此后他率军攻打荷兰人占领的台湾,大破总督揆一驻守的热兰遮城,将荷兰人驱逐出境,占领了整个台湾岛。

他一直想复兴明朝,于是向日本请援。

请援书一到江户,大名中立即出现了许多同情者。

尾张、纪伊、水户三家纷纷主张出兵。汇总讨论时，尾张义直说："三人中鄙人最为年长，愿担任总大将。"

纪州赖宣说："请让鄙人负责前往台湾的船路运行。"

水户光国主张道："我与二位不同。我随时愿效犬马之力，战死沙场，派我去最为合适。"

堀田正信来找忠胜，激动地说："等待许久的时机终于来了。"

忠胜反问道："你指什么？"

"派遣援兵支持郑成功一事，这将会让幕府重振武备，我也就安心了。据我所知，尾张、纪伊、水户这御三家都率先请命，我更要尽一份力，这样就能恪守父亲的遗志了。"

忠胜抬手拦住正信："机会确实难得，但今日的议定已经驳回了这一意见。"

"你说什么？"

"眼下明清之间的骚动与我国没有任何关系，如果我们帮助明朝，会损失巨大，还会使得大量人员丧命。经过考虑，幕府决定不援助郑成功，也没有派兵的通知。"

"但御三家都那么积极地要求派兵了。"

"御三家是御三家，和幕府的决策不能混同。"

"这就是诸位老中的意见吗？"

"虽然作决定的不仅仅是众老中,但真正负责决议的是老中内部的掌权者。"

正信的脑海里立即浮现信纲苍白且装腔作势的脸。

"想必这是伊豆守大人的想法吧?"正信问。

"并不是谁的想法,这是大家的意见。"

忠胜吹了口烟草叶,无奈地想把烟草点着。

正信回程时坐在摇摇晃晃的轿子里,心中郁结不堪的同时充满了对信纲的怒意,骂道:"这帮家伙简直把利害算计当作口头禅了,根本没把心思放在武备上。只知道要小聪明,那是没能耐的庸吏!"

之后又过了一阵子。

正信听人说,信纲曾说过这样的话:

"前些时日,台湾的明朝人向我们求援,有些人一把年纪了却还意气用事,和只顾眼前不顾大局的毛头小子沆瀣一气,真让人伤脑筋啊。"

正信立即想起信纲那张皮笑肉不笑的、轻蔑的脸。

八

从这个时代开始,旗本的生活逐渐困苦。

庆安四年(1651)前后开始的米价暴跌是一大原因。

幕府命令诸大名广开新田，此举直接导致米的产量提高。武士的收入以几石几俵的米粮为本位，伴随着米价下跌，武士们的收入也相应地减少了。

其次，幕府要求诸大名等旗本交赋税服徭役，如给旗本们下派小河川的工程等，但费用必须全部自筹。此种赋税徭役颇多，对武士们而言也是一笔大的开支。

再次，到了宽永年间的中期，昔日将军家下拨物品的惯例被废止，加之诸旗本家族人丁兴旺，大家手头逐渐拮据。

正信经常耳闻目睹旗本们的困苦生活，再看老中们的处置决议，竟没有任何救济方法，既不给武士加薪，也没有临时补助。长此以往，作为国家顶梁柱的旗本将愈发穷困，早晚有一天，他们会走向穷途末路。

每念及此，正信就想一拳砸向信纲那苍白的脸。

"毛头小子又想耍什么花招？"

不可一世、装模作样的脸——正信抑制不住要给信纲一击的冲动。

正信数次进言的内容在之后搬出江户时的上书中，有一节最有代表性：

之后，查明各知行之盈余，能登守后人二万石，九龟五万石，平冈石见守后人、日根野织部后人各一万石，挂川三万石，余估计共十三万石。（略）如上所述，皆有盈余。若各知行不给旗本补助或体恤，许多将士在危急时刻也不会挺身而出。此乃近来诸位宿老武备松弛之故。家光大人鼓励诸旗本之志，家臣们也以勇武效忠。继任将军年幼，宿老只知利害算计，让人心痛啊。

不久，酒井忠胜派人叫正信过去。正信抵达宅邸时，忠胜正独自点茶。

"万一明天幕府命你担任老中职位，你会接受吗？"忠胜低声问正信。

正信简直怀疑自己的耳朵，不敢相信会发生这种事情。他不假思索地反问道：

"诸位大人正在讨论此事吗？"

忠胜满眼慈祥地看着正信："这是将军大人的旨意，他忘不掉你父亲的功绩，因此先问问你的想法。"

正信激动到忘记了自己是如何答复的。

回到家，田中半左卫门、正木内记、牧野主人等家老早就在房间里等着了。

正信面露喜色地说："刚才酒井大人透露，幕府有意提拔我为老中，当然我回答愿意。将军大人仍记得我父亲的功绩，真叫人感激涕零，想必我的数次谏言也说服了幕府的各位老中吧。"

家老们一面嘴上说着祝贺的话，一面半信半疑地看着独自欣喜的正信。

九

正信一直翘首等待着老中的任免命令，然而，打那之后，任免一事再没有任何动静。

如果跻身老中的行列，就可以堂堂正正地发表意见，装模作样、不把自己放在眼里的信纲即便心里不痛快，也必须正视自己了——光是想象，正信就已经沉浸在痛快之中。然而任免令迟迟不下达，正信逐渐不安起来。

既然都已经派人探听自己的意向了，想必这个人事决定一定不会有错，更不会发生任何变动。

正信去找忠胜询问缘由，但对方并未给出确切的回答。正信焦躁郁结，终日坐立不安。

时间流逝，当初正信的期盼之心像花开般灿烂，如今却像久旱的野草般枯萎了。

过了两个月,听闻稻叶美浓守被任命为老中,正信知道这一切都是信纲的计谋。

"毛头小子怎能成气候呢?"

正信仿佛看到了信纲那张苍白、阴险的脸正目中无人地笑着。

他怒发冲冠,难以遏制。

万治三年(1660)十月八日,正信上书保科正之(家光的弟弟)和老中阿部忠秋,没事先请示便撤回了佐仓。

正信的撤回格外突然,只带了少许随从。他走之后,写给正木内记的亲笔书涵在田中、正木、松崎等人中传阅,大家这才知道了正信撤离之事。

重臣们举座皆惊,大家立即回家备马,连家臣都没顾着带上,便在大雨中追赶正信。

上书的内容是迄今为止的屡次谏言。旗本日渐贫困潦倒,拿不出人马,也不鼓励武备。正信担心这样下去,武士将自取灭亡,于是他写道:

> 我奉还赐给的知行十三万余石,全部分给番头物头等官员,此外将我的知行金银赐给旗本。临书涕零,诚惶诚恐。

正信归还佐仓十三万余石俸禄是对信纲的恶意讥讽。

上书的对象只有老中阿部丰后守与幕阁之外的保科正之，他故意无视信纲，这也是他对信纲充满敌意的挑衅。

未经许可便离开江户撤回领国，乃是天下大忌。正信上书的内容姑且不论，但他犯了禁忌，因此被削藩。

正信在发配期间辗转各处，最后被囚禁在阿波国的松平纲矩的领地内。

延宝八年（1680）五月八日，将军家纲逝世，此消息十八日传至阿波。

正信对家臣吩咐，二十日要悼念将军，十九日请松平家值班的家臣享用精进料理。

十九日当天傍晚，正信请值班的武士每人享用精进料理七菜三汤，仆从小厮每人享用五菜两汤，连杂役都有五菜一汤。

二十日申时下刻[1]，正信亲手结果了自己的性命。

正信平日里连腰刀小刀都不被允许携带，房间里只有日式剪子[2]。

---

[1] 江户时代将一个时辰分为三等分，分别为上刻、中刻、下刻。

[2] 日式剪子呈U型，两端利刃朝内，不易伤人，因此正信要把剪子瓣开反向折成U型，使其利刃朝外。

正信把剪子掰开反折，使利刃朝外，再用白手巾将扇子骨和剪子根部绑在一起，然后手持扇柄使利刃扎向喉咙，最后气绝身亡。

世人都说，正信是为家纲殉死的。

然而，正信受到的恩义不足以让他为家纲殉死，他也没有理由追随家纲西去，尤其此时老中已经颁布了殉死的禁令。

想必正信殉死是对父亲正盛死法的憧憬，以及想羞辱众位老中吧。

相　貌

一

天空阴沉沉的，天地间吹的是干冷的寒风。这种日子，不会有什么令人兴奋的猎物出现。德川家康走在草原上，满脸不爽的表情。

"算了，回去了。"

他说。跟在身后的训鹰人，看到家康那副兴味索然的样子，也垂头丧气，一副霜打了的样子。

家康翻身上马，调转马头朝向骏府方向。因为正在气头上，原想打马狂奔撒撒气的，可转念一想，在下属们面前这么做会显得幼稚可笑，就只好快马飞奔了。十几个陪同的下属骑马跟在他后面。

行至田间小道与街道交界处时，已经能看到自己家的房屋了。因为是领主通过，路边的人都匍匐在两边的土地上行礼避让。

家康的马差不多就要驶过这些人的面前的时候，有个女人突然哭喊着跑到路中间来。

家康身后的家臣飞身下马,好像是把这个女人摁倒在地制伏了。家康并没有回头看一眼就径直走了。

当天晚上,家康在浴池泡澡的时候想起了这件事。他依稀记得那个女人身边好像有个很小的小孩子。

家康出了浴池,唤来同行的家臣平岩亲吉,问是怎么回事儿。家臣回答说,那个女人已经收押了。她确实带着一个三岁的小女孩儿。

"怎么回事?"

"她想斗胆递上目安箱……"

所谓递上目安箱,就是拦路喊冤,呈上诉状。

"你看了状纸?"

"看了。"

亲吉低头行礼作答。

"她申诉说,她的丈夫名叫八兵卫,是当地的百姓,被代官①无故课罪杀死了,想让您秉公裁决。"

"无故课罪是怎么回事儿?"

"回禀大人:说是代官对这个女人产生了恋慕之情,想把她占为己有,就把她的丈夫杀了。"

家康听了心想:"竟然会喜欢一个平民的老婆,这

---

① 代官,江户时代在幕府或各藩的直辖地掌管政治和治安的地方官。

个代官也真够风流好事儿的。"虽然自己也想看看那个女人的长相,但是他并没有直接下令带她过来,只是说:

"你去负责调查看看。"

亲吉行礼,领命而去。

过去了五天。

办事认真的亲吉好像马上就着手进行了调查,调查结果一出来,就兴奋地过来报告了。

"那个女人所言不虚。这件事无疑是代官犯错了。"

"是嘛……"

家康那天心情很好。两天前,丰臣秀吉就已经向跟家康有亲戚关系的北条氏政发去了绝交通牒。不过在家康看来,北条氏政这样的角色早就没啥戏唱了。所以,他觉得自己今年开始可能会有好事临门。

家康说:"把那代官杀了。还有,那个女人,死了丈夫怪可怜的,需要的话,可以收留她在这城内使唤。"

亲吉像是很感动的样子,低头行礼告退。

这件事发生后,一个月过去了。

这阵子,家康忙于迎接为了讨伐北条氏而即将驾临的丰臣秀吉,每天都快忙晕了,早就把那件事忘在了脑后。然而有一天,他看到在洗浴房等着伺候处有个女人候在那里。女子二十三四岁,是个眉眼清秀的美人儿。

女子看到家康过来就鞠躬行礼。这位正是那天家康鹰猎回来的路上跑到马前拦路喊冤的农家妇女。

家康入浴几次之后，渐渐地喜欢上了这个女人。正因为她是农家的妇女，肢体上的皮肤紧致，透着健康。这一点对于家康来说，有着其他侍妾那苍白的皮肤所没有的诱惑。

他向侍寝的女侍打听道：

"那个女人叫什么名字？"

侍寝的女侍回答家康问话的时候，脸上露出心领神会的表情。她把主人的这个问话理解成了另外一种含义。

从那晚开始，来自三河吉良的农妇就在家康的卧室里伺候了。

她就是后来德川家康十五个侍妾之一的、名叫茶阿局的女人。

二

这天家康在侍妾西乡局的居所闲娱的时候，就见伺候茶阿局的侍女一路小跑而来，禀报说：

"夫人说，等着您过去一趟。"

"好吧，我过去。"

家康遣返侍女后，心中稍感烦闷："怎么这就生了……可真是快啊。我又要看到一张新生婴儿的脸了吗……"家康膝下，已经有九个同父异母的孩子了。

西乡局有点刻薄地催促说："您这是要去初见小少爷呢，还是赶紧走吧。"她也已经为家康生下了秀忠、忠吉两个孩子。

家康刚走到茶阿局的住处前面，就听到里面传来婴儿的啼哭声。他心里想：

"哎呀呀……都是这副样子，真让人受不了啊！"

茶阿躺在围挡着漂亮屏风的产床上，看到家康走进来也并未起身，只是仰面躺着朝他微笑，看起来很开心的样子。

婴儿睡在她身边的小被窝儿里。孩子是昨天就生下来了，不过家康总说太忙，一直没来看过。

家康俯身凑近来看孩子，一看之下，不自觉地咬紧了嘴唇。

虽说是刚刚出生的小婴儿的脸，但还是太过分了。皮肤颜色与其说是发红，不如说是紫黑色，眼角倒竖而且外翻，脸简直像一只小鬼。看到这么丑陋的孩子，家康不由得浑身哆嗦，心想："这怎么会是我的孩子？"

家康一言不发地离开了。然后他让人把鸟居元忠叫过来，一边咬着手指甲，一边对他下命令说：

"茶阿生的那个孩子不能养。你去把他给我扔了。"

鸟居元忠大吃一惊，想开口说点什么，看到家康一脸的不愉快，就欲言又止了。

鸟居元忠深感为难，心想："老爷子说让扔掉，一个孩子怎么能说扔就扔了呢……"这时，他脑子里闪过一个人：北条家败落后投靠到德川家来的一个名叫皆川广照的男人，这个人经常到自己家串门。鸟居元忠心里拿定了主意："好吧，就托付给这家伙吧！"

听鸟居元忠把情况说明白后，皆川广照连声地答应了收养这孩子，还兴奋地拍胸脯保证说：

"我肯定能把他养育成才！"

元忠瞅着他那副兴致勃勃的样子，心里明白，"他这是想卖个人情，以备将来所用呢！的确，这个算计很是精明呀。"

由皆川广照出面请求，接走了茶阿生的孩子。接走时给孩子起了名字，说："这孩子今后就名叫辰千代。"

一年过去了。两年过去了。辰千代茁壮成长。

七年过去了。这七年，对于德川家康来说可是忙碌的七年。辰千代出生那年，是元禄元年。不久后，丰臣秀吉挑起了朝鲜战争，家康不得不经常到九州的名古屋走动。后来丰臣秀吉死了，他又接着跟石田三成闹别扭。总之，家康的脑子里一次也没想起过辰千代的事情。

庆长五年，听到与石田三成结盟的上杉景胜要谋反的消息时，家康暗自窃喜："天下终于朝着我谋划的局面发展了。"他从伏见出发悠然东下，途中，住进了很久没来过的滨松城。

那时，他忽然想起了辰千代的事情。"对了，那孩子现在什么样了？我听说是交给什么人抚养着的……"

家康并不是忘记了当时自己看到的婴儿的脸有多么丑，只是这么多年没看见了，他有一点想念。

他大声喊叫家臣元忠来见。

父子见面是第二天在滨松城里进行的。辰千代由皆川广照陪伴着，一早就候在那里了。对于孩子来说，这是记事以来第一次的父子相见。

家康看到已经长大的辰千代，并没有激起一点点的父爱。他远远地盯着孩子的脸看了一会儿，心想：

"还是那个时候的那张脸，根本一点都没变化。"

他把脸转向伺候在身边的鸟居说：

"我说元忠，你看这张脸，多可怕的一副凶相啊！简直跟三郎小时候一个样呢。"

三郎是家康死去的长子德川信康，是个性子刚烈的人。家康很爱长子信康，然而他现在看着辰千代的目光里却丝毫看不出有他当年看信康时的温柔眼神。家康的言语和态度，都冰冷如水。

在七岁的辰千代幼小的心里，也已经明白，父亲并不疼爱自己。

三

辰千代成人后，改名叫忠辉。

庆长七年，忠辉被封到下总左仓。庆长八年，换到信州川中岛。庆长十年，获得四位少将的官衔儿。

每当被封赏的时候，忠辉都会来到家康面前谢恩。每次家康见到他都在想：不管见多少次面，也看不出这孩子有任何可爱之处。他甚至连跟孩子说一两句亲热话的兴致都提不起来。家康这人跟谁都能够做出一副厚道的笑脸模样，唯独面对忠辉的时候，这笑容怎么也做出不来，总觉得跟这个孩子无论如何就是不投缘。

家康的这些反应在忠辉的心里都是有感觉的。他从小就一直认为："老爹好像不怎么喜欢我。"这种孤独的寂寞感慢慢地扭曲了他的心灵。

不仅仅是家康，忠辉觉得，所有的家臣中好像没有一个人喜欢自己。家臣们表面上对他毕恭毕敬，然而这都是主人和家臣之间的关系所要求的，主仆之间心灵相通、和谐亲爱的融洽劲儿从来都没有过。

忠辉把这些都归因为自己长得不讨喜。他总结出来的原因是肉体上天生带来的缺陷，所以对于自己的心灵来说不能产生任何的安慰作用。他开始憎恶那个看到刚出生的自己就下令"扔了"的父亲，更痛恨那些对自己丝毫没有亲近感的家臣。

皆川广照获得四万石的封赏，并被指定为忠辉的随身家老。就连在这个最应该对忠辉有爱顾之心的男人身上，好像也找不出多少感情。

广照对于忠辉，几乎看不到养育者的宠溺，仅仅是个监督者而已，其中还包含有自己把忠辉养育成人很不容易的自负和傲慢之情。

忠辉心里想的却是："广照老贼，你以为收留我、养育了我就可以如此傲慢吗？别以为我会对你感恩戴德！"

平时治理封地的事务方面，一旦广照事无巨细一一置喙的时候，忠辉就想故意唱反调跟他对着干。

广照总在来跟他汇报工作的时候说："那件事是这么办了。"也就是事后告知的情况比较多。每当这个时候，忠辉都想朝他大吼：

"这些事情为什么不事先来问问我的意见！你也太自以为是了！"

然而这样的话，忠辉始终说不出口。他是个内心懦弱的人。可是越这样下去，他的内心就越发郁结，对广照就更加憎恨。

广照这个人还特别注意在家族中拉帮结派，培植自己的势力，山田长门守和松平赞岐守等人都完全被他拉拢掌控，这些事情也让忠辉觉得十分不爽。

忠辉有一个名叫花井主水的宠臣，他把这个人当作自己唯一的盟友。

主水是在忠辉年幼时家康特意指派过来教他学习乱舞（能乐舞蹈）的艺人，而且颇有才情。他皮肤白皙，长着一副女人般温柔的脸蛋儿。

忠辉对主水特别满意的地方是，看得出主水是从心里对忠辉怀着爱惜之情的。其他人，不管嘴上说得多好听，从他们的眼里真看不出有任何喜爱之情，而主水对忠辉奉上的是诚心诚意。

主水像是看透了忠辉的心，经常对忠辉进谏说：

"主公，您要变得更强才行啊！"

忠辉听主水这么说的次数多了，就像从梦中被点醒了一样，觉得自己对那些不爱自己的人有什么好客气的呢？他觉得主水是这个世界上唯一一个真心爱慕自己的人，为他做什么事情都是值得的。

忠辉提拔主水当了家老。

从那以后，不管皆川广照说什么，他都听不进去了。广照说右他说左，广照说东他说西。

而不管主水说什么，忠辉都一一照办。

"知道厉害了吧！"忠辉心里觉得如此报复广照无比解气。

皆川广照起身坐到忠辉面前，脸色苍白。松平赞岐守和山田长门守等人都坐在他身后。

广照说："主公您最近的行事方式，属下不能理解。属下以为，这完全是因为花井主水在您身边指示。请您把主水辞退！"

忠辉似笑非笑地说："不可能。不管你们说什么，我就是要信赖主水。"

广照听忠辉如此说话，很严厉地看了他一眼说：

"这样的话，我也会有所考虑的。"

忠辉心里想着，果然生气了，不过嘴上回答说：

"你随便吧。"

不久，广照他们几人跑到骏府，直接找到家康当面告状。他们告的是，因为花井主水的缘故，忠辉有很多不当行为。

家康一时间相信了他们的话。

这时候，茶阿出面，想方设法为花井主水说项。好像茶阿私底下对花井主水甚是喜爱。而且由于茶阿到处托人求情，连侍妾小督局、西乡局等人也一起来帮忙说情，最后竟然连家康这样的人都被说得突然改了主意。

结果是花井主水没有过错，反而是去告状的三个人获重罪：皆川广照被流放，山田、松平两个人被判死罪。

忠辉知道这个结果时，得意地想："都瞧见了吗？"

然而忠辉也知道，让家康改变主意的是女人们的力量，如果是自己去说，家康肯定理都不理吧。一想到这一点，忠辉心中就很伤感。

这件事之后，忠辉被转封到越后高田，领俸禄六十万石。这倒不是家康对忠辉另眼相看，而仅仅是因为，身为家康的儿子，在俸禄上要取个均衡而已。当时秀康在越前，俸禄为七十七万石。忠吉在尾张，俸禄为五十七万石。

四

元和元年，大阪夏之阵①打响。

那一天，天气酷热。忠辉的大军沿着琵琶湖左侧急急忙忙向西开进，行进到了江州守山附近。突然，有两骑身穿盔甲的武者出现在与忠辉队伍并行的大路上，他们快马加鞭，想要超越过去的样子。

"下马！""下马！"

队伍中有人喊话。两个骑马的武者充耳不闻，继续打马前行。

"快下马！无礼之徒！"

队伍前方有五六十人出列追赶。

两个武者吓坏了，弃马逃跑。他们躲进附近的民家，却被追来的两三百士兵围住。士兵们都很兴奋，有人大喊："砍了他们！"

不知是谁喊的，大家一拥而上，把这两人给杀死了。也不知道是谁下的手，更不知道被砍死的两个武者的身份底细。

没工夫去细想这些细节，队伍继续朝西急行而去。

---

① 德川家康打败丰臣家族的一系列战争之一，发生在1615年5月（农历），史称"大阪夏之阵"。

原本预定的是由忠辉的队伍去接管大和口，然而到达奈良的时候贻误了战机，没赶上参与道明寺之战。为此，家康雷霆震怒：

"连敌人的旗号都没看见，更别说砍下一颗人头了！"

家康数落忠辉的就是这次没能如愿参战之罪。

忠辉到家康的帐幕来谢罪的时候，家康正坐在马扎上仔细检查着砍来的敌军头颅。在他身边，本多正信、藤堂高虎、伊达政宗等人作陪。

家康知道忠辉走进来了，但是看都没看他一眼。他的目光一直集中在那些首级上。

"这位是后藤又兵卫。"

"哦……"家康一边注意听送检的人的解说，一边按照礼法检查首级。

"原本是用小袖服包好了埋在田里的。"

"真是坚强得令人钦佩之人啊……下一个！"

"这位是薄田隼人。"

"哦……"

"是由水野大人的家臣中川岛之介和寺岛勘九郎两个人砍下来的。"

"好可惜的勇士啊……下一个！"

家康一颗接一颗地查看这些人头并一一置评，或

"令人钦佩啊",或"令人惋惜啊",等等,毫不吝啬地给敌人的首级送上赞美之词。然而对于一直跪坐在那里却没有得到家康只言片语的忠辉来说,每句话听起来都是打脸的讥讽。

特别是家康评论到木村重成的首级时,还把鼻子凑近了闻一闻说:"瞧瞧,这位还异香扑鼻呀!是什么人教会了这个年轻人拥有此等优雅嗜好呢?物有所长的武士的首级怎么能混在这些无名小卒的头颅堆里!要是这样的勇士能够活下来,将来肯定能成为一代名将吧……武将里面也是什么人都有啊!"

说到这儿,家康很严厉地瞪了忠辉一眼,说了一句:

"算了,退下!"

忠辉一边走回自己的帐篷一边想:

"我是觉得自己错了才来请罪的,你竟然当着众人的面如此羞辱挖苦……看起来这股子气儿还没撒完的样子……老头子竟然如此讨厌我啊!"

忠辉越想越憋气。

憋着这股气儿,离开京都之际,家康和秀忠都到皇宫去行礼了,忠辉却不肯跟着一起去。心里还骂着:"傻死了!"

忠辉对外称病,跑到嵯峨一带的河里戏水玩儿去了。

即使这样心里还是不消气：

"去他的！老子不想在这鬼地方待着了！"

也不跟家康说一声，他就带着自己的队伍离开京都，抄近道回越后去了。

五

德川秀忠从京都出发回归东国的途中，经过水口附近，看到旗本长坂血枪九郎悄无声息地在路边等他。

秀忠问道："这不是长坂吗？出什么事了？"

"舍弟在江州守山一带被少将（忠辉）的手下无缘无故地杀害了。"

长坂申诉说。

秀忠追问情形，长坂叙述了大概过程，说是忠辉的队伍开往大阪的途中，截住了往相同方向行走的长坂的弟弟和同僚，大家群起围攻并杀害了他们。

秀忠听后说："这事儿我还是头一遭听到。我知道了，我将查明此事，给你们一个满意的答复。"

秀忠回到骏府，见到已经先到家的家康，禀告了自己途中所听闻的事情。

家康听完，咋了咋舌头说：

"忠辉臭小子！该取来的敌人脑袋一颗也没取到，不仅如此，还不经我允许就擅自回自己领国去了。身为我的儿子，不仅破坏了我的军规，竟然还惹出过这等事儿。我现在还活着就这么乱来，我死之后，他将惹出多少有损将军家威严的事情啊……倒不如索性先毁了他！"

秀忠看着家康严厉的脸色，心想：

"看来说情也没用了。"

干脆沉默。

家康当即让人叫来松平胜隆，吩咐他说：

"你，去一趟越后，传我的话给忠辉，就说让他今后永远不要来见我。"

看着胜隆躬身领命退出，家康心想：

"茶阿可能会伤心哀叹，但是这么不成器的儿子，我也是没办法啊。"

忠辉在高田的城楼上接待了上使松平胜隆，方才知道家康传达的旨意。心想：

"这简直就是把我当敌人！"

上使传来的口信在越后忠辉的所有家臣中引起了巨大骚动。大家惊呼，当时在守山那里围住并砍杀了的人竟然是将军家的旗本啊！人们接着揣度着，如果这会儿把当时下手砍人的送到骏府去，是不是能让大御所（家康）消消气呢？

然而当时一哄而上的有三百多人，具体是谁下手砍杀的那两个人，谁也说不清楚。实在没办法了，卫队长站出来说，不如我来背这个锅，来当这个下手的人吧！可是大家又觉得卫队长顶罪，实在可怜，又有三个普通武士小兵自愿出来顶罪。

不过关于如何把这三个人送到江户那里去，大家又产生了意见分歧：是像押解犯人一样还是按照武士的身份礼数送过去呢？三个顶罪志愿者心想，我们是为了保全藩国，才愿领虚罪牺牲自己的，竟然落得绳捆索绑的犯人待遇，是可忍孰不可忍！其中两个人竟然逃走了。

在这些事情上折腾了半天，最后总算把这一个人送去骏府了。然而骏府这边进行了详细的问询调查，以上策略就都暴露了。家康再次震怒。说："不但欺瞒公仪，竟然还送来一个顶罪的犯人！罪不可恕！"

家老花井主水被问责遇事处置不当，送到长陆国松平家去。

然后，骏府那边有一封信送到了忠辉手里。这封信由家康的执政近臣本多纯正执笔书写，信中是劝告忠辉的话："大御所大人非常生气，你若一直待在高田城里，从谢罪来看实非上策。你可以搬到上州藤冈附近来。"

当时正是本多正纯一手遮天说了算的时代。

忠辉搬到藤冈之后不久，就听到家康生病的消息。

家康出去鹰猎的时候，在当地吃了油炸大头鱼，食物中毒了。

听说大御所贵体染恙，以秀忠为首，诸大名都从江户飞奔而来探视，源源不断，络绎不绝，使得整个骏府城热闹非凡。

忠辉向本多正纯提出，父亲生病，自己理应探视。

本多正纯把忠辉的意思跟家康说了。家康这几日苦于病痛，容颜憔悴，眼窝深陷，听说忠辉想来探病，怒目圆睁骂道："才不想见那个蠢货！"

正纯给忠辉回了信，还建议他应该移近一些，可以到蒲原一带。

忠辉就从藤冈搬到蒲原来，住进临济寺。蒲原离骏府，不过六里地。

茶阿来看望家康的时候，在他面前痛哭流涕，为忠辉说好话，然而不论她怎么哀求，终究没能从家康嘴里听到那句"原谅"。

元和二年四月十七日巳刻，家康仙逝。临终前，就各种事情留下了种种遗言，甚至在那天的凌晨，抽出自己斩杀过无数罪人而吸饱人血的佩剑，在床上挥舞着，大声呼喊：

"将以此剑，护我子孙！"

然而，从他口里，"忠辉"的名字，竟然自始至终连一个字都没有提过。

六

家康的遗体埋到了久能山。而忠辉岂止没能瞻仰遗容，甚至没获允参与送殡行列。忠辉住的地方被九鬼长门守派来的人牢牢把守，根本不放他出去。忠辉心想：

"兄长秀忠对老头子言听计从，如果这时候对我已经是这副样子，今后我的日子也肯定不好过。"

本多正纯又一次派来使者，传话说：

"你现在住得离骏府太近了，恐怕不太好，所以还是先退回藤冈去吧。"

虽然是劝说语气，然而来自正纯的劝说就是命令。

忠辉在退回藤冈的途中，在武州深谷遇到了增上寺国师。忠辉拜托国师替自己向将军家求求情。一开口，国师就说："这事儿啊，不好说呀……拙僧恐怕爱莫能助。"

看得出老和尚根本不想帮忙，只是很世故地顾左右而言他，嘴角浮起狡猾的微笑。

忠辉气愤地想：

"这只秃驴！我混得好的时候，你就摇头摆尾地跑来巴结我。现在我走背运了，就根本不把我放到眼里了。"

元和二年六月，秀忠向忠辉下达了正式裁决。

作为信使前来传话的是神尾刑部和近藤石见守两人。

神尾是正使，他向正座并双手伏在地上行礼接见的忠辉点头还礼后，展开了文书纸。

"那么……"他调整了一下音调，开始宣读旨意，"曾几何时，此人于大阪之战时，整军懈怠，无由不疑其忠。有鉴于此，大御所疑其失仪，甚为气愤，竟至于不许其面谒。其次，此人不经上意允许，无故斩杀旗本之士，实为旷世骄横之举。大御所对此人之愤恨不限于此。另有……"

忠辉听着听着，听出来味儿了：

"列举这许许多多理由，光说老头子有多生气，不就是想说老头子不喜欢我嘛。因为我不乖巧，才对我的所作所为桩桩件件都感到憎恶吧。"

想到这些，心中不甘，不觉流泪。

"综上，根据大御所痛斥其人之际之遗言，当遣去势州朝熊地方，暂没收其领国封地，其于反省思过期间，应知晓并遵守如下规矩……"

忠辉明白了："这是要剥夺我的六十万石俸禄，把我流放到伊势去了……"

心中不觉悲愤交加。

传达完上意的使者神尾和近藤两人并排匍匐地上对忠辉说："我等没想到会有这样的事情发生，深感……"

忠辉瞥了他们两人一眼，吼道："结束了，都给我滚！"

忠辉命令身边人："给我把那茶叶盒取来。"

搬来的是一个桐木做的箱子，解开箱盖，拆开细心缠裹的白布，展露出来的是一只相国寺的茶叶盒。这是很久以前，他从家康手里得到的唯一的物品。

忠辉心想："这东西不要也罢！我要还回去！"

这茶叶盒虽说是父亲留下的遗物，却丝毫感觉不到有什么不舍之情，只是看着就觉得来气。

忠辉派人把这个茶叶盒送到当时的老中土井利胜手里，带去的话是："这东西是大御所大人所赐，系天下名品相国寺茶叶盒。此等珍品，对于已被判为罪人、流放边远地方的人来说，实在不便持有，特返还给将军家。"

几天过去了。好像土井利胜把这事儿跟秀忠通报了，总之，从土井利胜那里传来回话说：

"将军家下了指示，说既然是权现大人（已故家康）所赐的物品，就应该永远持有珍藏，切切注意，不可有任何闪失。"

忠辉心想："都这个时候了，还煞有介事地说这种话！"

还是不愿意去接受这个茶叶盒。而且，把那个到死都嫌弃自己的老头子视为神，称作"权现大人，权现大人"，也让他听着心里生气。

茶叶盒又被送回到土井利胜的手上。

忠辉对被派去送东西的人嚷嚷说：

"这东西就赏给土井了！"

忠辉带着二十来个属下踏上流放伊势国的旅程时，时令刚刚入秋。

七

忠辉一开始住进了伊势国朝熊岳的金刚证寺，然而这个寺里的和尚不给他吃鱼，所以不久就搬到山脚下的妙高庵去住了。不过在这里也没能住很长时间。

秀忠的使者中山勘解由来了，宣读将军旨意：

"将军家指示，朝熊临近海路，甚是担心，务必再下行至飞騨为盼。"

忠辉听了将军使者宣下的理由后，心想：

"秀忠哥哥还真是神经过敏。虽说伊势是海路要冲，难道还担心我会谋反吗？"

转念又想：

"这是要把我赶进飞騨国那样的深山老林里去了，看样子，将来也肯定不会给我好日子过。"想着心里就生气，于是撂下气话说：

"我也觉着这里那里到处走挺累的，索性让我就死在这里，行吗？"

听他这么说气话，勘解由看着忠辉的脸，露出伤心的表情说：

"您不要说这么泄气的话啊！就因为飞騨国是人迹罕至的边境，任意随性地去打猎抓鱼才都很方便嘛，比起这种禁止杀生的地方，肯定不知道要好多少倍呢。我觉得将军之所以发出这样的指令，肯定是考虑到了这一层。这样一想的话，这就证明将军其实已经心软了，即使去的地方远了些，不久的将来，和解的命令也就会跟着来了吧。我想着这是好事儿，就高高兴兴地领命而来当这个信使，没想到您却拿这样的话来抢白我。"

忠辉耐着性子听他说了下去，心想：

"这人一把年纪了，倒是煞有介事，挺能瞎编。"

按照秀忠的性格，行事绝对不会单纯。不过他说在飞䮰国可以自由放鹰打猎、下河捉鱼，听起来倒也不错。这么想着，眼前浮现出素未谋面的山野河川，充满了吸引力。

"好吧，我去！"

忠辉咬牙切齿地说。

忠辉启程奔赴飞䮰国的时候，负责看护他的九鬼长门守也一路跟随。他在途中处处阻拦忠辉的下属靠近同行，所以，到达高山的时候，跟随同来的下属就只剩下三四个人了。这是因为秀忠心存猜疑，不想让很多人陪着忠辉同行。

飞䮰国的国主金森重赖接收了忠辉。

然而即使在这个地方，也没有出现过一个对忠辉抱有喜爱之情的人。

这是因为他的相貌任谁都很难对他产生好感，连重赖对他也是爱理不理的。

他的脸给人的印象就是冰冷、阴森，无论怎么努力都只能让人不愉快，实在难以亲近。

忠辉喜欢在山野里转悠，好像只有大自然才会敞开胸怀拥抱他。在山间任意穿行的忠辉简直像野兽一般腿脚轻灵。跟随他一起的人，只能吃惊地呆望着他。

最让忠辉钟意的还是在河里戏水。这里的溪水流淌在幽谷深处。两岸树木郁郁葱葱，枝繁叶茂。溪水的颜色就像溶解了蓝绿颜料一般，碧绿到让人感到不舒服。而忠辉则会一跃而入这碧水之中。然而等到他跳下时溅起的白色水花全都消散了，甚至连入水后荡起的波纹也全都恢复了平静之后，竟然仍看不到忠辉浮出水面。

负责看护他的金森家随从人员吓得脸都变了颜色。然而一个小时过去了，还是不见忠辉浮出水面。有沉不住气的人慌慌张张地跑回去向藩厅汇报情况。不过等到两个小时之后，或在河的上游，或在下游，就能看到忠辉赤裸着身子，灵活得像一条鲇鱼，在水上自得其乐。

金森家派来跟着他的人非常吃惊地问他："您干什么去了呢？"

他大笑着说："我跟水底的水獭玩耍了一会儿。"

他还会时不时偷偷溜出居所，甚至屡屡在外边待上两天三天不回来。等他回来的时候，人们发现他的手上脚上都有伤痕，都是那种在山路上攀爬行走时才会受的伤。

看来，在人类社会里不可能从任何一个人身上得到的爱，忠辉只能从大自然和生息其中的野兽那里获取了。

然而这样下去，金森重赖可就吃不消了。他终于向老中提出辞呈，要求终止自己对忠辉的监护职责。

忠辉第三次被转移，最终被送到信州的高岛城，也就是现在的上諏訪地方。

新井白石的《藩翰谱》中有这样的记载：

"忠辉大人齿龄渐长，心性亦与往昔不同，加之諏訪赖水对其关爱有加，悉心照顾，想必忠辉终于决定以此地为居所了。之后竟老老实实隐居此地，及至九十三岁高龄，于天和三年七月三日离世。"

根据上諏訪地区的地方史学家的考证，忠辉被放逐到此地之后，由諏訪赖水从中撮合，娶了当地普通百姓家的姑娘做了妾，还生下了子嗣。也许忠辉晚年的平稳生活是得益于那位农家姑娘的爱情吧。

有一点忘了写，那就是忠辉的妻子是伊达政宗的女儿。反正是政治联姻，不能指望两个人之间会有什么爱情。这位妻子在忠辉获罪遭流放之际，马上就回了仙台。夫妻二人并没有同居多长时间。

查看諏訪前子爵家的旧记录发现，忠辉晚年的时候经常跟人念叨过这样的话：

"我也是有妻室的。不知道怎么样了，会不会已经死了呢……"

这言词真是令人哀伤。

同一本古书中记载了忠辉的遗容：

"其容……双目倒竖，大幅外翻，令人惊骇。"

这个记载与家康看到的婴孩时期那不幸的样貌一样。忠辉带着这样的容貌活了九十三年。

恋　情

一

我出生在乡下旧藩国的小藩主家，是长子。

明治十七年，政府下达华族令①时候，我父亲得到的是男爵衔，相当于本家正支的山名家则得到伯爵衔。山名家身为大藩却没捞到侯爵衔，完全是因为藩主在维新之际只顾惊慌失措，没有采取适当的行动。

新政府成立之后，对这些人采取了有意无意的疏远态度，哪怕是很有能力的藩士，也没有被官府加以重用。因此山名家的家主恨透了萨摩长州藩那帮维新当权派，一张嘴就痛骂新政府。

"这不是天子的政府，而是萨长那帮家伙把持的阴

---

① 明治维新后，1869年，日本各地方诸侯版籍奉还之后，废除原来的"公家"（公卿）、"大名"（诸侯）等称呼，将其统称为华族。明治政府于1871年取消旧身份制度，将国民分为皇族、华族、士族、平民四等。华族成为仅次于皇族的贵族阶层，享有许多政治、经济特权。华族令则是于1884年制定的，分配了各级爵位。1947年，日本宪法生效而正式被废除。

谋幕府！"

山名伯爵正值壮年，还不到五十岁，精力旺盛，然而在新政府却不能施展才华，只能背地里发泄不满。

我家与本家是子藩与本藩的关系，至今已经没有血缘关系了，不过我还是称呼本家的家主山名包幸为伯父。

我父亲给包幸伯父的评价是："那可是个了不起的男人。要是让他出去做事，肯定是个能干的男人。即便让他去搞政府改革都没问题，所以萨摩长州那些家伙都警惕着他呢。"我后来知道父亲对他的评价言过其词，不过当时看着包幸伯父那张精干红润的脸膛，听他痛骂政府时的刻薄劲儿，就产生了父亲所言极是的错觉。

我很尊敬包幸伯父，因为他是律子的父亲。

律子比我小四岁。第一次见到律子的时候，我十五岁，当时是跟着父亲到高轮本家的私宅去拜访。

在客厅里，包幸看到我时说："小子，长大了呢！还记得我吗？"对于大人们这一套跟小孩子套近乎的做派，我是熟悉的。不过不巧的是，我十四岁以前一直待在乡下，对小时候见过一次面的包幸伯父确实没有任何记忆。

包幸说："对了，你一个人会觉着无聊吧。"于是对一名侍女吩咐，"去带律子过来。"

那是我第一次见到律子。

律子穿一件紫色的披风，跟她白皙的肤色很是相称。一双水汪汪的眼睛像凝视什么东西似的，睁得大大的。小巧可人的嘴唇微微闭着，稍稍显得忧郁。

我是在一个周围全是山野的乡下地方长大的，乍一见到这等模样的少女，多少有点乱了方寸，感觉热血冲上头脑，手足无措；又担心会被人笑话，于是更加慌乱。

可以说，我就是在那个时候爱上了律子。

后来我好像被什么东西牵引着一般，经常去拜访高轮本家的宅邸，而心底里对律子悄悄爱慕的心思，则随着岁月的流逝更加深沉。

要是让我一一回想跟律子度过的幸福时光，真是数不胜数。因为只要是跟律子在一起，做过的任何事情不论多么微不足道，对于我来说都像烙在脑子里一样，会给我留下强烈的印象。

比如，有一次，我带了自己正在学习的彼得·帕利的《万国通史》去律子的房间。那本书里有很多插图。

律子翻着书页，很好奇地去看那些插图，用小手指头指着图片的边上问我："这个，是什么呢，兄长？"好像是关于特洛伊战争的、很细密的铜版画，我却只看到那指着图片一侧的小手指头，白皙透明，柔软有弹性，指甲像贝壳雕出的精致工艺品。一种想把那根手指捧起来含在嘴里的强烈冲动时时困扰着我。

还有一次，我跟律子并排站在房子前面的草坪上观看远处失火的情形。附近的树林被映出剪影，远处妖艳的火焰把幽暗的天空染得彤红。

律子把和服袖子抱在怀里，小声说道："好可怕！"那是一场美丽的暗夜火灾。黑暗中，我的脸颊好像感觉到了律子呼出的少女的芬芳气息。

如果这个时候不是侍女端着蜡烛走过来，我会陶醉于这让自己呼吸急促的甜美之中不能自拔吧。

见到律子，跟她说话，总觉得时间过得太快，不一会儿就到了该回家的时刻。还记得不知道有多少回，依依不舍地说了再见，车子还没驶出她家大门几步，我就想编个借口再跑回去看她一眼。

二

我长到二十岁的时候，律子十六岁了。

在过去的三四年里，我虽然内心加剧了对律子的爱慕之情，却终究没有向律子表白。

律子对我，从举止来看，应该是很有好感的，但是我终究还是拿不准她对我怀有的是我渴望的那种爱情还是仅仅因为是亲戚而没有隔阂的亲近感。

不过有一点很能给我安慰，那就是律子的父亲包幸伯父对我的态度。每次见到我，他都会露出柔和的笑容，招呼我的时候不拘小节且言语亲切。即便我跟律子两个人单独相处，也不见他有猜忌的意思，不知道是不是我自作多情，我感觉他还挺高兴看到我们这样。我甚至猜测，如果律子愿意的话，他说不定就会把律子许配给我，或许他跟我父亲之间早已私下约定了我跟律子的姻缘……

后来我听说，我这猜测还真不是凭空的胡思乱想。事实上，这段时间内，包幸伯父和我父亲之间果真是有过这样的口头约定：

"我看你家小子对我家律子有意思啊，怎么样，你要是愿意，可以许给你们家哦。"

"那可真求之不得。这样的话，咱们就这么定下吧。"

这样的谈话对于两位家长来说，大概就是"话先说到这里，回头再细谈"的意思吧。

如果一切顺利的话，也许我已经娶了律子为妻，而且从此过上幸福而平凡的生活，终老一生了。然而人的命运之莫测，就连老天爷也说不准。

变故发生在明治十九年初春的一个夜晚。

正值德国皇族弗里德里希·莱奥波德亲王来访，在某宫邸举办盛大的欢迎宴会，东京的华族都收到了邀请。

我陪着律子急急忙忙赶到了举办宴会的宫邸。坐在马车里，穿着宽袖和服的律子时不时表现出羞怯和不安。而我因为有美丽的律子相伴而心花怒放，一边强作镇定，抑制着心脏的狂跳，一边透过车窗眺望着高冈上稀稀落落的路灯照着路边树丛，黑乎乎的树影从车窗前一闪而过。

马车驶入大名的家门，在宫邸大门口的停车场刚停下，就见穿着绣有家徽的仆人快速靠近过来，恭恭敬敬地为我们打开车门。

当时正好有三个刚刚先到一步的客人正要踏上进门的式板，回头看了一眼刚从马车里出来的我们俩。当他们看到律子的时候，好像突然张口结舌说不出话了，特别是其中一位年轻女性，我看到她惊艳的眼神中突然间闪过了一丝嫉妒的光芒。

正急匆匆穿过走廊的德国公使馆年轻的办事员也一

时间停下了脚步,像是被律子清澈的眼眸吸引,呆呆地目送我们走过。

走廊和二层大厅都摆放着盆栽梅花,庭院里有一株白桃,即便夜色朦胧,也能看到满树积雪般盛开的花朵。

宫邸的主人亲王端坐在装饰有日本和德国国旗、优雅华贵的嵌入式顶棚之下,正与一位身材高大、顶着一头中分红发的异国皇族及一个身材矮小、相貌猥琐的日本大臣相谈甚欢。他们被身穿礼服、窃窃私语的贵族们围了一圈又一圈。其中有一位其貌不扬却浑身裹着高贵服饰、年近五十的男子,就是经常被包幸伯父言语攻击的藩阀政府的代表人物井藤伯爵。此人眼窝深陷,长着一双细长、精光闪烁且看起来很好色的眼睛,塌鼻子,下巴上垂着浓密的胡须,举止伴狂自大。

然而,当他无意中看见律子的时候,一瞬间,眼睛里显出突然遭遇意外事物时的错愕。这个瞬间的眼神是那种剥去平日伪装、如幼儿般单纯而又充满生机的眼神。当然,这位老奸巨猾的宰相仅仅只是一瞬间露出这种眼神,之后就马上收敛起来,恢复了惯常的表情。

当我和律子款款落座后,我看到亲王和井藤伯爵从远处往我们这边观看,交头耳语了一阵子。

一位我认识、当晚也参加宴会的华族人士稍后问我："井藤伯爵在打听跟你一起的小姐是哪家千金……"

当时我还不知道井藤问这话的真实用意，还稍显得意，沾沾自喜了一番，现在想来觉得自己太老实了。

三

那晚之后也没什么特别的变化。我每个月肯定还是会到高轮宅邸拜访四五趟，包幸热情洋溢地欢迎我，律子的态度也没表现出什么不一样。

然而再后来却发现我去拜访的时候律子不在家的情况多了起来。这是以前从没有过的。

每当我在门口从女仆口里听到律子不在家的消息，要掩饰心中的失望假装出不在乎的样子真是一件艰难的事情。我肯定会对女仆说些轻松、简短的话，做出一副很愉快的模样。

有时候我见到律子会问她，我上次来找你的时候，你不在家呢。律子就会惊讶地用她那双漆黑明眸望着我说："哎呀，您说的是哪一天啊？"当我告诉她具体日期后，她好像眼神犹豫地思考了一下，然后马上小声回答说："是那天啊，我去青山的朋友家了。"我当时竟然没有意识到，这其实是律子突然意识到了什么而迅速找到的掩饰之词。

即便是律子不在家的日子,我也不能马上扭头离开,因为那样的话,自己的这点心思就被看透了,因此我不得不去包幸的起居室里拜见他。律子不在,这个宅邸变得极其冷清,连空气都是干冷的。

那段日子,我偶尔听父亲说过这样的话:

"最近听到一些谣传,说本家(包幸)跟井藤伯爵走得很近,我觉得不可能……"

"肯定是社会上捕风捉影、不负责任的谣言,不用理会吧。"

我也随口回答道。

因为事实上这样的事情是不可能的。包幸可是痛恨萨长藩阀、大骂新政府、憎恶井藤伯爵的人,怎么可能与跟他憎恶的这些事情最有关系的本尊井藤伯爵走得近呢?

"说的是啊……"

听我这么说,父亲也好像稍稍放心了,点了点头。

后来我又去高轮宅邸拜访的时候,见到包幸,就把听来的话告诉他:"听说有人这么谣传伯父您呢。"我当时还作为笑谈。

包幸听了这话,飞快瞥了我一眼,说:"傻瓜们胡说八道,你不用理会。"他毫不掩饰脸上的不快,伸手从桌上的盒子里取了一支进口烟,点上火。

这次谈话之后大概不到十天,突然有一天,包幸派了个人来说有事找我,让我过去一趟。

包幸坐在茶室里等着我。不同寻常的是,他那一直孱弱多病的妻子坐在炉子前面。包幸妻子是中国地方大藩出身,据说是出名的傲慢任性,我原本就不喜欢她。所幸她常年缠绵病榻,我无从亲近。

"前几天,贱内的娘家有家臣从西洋回国,曾经过来走动。"包幸双手捧着茶碗说。虽然废藩置县已经过去十五年了,他却仍毫无顾忌地称呼旧藩臣们为家臣。

"这个家臣是个年轻人,跟我讲了在那边的各种见闻。我听着感觉比以前读过的福泽谕吉写的《西洋事情》里所描述的要进步了许多呢。我看,今后的年轻人无论如何都应该到西洋去走走看看。这个年轻人今后要进大藏省当书记官了。我虽然一直反对萨长两藩的势力,但并不排斥政府本身。去西洋学成归来的这个年轻人可真是前途有望啊!所以说呢……"

包幸把最后一口茶大口喝掉,把茶碗递给妻子说:"再来一碗。"

又说：“所以说，你也去西洋学习两三年，怎么样？我和你父亲都是老古董，一辈子也就这样了。你不一样，今后还有花样人生大可期待。考虑到将来，应该趁现在就去学习。你要是有这个意思，三年左右的学费我可以替你出，反正你父亲没什么钱……"包幸皮笑肉不笑地看着我的脸说。

他妻子一边点茶一边满脸倨傲地转向我这边说：

"哎呀，这可是世上难找的大好事儿啊！"

从茶室看出去，能看见院子里的草坪。春天长出来的青草尖上有烟霭摇曳，我似乎看到那摇曳的烟霭上出现了五色彩虹。

四

包幸的这个提议让我大喜过望。我一厢情愿地忖度了他内心的打算，窃喜不已。他这是让我先到西洋留学，镀镀金，回来后就可以迎娶律子了吧。我甚至觉得他谈这件事的时候特意让他那很少离开病房的妻子在场，无疑也是因为这场谈话是有特殊含义的。我这么想着的时候，感到自己的未来简直是一条光明大道。

家父比我更高兴。毕竟，关于律子，家父与包幸之间是有过秘密的口头约定的。家父心中暗自把包幸要送我出国留学这件事解释成了某种意义上的许婚。

然而就在我决定答应出国留学之后，每当见到律子总感觉她有点萎靡不振。她的嘴唇比以往更显忧郁。而我单纯地认为律子这样的表现仅仅是因为我将要出国留学，还一厢情愿地以为自己找到了律子爱我的明证，激动不已。

如果婚约已经摊开在桌面上挑明了，那么我大概会花心思说尽好话地去安慰律子，比如告诉她，三年的留学时间虽然不算短，然而想想为了将来、等待学成归来那一刻的幸福也很愉悦……我多么想这么安慰她啊！然而这些话却一句都没说出口。

如果我有勇气，如果我不被面子体统等等束缚的话，我有很多机会向律子表白我的爱情。然而我生性优柔寡断，再加上害怕律子把我的爱慕之情当作粗俗匹夫的淫邪欲念，最终竟没能吐露一句能表达心意的话语。

离出发没剩几日的时候，发生了一件事。在高轮宅邸里为我的出国留学举办了小规模的欢送会。只有同族人和几个念旧的藩臣来参加了聚会。我被让到上座去就坐，而打扮得漂漂亮亮的律子坐在我父亲和包幸之间。

因为来的都是自己人，不一会儿工夫，整个宴席上就充满了欢声笑语。席间控制话语权的当然是主人包幸。他一开始一知半解地卖弄福泽谕吉的《西洋事情》，不一会儿就把话题转向他最拿手的政治论上了。然而我后来回想一下却发现，他经常挂在嘴边痛骂萨长当权派的论调，那天却始终没发一句。

无意中，我注意到律子离开席位已经有好长一会儿。我装作想起什么事，站起身来，朝律子的房间走去。正是黄昏时分，暮色把院子里的树丛融进苍茫，房间内已经昏黑，什么都看不清楚。凝神细看，黑灯瞎火的屋子里能分辨出律子模糊的身影端坐在桌子前。

我不方便进屋，就站在走廊里叫了一声："律子！"

律子没有回应。过了一会儿，我听到从她那里传来隐忍着的低声啜泣。

我像是被哭声牵引了，刚打算走进屋子，却听到律子说："您不能进来！"

这句制止我的话倒是说得很清楚。

我只好默不作声地站在走廊里。因为我觉得如果说什么，怕是会说出些毫无意义的话。然而胸中却波涛汹涌，欢喜和不安交织在一起，把自己都弄晕了。

这时候，只听律子说："兄长……"只叫了这一句，就又沉默了，好像在犹豫不决。我心中焦急万分地等待着她的下文，这时候却听到从远处房间传来哄堂大笑的声音，同时听到隐隐有细碎的脚步声朝着这边走廊跑过来，是亲戚家的孩子，在"姐姐、姐姐"地呼叫律子。

事情到此结束。我余生再没机会听到律子那句没说出口的话。

五

我是乘坐从横滨起锚的邮船出发的。

来送行的人中没有山名包幸，也没有律子。包幸的管家作为他的代理人来了，絮絮叨叨地说了一大堆家主不能亲自来送行的理由之后，递给我一个薄薄的信封，说："小姐让我把这个代为转交。"我虽然沮丧至极，却尽量不溢于言表，拼死也装出一副乐呵呵的样子，与前来送行的人谈笑风生。仔细想想，我不得不承认自己真是一个死要面子到不可理喻地步的人。

比如，跟父亲同来送行的贴身小侍女阿篠，因为好奇，对着大船瞧个不停，我就不厌其烦地就船的知识对她展开了种种说明。我做这些无聊的事情，完全是为了在人前掩饰自己内心的失望之情。

当我上了船，终于一个人待着的时候，便急不可待地从口袋里拿出信封来拆开。只有一张信纸，一行字。

天涯隔重洋　惟祈君无恙
　　——律子

虽然不期望有千言万语，但至少也写上几十行字……啊，不，哪怕只有几行字，也希望看到律子说点什么。我一时间茫然若失。

然而，正因为得到的太少，这首小诗便像宝玉一般珍贵了。我决定在下次见到律子之前，把这封信须臾不离地揣在身上。

我站在甲板上，船正行驶在相模湾，天空已经被晚霞染成深紫，我不知道多少次对着这紫色的天空呼喊着律子的名字。

船行驶过了炎热的印度洋，通过了苏伊士运河，横渡了地中海，终于到达英吉利的时候，已经是明治十九年年底了。

我按照计划顺利地办理了牛津大学的入学手续。经人介绍，我住进了一名退休官员家里的二楼。

当时，奇尔特恩丘陵上已经有了薄薄的积雪，泰晤士河的水面也呈现出寒冷季节的颜色，然而这些景色在我这种心头燃烧着希望之火的人的眼中却是闪闪发光的早春景致。我要在这所大学专攻法学，三年后取得出色的成绩，镀一身金光，凯旋回国……怀揣这种不着边际的梦想，我安于蜗居在寄宿屋的一隅专心学习。

不久，圣诞节来临，我这个寄宿者也跟房东全家人一起守夜欢庆圣诞，团圆度过了愉快的圣诞夜。

房东家主妇说："山名男爵，请您也唱支歌吧！"

我虽然还没有承袭爵位，但是公使馆的推荐信上写的是"男爵"衔。

退休官员和他的女儿也在拍着手催我唱歌。我就唱了一首日本乡下的民谣，是一首伐木歌。在我们那里，族人们聚在一起的时候，只要一喝酒，肯定都唱这首歌。我出发来留学的时候，在大家为我送行的宴会上还一起唱了这首歌谣。

我一边唱着这首歌一边回想起当时也在座的律子的倩影。房东家的女儿虽然听不懂歌词，但好像很喜欢这首歌哀伤的调子，一个劲儿地央求我反复唱给她听。

这座平日里寂静冷清的小镇，惟有今天，每家窗口都亮着灯，管弦乐器发出的乐音飘荡在街道上空。

我听着这些声音，远离故国的旅愁和对律子的缠绵相思像决堤的流水般一起涌上心头。

圣诞节过后，迎来一八八七年（明治二十年）元旦。

日本的报纸到达伦敦要迟到几十天，当我拿到元旦日的《东京日日新闻报》时，已经是二月中旬左右了。

报纸头版刊登了已经四十六岁的天皇的诗作，整个版面充满了新兴日本奋发图强的气势，让人很是振奋。

然而无意中看到一则标题为《竹之园生之弥荣》的消息，我一时间不敢相信自己的眼睛。

新年伊始，不揣冒昧，庆祝拜见皇室御喜——东山科宫英彦王殿下与伯爵山名包幸之长女律子小姐喜结良缘，既得敕许，将于二月卜择吉日，成大婚之仪。

我反复看了两三遍，直到眼神错乱，纸上的活字都有了重影。我觉得自己已经面无血色，头脑一片空白。

六

苦恼了几天之后，我收拾行囊，乘上开往东海岸约克郡方向的火车，开始了没有目的地的旅行。

看到阴云低垂、一片洪荒的北海地带的寂寞景象，感觉跟自己此时此刻的心情极其相称。

时间的流逝可以平复人心，一段时间过后，我渐渐从刚看到消息时的狂乱状态恢复平静，可以开始思考了。

事到如今，我好像明白了所有的谜团。毫无疑问，这桩婚姻肯定是由在宫中有着绝对势力的井藤伯爵在背后操控的。我对自己的判断深信不疑。他在上次那场宴会上色眯眯地盯着律子。我还听说他打探过"那是哪家的千金……"，恐怕当时他头脑里已经在盘算着要把律子跟东山科宫家撮合起来的想法了。其用心明明白白，肯定是看见花容月貌的律子之后，想通过把她嫁到亲王家来进一步巩固自己在皇家的势力。

这么一想，包幸那阵子跟井藤伯爵过从甚密的传言以及他突然急着送我出来留学，还有律子开始疏远我……这些就都可以用这个原因来解释了。

律子肯定也早已知道了这件婚事。我出发留学之前，她看起来无精打采的样子，肯定是因为知道了这件事。然而她当时是怎样的心境呢？躲在黑灯瞎火的屋子里啜泣，叫了一声"兄长……"却欲言又止，她到底想跟我说什么呢？

我神游万里，浮想联翩，想象了各种情况，然而事到如今，想什么都没用了。

报上说"将于二月卜择吉日"，说不定这会儿婚礼都已经举行过了，反反复复地想这件事，只能是自我折磨，让自己徒增痛苦而已。

我在一个居民以矿工为主的小镇下了火车，雇了一辆乡下马车，跟车夫说，随便去哪儿都行，只要能看到海。车夫听了我的话，吃惊得瞪圆了眼睛，大概是被我这种在寒风肆虐的大雪天去看海的客人的好兴致吓着了。

我在一个不知道名字的渔村下了马车，然而每家每户都紧闭门窗，村子里一个人影都看不到。海上吹来的强烈海风裹着雪花直接打在脸上，根本抬不起头。我离开村落，把头缩在外套的衣领里，向海边走去。

这一带海域多暗礁，海浪被撞击得粉碎，在空中高高腾起泡沫。我在海边岩石一角坐下来，盯着海湾出神。

海上没有船，也没有岛屿，只有海水和云。那云的颜色像浑浊的水墨，一重重推挤，海面已经没有苍白色，只剩下乌黑一片。

我凝视着这寒冬北海地带的凶险景象，不知不觉泪流满面。当初对未来所抱有的远大理想、不着边际地要追求功名的志气都消失得无影无踪，只留下孤独和空虚噬咬着我的心。

我凝视着这阴暗的海面，忽然觉得在这个世界上已经生无可恋。

也不记得在那里坐了多久，只记得寒气透骨，手脚几乎失去了知觉。我终于站起身来，开始慢腾腾地来回彷徨，其实是在有意无意地寻找适合自杀的地方。

如果这个时候不是被一名渔夫看到了，我的身体恐怕早已沉入那片寒冬海底了。渔夫拉拉扯扯地把我带到他的家里。他和他语速极快的妻子两个人对着我不停念叨，方言口音太重，我几乎听不明白他们在说什么，不过他们在简陋的火炉里为我添柴生炉火，端来热汤劝我喝下去。这些淳朴亲切的举动让我深受感动。

我虽然没退学，学籍仍保留在牛津大学，却离开了牛津，搬到伦敦去住了。我已经没有继续学习的动力了，然而也不想就这么回国去。包幸给的学费每三个月肯定会寄来。我原本打算拒绝，却不愿意让他认为我是因为律子的事情在怄气，又找不到其他拒收学费的理由，就这么收着了。

伦敦与我之前待过的乡下小镇不同，有很多让我眼花缭乱的地方。牛津的道路冷清、静谧，适合思考。而伦敦的街道车水马龙，马车来来往往，络绎不绝，甚至阻断交通，妨碍步行者过街。

我没有心思观光旅行，诸如伦敦塔和其他有名的旅游胜地也都没去看过。不过偶尔有一天夜里，我走进摄政公园①的时候，看到了月光下悠然闲逛的人们的背影，想起了中井樱州在这里作的一首诗：

照路汽灯灿似花，游人终夜不思家。
骚雨恰先初月歇，绿荫移榻试唐茶。

樱州在这首诗之后写道：

园中方至日落，便有妻女妾妓婢姬。
不论老弱成群结队，男女比肩接踵。

---

① 伦敦西区的都市大花园，始建于1812年，16世纪时是亨利八世的皇家狩猎森林。

现在看来，那种情形一点都没变，甚至一不小心就会有媚笑着的女人从树荫中跑出来，企图勾起你的臂膀。

之后的两年，我在伦敦过着放浪形骸的生活。什么斯宾塞、穆勒，他们厚厚的著作摊开在我房间的桌子上，落满了灰尘，原本应该一页一页翻开这些书籍的手指却终日握住了盛满波尔多红酒或香槟酒的酒杯。

灯红酒绿的日子里，花销不够的时候，一个叫做佐藤的莫名其妙的男子会来付账。佐藤是公使馆的三等书记官，是我在酒场上认识的。

记得某天夜里，我在柯文特花园歌剧院看完歌剧，去了一间夜场酒吧。刚喝了一杯酒，就有一个扁平脸的日本人从对面桌子走过来，客气地问：

"您是山名男爵的公子吗？"

这名男子就是佐藤，从那以后成了我的酒友。我并不真心喜欢他，不过在我酒钱不够的时候，他总会心领神会地说："没事儿，我这儿备的有呢。"说着从怀里掏出钱来。这种事不是一次两次，而是时不时就发生的。"我这儿备的有呢"是一句莫名其妙的话，不过我也没多问他什么。后来听说这个男人回国后受到井藤伯爵的关照，很快就出人头地了。于是我才有点明白是怎么回事儿。

七

明治二十三年，我接到父亲突然逝去的讣告，才急忙踏上归国旅途。

沿途仍然是地中海、苏伊士海峡、印度洋，和来的时候仍是一样的港口风景，然而看风景的心情与三年前简直是天壤之别。来的时候怀揣着立身处世求功名的理想，内心充满希望，眼里看到的异国风光也皆新鲜亮丽，心情愉快。现如今希望破灭，父亲也没了，一切都已经绝望，心里沉甸甸的。同船的其他客人每到一个港口都会下船到陆地上去逛逛，而我，岂止下船，甚至连到甲板上站站看看四周的风景都提不起兴致。我推说自己身体有点不舒服，一个人闷在单间里，连饭也是让人送到房间里来的，尽量避免与其他客人接触。

尽管如此，在船行驶到新加坡和香港之间的时候，我还是想起了什么，来到了甲板上。我取出了那封信，一直到回国为止从来都不曾离身、律子写了一行字的那封信。在快要回到日本的时候，我才拿出来，撕成一条一条，扔进海里。撕碎的纸片被风吹起，在南中国海的上空悠然飘荡。

我想，今生今世不会再见到律子了。

一回国，我就被各种各样的琐碎杂事找上门来，死死缠住了。

因脑溢血倒下后再没醒来的父亲的丧事、家里的事务，还有承袭爵位的手续，一切都很烦琐。

等这些终于都告一段落之后，我不得不再去高轮的本家宅邸拜访。没有律子的高轮宅邸，对我来说，等于一座废墟。

包幸去宫内省了，正好不在家。他的妻子，那位心高气傲、脸色苍白的女人从病房里出来接待我。她听完我的客气话，那副倨傲的脸上越发正儿八经起来，开口王妃殿下这样、王妃殿下那样的，谈起律子的时候很是得意洋洋。她提到律子的时候总是特意使用敬语，大概是为了表达一种骄傲——女儿是我生的，但是现如今可不是我的女儿这么简单的身份了。

"前不久，老身去宫邸拜谒，王妃殿下看起来甚是安好，还稍稍有些发福了，老身也就放下心来。""前些日子，拙夫去宫邸伺候的时候，碰巧遇到另一位亲王大人，拙夫还获赐准许一同参加晚宴了呢。亲王殿下还常常记挂着老身病体，说了很多夸奖拙夫的好话。王妃殿下也出落得优秀，那模样是一天比一天高贵了，老身真是感慨万千啊……"

翻来覆去地唱着这个调调。

我强压心中的痛苦听她絮叨。然而我可以忍受这个老女人的装腔作势，却不能忍受听她对已经成为他人之妻的律子的事说个没完。

包幸在我父亲葬礼的时候来过，之后偶尔也会碰见，但是我对这个男人，每见一次就更加鄙视他。

他混进宫内省，做了高官。他的这个官位肯定是井藤伯爵帮他谋来的。说白了，就是贡献律子获得的褒奖。

他当初那么憎恨萨摩长州那帮人，那么痛骂井藤伯爵，然而忽然之间就闭上嘴，成了人家的走狗。他这样不叫变节。他原本就是没节操的人。当初痛恨萨摩长州那帮人也是因为人家不任用他而已。一旦人家向他招招手，他就欢天喜地摇头摆尾投靠过去了。他原本就是一心贪慕荣华富贵的人，根本就没有被称为变节者的资格。不过，厚颜无耻如他，也会对我心存愧疚吧，看到我的时候总是摆出一副要讨好我的样子说："怎么样，在那边学了不少新知识，差不多得考虑一下前途吧？"

我总是默默听着，真忍不住想问他：你这是装傻给谁看呢？我在伦敦是怎么过的，他应该从公使馆的佐藤那里了解得清清楚楚。我隐隐约约感觉到，那个佐藤为我支付酒饭钱的时候说"我这儿备的有呢"，那些钱应该是包幸寄给他的。包幸肯定是想用这些钱来抹平对我的愧疚。他肯定对我荒废学业、放浪形骸的生活态度感到满意吧。

包幸还跟我说:"你要是有心思做官,我就替你去跟井藤伯爵说情。井藤先生听我说过你的事,对你很关心。"

听了这话,我不由自主地盯着他的脸,忍住了不往他的脸上吐唾沫。

八

这一年,一直呼之欲出却迟迟不能实现的议会终于开设成功,全国上下对政治的热情空前高涨。

我结束三年的海外留学回国这件事,看起来引起了社会上一定程度的关注。比如某一天,有个跑新闻的男人找上门来,对我问这问那。然后第二天,报纸上就刊登了这样的东西:

> 我社的一名记者昨夜拜访山名时正男爵于其爱宕山下的宅邸,闻之曰,阁下归国伊始,身带锋锐,想必是要引领一次大规模运动吧。然请问阁下是要委身哪个党派呢?男爵笑答曰:予归国不过数

十日，与一新渡来之外国人无异，一切事情悉皆不辨，欲暂闭于书斋静思。又问：若以阁下才智为仕途，就职优势官位将易如反掌，意将如何？男爵曰：毫无此意。再问……曰：（明治）十九年出发以后，在英国牛津大学留学，悉心钻研法学云云。

最后一句所说的在大学"悉心钻研法学云云"，完全是记者胡编的。

我处理完一应事务，就真的终日躲进书斋里了。读一些无聊的书，漫无头绪地想些心事，一天天就这么过去了，很少外出。

老管家牧野很担心我，说："您这样的生活有害身体健康。要不您去温泉转一转，或者去旅行一下也行啊……"我提不起精神考虑这些，只怠惰地读书度日。

我现在才知道自己是多么爱律子。律子早已被拉上云端飘向不可知的远方了，然而我对她的思慕之情却让我常常在深夜里也不禁跳将起来，在院子里来回踱步，连声低呼她的名字而泪流不止。我揪扯自己的头发，像癫痫患者倒在地上，抑制不住抽搐和想要咆哮的冲动。这种症状时不时就会发作，除此之外，我整天阴沉着一张脸呆坐，一副对斯世已生无可恋的样子。

在英国时看到的北海那阴暗、忧郁的水天一色的情景在我脑海中太过鲜明，而且时刻浮现在眼前，挥之不去。我好像预感到自己终有一日会陈尸于那样阴暗黝黑的海水底下。

然而在这样的心境下，忽然有一天，我看到了侍女阿篠，不知为什么，鬼使神差地产生了另一种想法。

阿篠是旧藩士家的女儿，来我家见习规矩礼仪的。我出发去英国留学时她还跟着到横滨送行。当时对着外国大船好奇地睁大眼睛的那个小女孩儿一副黄毛丫头模样。然而三年后回国时再看，发现她已经像一朵花儿盛开了，出落成一个年轻女人。这个年龄段的年轻姑娘的脸颊和肌肤看起来就像由内到外透着光华，水润亮泽。

阿篠一直负责伺候我的日常起居。而我迄今为止一次也没有以那种眼神看过她。而且对她来说，我自从回国以来就一直是个脾气不好、很难伺候的主子。我在家中跟谁都不怎么说话，仆人们都很惧怕我。

那天，我正在读书的时候，阿篠端了杯茶走进来。我读的是一本最近翻译过来的拉塞尔的《英国政治谈》，没什么意思。正读到"本身自由论"这一节感觉特别无聊的时候，阿篠端着茶恭恭敬敬地走了进来。

我看着阿篠的脸，忽然想到这个女人是订了婚的。她的未婚夫是旧藩子弟，是一个姓寺田的青年，曾经来走动过，我也见过两三次。印象中是个很单纯的年轻人，在家里等着阿篠明年离开我这里，回到他们家乡，两个人就可以成亲了。

我心里突然冒出一个念头，很想看看别人遇到心爱的女人被权势之人夺走时是怎样反应和行动的。这个念头没经过仔细思考突然冒了出来。律子被至高无上的权力掠夺去了，然而我却无所作为，毫无干涉，这次脑子里突然闪现的想法既是对自己这种态度的自虐，也是不计后果的实验。

我随声唤道："阿篠，"然后像打算出门一趟吩咐她给我拿外套般说，"你来给我当妾。"

阿篠大吃一惊，浑身发抖，脸色煞白。

九

我把这个主意跟管家牧野说了。牧野变了脸色，嘬嘴说："这事儿可不行。这姑娘是有了婚约、定了夫婿的。"

我回答他说："我知道。不过他们还没结成夫妻。

我反正就是要阿篠当我的妾。"

牧野很是无奈地看着我的脸问道："您无论如何也不改变心意了吗？"

我移开目光看着别处回答说："不改变。"

牧野听了我的回答，沉默了一会儿，好像想到了什么事儿，悲伤、阴郁地说："我老早就知道您的心事……"

我看着他的脸，责问道："你知道什么呀！"

牧野低下光秃秃的额头，小声说道："我知道关于高轮本家律子小姐的事。律子小姐和您之间是有婚约的，是本家老爷（包幸）和已故老爷约定了的。"

"你听谁说的？"

"是已故老爷告诉我的。老爷说，这个事儿还没让您知道。"

我听了牧野的话，知道了当初自己的猜测都是事实，果然家父与包幸之间就我和律子的婚事是口头谈过的。

"后来本家老爷毁约了，把律子小姐嫁给了东山科宫殿下。已故老爷非常生气，一直跟我说真是无计可施啊，远在海外的时正要是知道了该多么伤心啊，约定婚事的事儿没告诉他真是不幸中的万幸啊……老爷突然病倒，跟这件事也是有关系……"

"别说了！"我喝止了他，"已经过去的事情，现在知道有什么用！总之，阿篠这件事，你没意见吧。"

牧野把头俯得更低了，无精打采地低声说："要是这样能使您心情愉快，恢复到原来开朗活泼的性情，阿篠也会心甘情愿吧。一切交给我来办。"

牧野应该是很快就把这件事告知了阿篠的父母，因为她父亲从乡下赶过来了。

阿篠的父亲提出要面见我，我以为他要提出反抗意见，结果这位六十来岁的老人匍匐在三叠席开外说："我那不懂事的女儿能被您收进侧室，真是感到无比荣幸，无上感激。"

这个态度让我深感意外。我对像被霜打了一样垂头丧气的阿篠说："阿篠，这阵子不许你靠近我。"

我的话看起来让阿篠深感意外。

我给阿篠配了婢女，让她搬到别院去住了。牧野一开始以为我是打算经常过去住的，但是看我一直没任何动静，就觉得疑惑不解了。

这样过了几个月。有一天晚上，我想起有事要出去一趟，就让人叫了辆人力车在大门口等着。当我打算上车，一只脚刚刚踏上脚踏板的时候，有个黑影从斜刺里冲了过来。

我抽身躲闪，与此同时，车夫伸手保护我并大喊一声："危险！这个混蛋！"。

车夫是个强悍的男人，一眨眼工夫就把这个行刺者摁在了地上骂道："混蛋！太不像话了！竟敢挥刀行刺！"夺下短刀掷在地上。

我借着大门口射出的灯光看了一眼被车夫摁在地上的男子的脸。是个年轻男人，怒视着我的那双眼睛里满是憎恶。我见过这张脸。

我说："是寺田啊……"

年轻男人轻轻垂下眼睑，并不搭话。

这时院子里跑出来两三个男丁来帮忙。我对他们说："休得无礼！带他到客厅里，等我回来再说。"

我清清楚楚地记得，我坐在人力车上，身体随着车子行走而摇摇晃晃的，嘴角却不由自主地浮现出微笑。年轻人那张燃烧着倔强的愤怒的脸清晰地浮现在眼前。寺田，就是那个与阿篠有了婚约的年轻人，看样子他是从乡下跑来，打算要杀了我。因为年轻，在爱情上，才不管你是不是过去的主子大人，才不会像个老人一样思前想后，顾虑重重。对夺走了自己深爱的女人的人表示愤怒还需要考虑对方的身份吗？

我其实一直在等待着这件事的发生。当我想到让阿篠给我当妾的时候就在等待这个时刻。我想从别人身上看到自己缺失的东西。

一开始我还曾经担心寺田听到我要强娶阿篠的时候会绝望颓废,甚至担心他会不会自杀,但我更害怕看到的结果其实是他根本就无动于衷。然而现在看来,这些担心都是多余的。他怀揣短刀,从乡下杀进京城了。

我坐在车上忍不住一个劲儿地微笑,寻思着办完事回家一定要拍拍这个年轻人的肩膀,对他的勇敢夸奖一番。因为我虽然被人夺走了律子,却没有他展现出来的那份勇敢和坦率。我对自己的窝囊、软弱忍无可忍。

不过,在老家那边地处偏僻的乡下还保留着顽固的封建性,三百年来形成的对藩主讲忠义的观念至今仍像信仰般根深蒂固地延续着。听说寺田袭击了我,他们都认为寺田乃做了件大逆不道的事。他们中有一些就是当初每天早晚穿着绣有家纹的礼服登城拜见主君的人。

我允许了寺田和阿篠一起并让他们回到了乡下。然而乡下那些人并没有放过他们俩。双方的家长都在骂寺田竟然为了女人而对主子拔刀相向,简直是个不忠不义、荒唐至极的混球。

后来,牧野给我看了乡下来的信,说两个人趁人不备逃跑了。

十

我回国以来并不想混一官半职，而是终日不出书斋半步。这种做派让一部分世人觉得很是怪异。不过偶尔有一天，我应《朝野新闻》之请，写了一篇名为《民权政治论》的文章，后来这家报纸又请我写了一篇《巴黎公社革命论》。这两篇文章让我给自己打造了一个新论客的形象，被贵族社会视为异端分子。

从此就有一帮旧自由党党员借机经常出入我家。不称他们是自由党党员，是因为这帮人是明治十七八年连续发动加波山事件、饭田事件、静冈事件等失败后的逃亡者，他们对现在的自由党是心存不满的。

那一年，第一届议会召开了，不过因为经费预算问题，成员中鼎鼎大名的元老级自由党成员林有造、片山健吉、大江卓等人被山县内阁采取怀柔政策策反变节，议会于是不了了之。议会成员中的江兆民也对他们失望之极，宣称自己酒精中毒，怫然抽身离开了议会。

就连板垣退助也没了往日的威风，回国之后，像老虎变了猫一样无所作为。

这些人把旧自由党人抛头颅洒热血换来的议会糟蹋成了这副样子，旧自由党人心怀不满也是难免的。

他们出入我家的原因之一，还在于我能为他们提供金钱上的资助。毕竟，他们都是被穷困缠身的人。

这些人当中，我对一个叫做荻野宪介的人格外关照了一些。这个人从牢里出来后发现家人都已离散，只剩下自己孤身一人，无依无靠。

然而我觉得他们对我的期望值太高了。我当初写《民权政治论》和《巴黎公社革命论》的时候并没有经过深思熟虑，说到底，仅仅是因为怨恨从中搭桥把律子嫁入皇宫的井藤伯爵，为了发泄对井藤伯爵的私人怨恨而生发出对藩阀政治的憎恶而已。

那件事发生在十一月三日的黄昏时分。

我因为到赤坂方向有点事儿，正经过工部省所在地。刚过由明船町到四辻一袋的时候，那里站着的警察拦下了我的人力车说："不一会儿，亲王大人要经过这里，你要从车上下来静立恭候！"

我问警察："是哪位亲王大人？"

"是东山科宫亲王大人。"警察严肃郑重地回答。

我的心开始骚动不安起来。想到回国以来再没见过一面的律子，没准儿在这里能见到呢。我问警察：

"亲王妃殿下也经过这里吗？"

警察疑惑地看了我一眼，可能是判断出我也许并不是普通老百姓，就回答道："今晚是青木外务大臣主办的天长节夜宴，请了很多外国公使来参加。既然亲王殿下出席，亲王妃殿下可能也会同行。"

我站立在那儿，屏息静待。

终于听到远处传来马蹄声，由两匹马拉的马车徐徐驶来。我看到穿着镶有金丝缎制服的马车夫，看到漆黑闪亮的马车车身以及井然有序、恭恭敬敬地跟在马车身后的侍从们。我只能看到这些。在几乎黑透了的马路上，从一闪而过的马车车窗看进去，根本不可能看到什么。

我茫然呆立在路边看着马车驶去的方向。律子和她的丈夫就在刚才驶过的马车里并膝同乘。我全身燥热起来。我除了想看看律子，还被另一股激烈的情绪煽动着，那就是由嫉妒产生的愤怒，是一股迄今为止都没有如此强烈地感受过的情绪。因为对方是我无法企及的那类人，这愤怒就备感强烈。

我脑子里开始想象这样的画面：由美轮美奂的菊花一重重、一叠叠装饰起来的宴会大厅，由同样美轮美奂、开得更加灿烂硕大的菊花装饰的大桌子，围着桌子而坐的是外国使臣和贵族，他们的燕尾服上都佩戴着勋章、绶带和宝石，不停播放着管弦乐的美妙旋律，法兰西王朝的能工巧匠打造的枝形吊灯耀眼的灯光下，我似乎看到律子红通通的脸蛋儿……我心中五味杂陈。我意识到自己之所以想象这样的宴会场景，完全是因为曾几何时自己跟律子一起到某亲王宫邸参加类似活动时留下的记忆，然而今天代替我站在律子身边的是另外一个已经成为她丈夫的男人……这么想着，心都碎了。

警察不知道什么时候早已离开，车夫则好像被冻坏了，站立在那里等着我上车。

十一

那一年很快过完，转眼就到了新年。

我看到一份元旦日当天的报纸上刊载着敕作新年和歌的消息。天皇、皇后以下皇室成员的诗作都刊登在上面。然而当我看到其中一首和歌的时候，忍不住再看了一遍。

又是日暮忘掌灯　曾几何时雪微明
　　　　　　　　——英彦王妃　律子

我感到自己的心狂跳不已，忍不住翻来覆去地看。这个意思我是明白的。不，我想应该只有我才明白这首歌的真正含义。

歌中的"雪微明"是为了迎合敕命扣题用的词语，仅此而已，其意义可以不考虑，然而"又是日暮忘掌灯，曾几何时……"这不就是曾几何时我在律子房间看到的情形吗？那时我即将启程去外国留学，律子不开灯，一个人坐在黑漆漆的屋子里，而且隐隐啜泣。也不知道她当时到底是怎样的心境，我最终没有机会听她亲口说给我听。

律子是在回忆当时的情形。"又是……曾几何时"不就是在回忆那个时候的情形吗？律子还在想着当时她和我之间的事情吗？这一点我仍拿不准，于是突然特别着急地想找来去年和前年元旦律子写的和歌来看看。

碰巧有人保存了去年的报纸，我赶忙借了过来，心中咚咚乱跳，迫不及待地展开报纸仔细搜索。

重洋尽头牵思绪，海边朝霞飘茜红。

——英彦王妃

看到这一句，我不由得要哭出来。这首和歌的下半句循例是为了扣着敕命主题，并无实际含义，而这上半句"重洋尽头牵思绪"无疑正是诉说对远隔重洋、身在千山万水之外的我的思念。

已经没什么可怀疑的了。我已经知道了律子的真实心意。我开心到飘飘然如在云里。

如果我们都是在可以坦率表达自己感情的环境下成长起来的，我和律子恐怕早就结为百年之好了。律子生在贵族家庭，从小接受严苛的家训，对感情方面的事情是绝不能提的。而我畏惧于外人粗俗下贱的流言蜚语，竟然没能向律子吐露真情。这些最终导致律子顺从父亲包幸之命，嫁入东山科宫家，自始至终都没能说出一句违抗的话。

我察知了律子的真实心意之后，不知道是该觉着欢喜还是该感到悲伤。如果说该感到欢喜，我们彼此现在的处境又都过于可悲；而如果说该感到悲伤，我的心却又这么悦动不已。

那年冬天，我屈从于管家牧野的强烈建议，决定到湘南的汤河原温泉去疗养一段时间。入住的房子就建在河边，很适合远眺。

这里比东京暖和一些，山上已经有梅花绽放。

有一天，我打算去散散步，顺便观赏一下那些梅花，就顺着沿河小道一路寻去。

走出了温泉疗养院的住宿区，来到一处民房林立的地方，能听到从杂木丛生的山林深处传来黄莺的鸣啭声。我的心情很是欢愉。

走了一会儿，竟走到了另一个疗养区。在离温泉疗养区稍远的地方，耸立着一座别墅模样的房子。房子被白色围墙遮掩着，院子里栽种的是打掉落叶只剩下树枝、像是很花功夫打理的那种庭院树。树丛后隐约可见造型讲究的屋顶。

我想这绝非普通的温泉旅馆，就拦下一个正好路过的当地妇女，询问了一下。她告诉我："这是东山科宫亲王大人家的别邸。"

我从没想过竟然能在这里邂逅与律子有如此关联的东西。万一，碰巧律子也来到了这里，是不是能在这附近看见她的身影……抱着一种说不清是做白日梦还是旧情难舍的心情，我在那附近徘徊往复，逡巡不去，心中竟然充满了渴望。

我看到冬日清空下格外明丽的景色：远处残雪未消的山峦，近处从山林深处升起的烧荒的袅袅青烟，夹岸丛生的枯黄野草，还有拴在那里的一头牛……在我眼前都如玻璃画般清晰明澈。

十二

我回到住处问旅馆的老板娘："我看到亲王大人的别邸了，不知道亲王大人这阵子在不在这里啊？"

老板娘郑重其事地回答说："在。这阵子正好来了。"

我又问："经常来这里吗？"

"是的，每年都会过来。"

我于是问道："王妃殿下也一起过来吧？"

老板娘回答说："不会，只有亲王殿下过来。"

"为什么？"我忍不住追问道。

老板娘只回答说："一直都是亲王殿下自己过来。"老板娘欲言又止，看上去想说又有所顾忌不便多言的样子。

然而当天晚上来伺候我晚饭的一个三十四五岁的女服务员却主动搭话说："您今天去别邸那边散步了吧？"

我问她："你看见了？"

她笑着说："是的。我的朋友在别邸那边当服务员，我白天去找她的时候看见您了。"

"你经常去那边？"

"是的。其实我也曾经在那边当差呢。"

我的心不禁微微颤动,试着问她:"亲王殿下为什么总是自己过来住呢?为什么不带着王妃一起来呢?"

"这个嘛,客官啊,夫妻间的那点事儿,上面的贵人和咱老百姓可不一样!"

女服务员意味深长而不怀好意地笑着说。

我试着请她喝一杯。她看起来是个嗜酒的人,我左一杯右一杯地找各种由头让她喝了不少,于是她打开了话匣子。

"王妃殿下真的好可怜啊……"

我尽力掩饰自己内心的波动,随口问:

"你说可怜,怎么可怜?"

"这个嘛……客官,咱只在这里说,不能太大声。客官您也一定不要说出去哦。"

"嗯,我知道,我知道。"

"王妃殿下不一起来,那是有原因的。亲王殿下老早前就有个宠爱的人儿呢。"

听到这儿,我不禁大吃一惊。

"您吓一跳吧?"

"吓一大跳呢!"我故作轻佻地回答她,"那么,那个受宠爱的人儿是什么人呢?"

"原本是一位曾经在正宅当差的女佣,不知道啥时候被殿下看上了。我还曾经见过那位呢，脸蛋儿长得倒是漂亮，就是面色严厉，看起来是个性情深沉的人呢。"

"难怪……"

"亲王殿下虽然迎娶了王妃殿下，然而因为之前有了这么个人儿，夫妻之间就不和美了。王妃殿下又是个好脾气的人儿，在正宅那边任由那位飞扬跋扈，简直让人分不清到底谁是王妃呢。"

我默默地点了点头。

"王妃殿下就住到别院去了，也不再跟亲王殿下说话。过得可真是凄凉啊……大家都说不出地同情。不过呢，在公开出行的时候，或者来了客人的时候，他们就会慌慌张张地接王妃过来，勉强装装体面给外人看。不过我听说，即便那个时候，那个受宠的人儿还要躲在屏风后面，不耐烦地盼着客人赶紧走了才好呢。"

我一边听着，一边陷入了沉思。

十三

当夜，我辗转反侧，难以成眠。迄今为止，我一直以为律子嫁入顶层社会享受着幸福生活，做梦都没想到她过的是我刚刚听说的那种不幸的日子。

律子寂寞的面影浮现在我眼前，挥之不去，困扰了我整整一夜。

然而从一个粗使女佣口中听来的话难辨真伪。我回到东京后，在华族圈里向消息灵通人士有意无意地打听，居然大家都知道东山科宫亲王的事情，其中一位对我说："你竟然还不知道？这事儿在我们中间已然是公开的秘密了。"

这是因为我孤陋寡闻。一直以来，我对律子的事情毫不知情，真是太愚钝了。

又有一位竟然跟我说：

"那位亲王大人性情豁达，不拘小节，善饮酒又有海量，听说还微服出行，去过新柳二桥①呢。知情者还能举出亲王特别宠幸的几个爱妓的名字呢……"

我想，我要去拯救律子的念头就是这个时候产生的。

我相信，能够拯救律子的别无他人，唯有我这个对她倾心相爱的人。

我决定想办法让律子离开亲王家。

---

① 江户时代作为艺人班子、妓院等云集的花柳街，以柳桥地方最为有名，而明治时代以后，新桥地区也变成有名的花柳街。这两所地名合在一起，称为"新柳二桥"。

然而这样的事情可能发生吗？

即便律子本人有此意，周围的人也不可能允许。事关金色家纹和皇室帷幄，是不允许沾染一丝污垢的。

想到这一点，我就痛感自己完全无计可施。可我并不甘心。

我的朋友当中有钻研法律的，我就问他在法律方面有没有可能性。他一句话就断了我的念想。

"你问有关亲王离婚方面的法律？怎么可能！你以为是平民老百姓家的媳妇，随便娶随便离？一旦结合，终生不离。"

后来我自己遍查诸法律令，也只查到一条能让宫妃从明媒正娶的亲王家离开的可能途径：

> 自原籍娶进来的王妃，于失去其夫之时，可凭自愿请求敕许并获得准许，恢复娘家旧籍。

也就是说，只要律子的丈夫活着，她就不可能脱离现在的不幸重获自由。

我对自己的无能为力感到绝望，于懊恼中郁郁度日。即便如此，每每想到律子日复一日深陷在不幸的深渊中，我就焦躁不安，近乎精神失常了。

忽然有一天，管家牧野拿着一封信走来向我报告："刚刚接到通知，说寺田与兵卫死了。"

老家那边的旧藩士结成了集会，只要会员遇到红白喜事，我都会给当事人出一份份子钱。这件事让旧藩士们很是感激。

"你说的寺田与兵卫就是娶了阿篠的那个男子的父亲吧？"我问牧野。牧野照旧是那张毫无表情的脸，回答说："正是。听说这个与兵卫因为儿子犯下不忠之事，羞惭不堪，在邻里间抬不起头，一直活得灰头土脸的。"当初我说要娶阿篠当妾，他还特意进京给我行礼，这样的老人家住在偏僻乡下会那么守旧也就不足为怪了。

然而何为不忠之事？我想起了那个瞪着我的年轻人满含憎恶的眼神。他并没有被旧式主从关系的忠义束缚住，他心中燃烧的只有对夺走自己心爱女人的男人的憎恨的火焰。

我的脑海里映上了那一条法律条文："自原籍娶进来的王妃，于失去其夫之时……"

"失去其夫之时……""失去其夫之时……"我反反复复念诵这一句，脑海里浮现出寺田手中握着的那把短刀散发的冰冷的光芒。

十四

荻野宪介一如既往地出入我的宅邸。

他入狱后被妻子抛弃,对这个世界已经绝望。

往日为自由民权运动如熊熊烈火般燃烧的斗志,如今被贫困和失意浇得无影无踪,手中一有钱就去买酒喝,喝得烂醉如泥后就在街头巷尾晃悠。

荻野宪介每次来我这里都会带走一些钱物。他好像对我很感激,曾经说过"我可以为男爵献出性命"。

每当我看到荻野宪介的脸,就好像受到了诱惑一样。是那种想要说出无论如何不能说出口之事的诱惑。我知道,只要我说一句"拜托你",他就会唯唯应诺。正因为知道肯定会是这样的结果,我才会在每每想要说出口的时候舌头打结儿。

有一次我劝诫他不要太过酗酒的时候,他告诉我:

"我在监狱里把身体搞坏了。因为太怕看医生,所以一直没去看过,不过自己也知道顶多再撑一年吧。"听他这么一说,我才想起来他确实经常轻咳,有时候脸色看起来不错,却是因为发烧引起的潮红。

如果是这个人,只要我开口求他,不论多么难搞定的事情,他也会一笑应诺,请命而去。因为对他而言,活到现在已是天涯孤客，于生于世都已经绝望，比起世间所谓的道德理性，他把我的话看得更重。

我不知道有多少回想说出那句话。然而每回真要去说的时候，却无论如何也说不出口。

我还想过，若是借着酒劲儿，或许能说出心里想的事儿，因此还试过请他跟我单独喝酒。然而我却怎么也喝不醉。相反，越喝，心里越会莫名升起畏惧退缩之意。

这是我与生俱来的怯懦性格导致的，不仅自己没有勇气决然行动，连借他人之手解决问题的决心都下不了。

就这么拖着拖着，荻野有一天吐血倒下了，这件预谋的犯罪也就未遂而终。然而，我并没有因此而死心。

因为跟清王朝的战争开始了。

那个男人作为军人去打仗了。听到这个消息，我不禁充满期待地雀跃欢呼。

因为我想起了一件事，曾经有一位亲王在跟台湾打仗的时候阵亡了。像我这样的男人，只能等待老天给我的机会了。

战争于明治二十七年开始，二十八年结束。在这期间，我比谁都积极关注前方传来的战报。我关心的不是平壤之战如何打、金州城的战略如何布局，我只是在等某个男人阵亡的消息。

战争结束,什么都没发生。我失望至极。

后来又过了两年。

劝我娶妻成家的人很多,而我全都拒绝了。

故国旧藩的老人们又出动了,不停地劝说我:"您得传宗接代啊……"

在过去,传宗接代是很有必要的,因为如果我没有后嗣,他们这群人就失业了。然而现在都无所谓了。

我不以为意,跟他们说:"成为绝户也没关系啊。"

这群老臣都很顽固,退去前无不瞪着我这个执拗阴郁却脸色苍白的本家的当家人,眼神里不知道是怜悯还是憎恨。

我早已三十出头了。

那年秋天,遇到这样一件事。

有一天,我找一位相熟的子爵有点事,就去他府上拜访。席间有个负责接待的中年女佣,这个女人的一举手一投足都很惹人注目。我等她退下后,问主人:

"刚才那位是你们藩里来的女子?"

"是的,你看得出来?"主人反问道。

我回答说:"她的举止做派是正经武家出身才有的。"

子爵微笑着说:"是的。她父母双亡,没有可投靠的人，我就让她从乡下过来收留了她。从她那行为举止不难看出，是来自一个重礼数、家训的大家族。真是个优秀的女子啊，所以更显得可怜了。"

"为什么这么说？"

"这个女人一直在等她的丈夫，迄今为止等了八年。今后至少还得再等上十几年呢。"

"十几年？"我吃惊地问，"那到底她丈夫去哪儿了？"

"牢里。"子爵解释说，"这里就不说他犯了什么罪，总之是犯了大事儿，差点被判处极刑，后来死罪减一等，判为终身监禁。也就是说，他要么死在监狱里，要么遇到大赦减刑再坐个十几年。即使最后能够活着出来，也是年近六十的老人了。"

"也就是说，这位妻子要这样一直等到最后？而且说不准能不能等到见面的那一天，说不定哪一方就先死了。"

"这些可能性，这位妻子好像都想过了。不过在她看来，等待好像还有希望。这种事儿，别人靠想象是想不明白的。等上十几年……太漫长，也太不现实了。不过等她下次再出现在这里的时候，你好好看看她的脸，真是充满希望呢。"

十五

这件事在我的心中烙印下深刻的印象。后来，过了一段日子，我读到一段《后见草》的古代随笔，深受感触，给了我更多启示。

锅岛家之家士中有名坂田常右卫门者，于年幼时约娶同为家士者之女为妻，两家皆承诺亲约，结为亲家，终至于即将商定婚约。时常右卫门二十余岁，遇江户召唤，随即奔赴侍奉。因其人笃实忠厚，为事干练沉稳，渐渐升居要职，俸禄增厚，工作日益繁忙，以致年终时也离不开身，滞留于江户，多年不能有暇回故国。数年后，当年约婚的姑娘已经长大成人，不能再耽搁了，男方家长便去说，犬子长年滞留江户而我等年已老迈，此事虽然不符常理，然还请以照顾为由接进我家过门吧。父母反复说项后，女方家长亦以为然，便把女儿送到常右卫门父母亲身边当儿媳妇。此儿媳，更是为人老实，心地善良，恭顺孝敬常右卫门之双亲，一过经年，公婆相继终老。而此儿媳之常年孝行，闻说者无不为其哀惜叹惋。常右卫门滞留江户四十年，及七十，于天明五年始得了却江户职务，踏归故土。两人于白发之时，方遂嫁娶之仪，最终结成夫妻。

这个故事，深深打动我的也是"等待"。

当我的心接受"等待"的时候，才第一次感受到暴风雨之后的平静。

不知道要等几年，抑或是几十年。也许等着等着，自己比对方先走一步了。然而这些都已经无所谓了。

我明白了，等待律子才是我活着最重要的意义。

就像静静秋日，沐浴着平和的阳光，等着那个说不定什么时候就会来的人。这种悠然慵懒的心态，让我感到深深的愉悦。

我开始学习茶道。

明治四十×年，东山科宫亲王英彦因病去世。

我那年四十一岁，两鬓已悄然冒出白发。

亲王家没有子嗣。然而，亲王妃没有复籍回到娘家。后来我听说这是因为身边有人反对，特别是那位看重名誉的山名伯爵阻挠了这件事情。亲王妃律子一年后过世了。当然，官方发布的消息是病故。

律子留下了辞世诗：

> 现世之身灭何惧,至今方得寻君去。

人们都以为是她思念亡夫的追思之作,对其大加赞叹。而我则认为,律子诗中表达的,其实是以死脱离束缚后,终于可以到我身边来的欢喜之情。

流言始末

一

宽永十一年六月，三代将军家光晋谒京都。

此次是家光第三次进京了。跟前两次不一样的是，大御所秀忠业已仙逝，去年也让亲弟弟忠长自尽了①，如今的家光已经拥有了将军的威严，这次是名副其实的将军晋谒。因此，队列规模极其宏大，跟随的侍从人数也是惊人地多。

早在两个月之前，远州卦川城的城主青山大藏大辅幸成就接到将军一行要在此地留宿的通知。幸成一接到通知，就风急火燎地开始在城内修建迎接将军临幸的殿舍，还从邻国召集了很多工匠，建造宏伟的建筑。这一切都很顺利。

然而，难办的是怎么解决侍从们的住宿问题。按照

---

① 家光的同父异母弟弟忠长自幼受到父亲疼爱，一直都是家光成为幕府将军的有力竞争对手。父亲秀忠去世不到一年，家光就先流放了弟弟忠长，最后逼其自杀。

惯例，一般是在城内搭建临时窝棚让藩士们的家人住进来，腾出他们的宅邸供将军的侍从泊宿。然而这次侍从人数多到离谱，光靠腾空藩士们的房子是不够住的。卦川是个五百万石小藩国的城下町，町人当中没有谁拥有较大的宅子。

最后找到的解决办法是，那些临时搭建的建筑也提供给随从们住宿。至于藩士，人口多的家庭就借住到町人的家里去，人口少的家庭就留在自己家，不过尽量挤住在一间屋子里，免得让来借住的将军家的随从大人们感到任何不便之处。

岛仓利介是卦川藩的一名骑兵护卫，领一百五十石俸禄，今年三十二岁。几年前丧偶，去年续弦娶妻，是一个名叫多美的女人。多美二十岁，皮肤白皙，鹅蛋脸儿，姿色秀美。很多人都说利介娶了个年轻美貌的娇妻，称羡不已。两人还没有孩子，与利介七十岁的老母亲三口一家过日子。

分配到利介家住宿的是名叫冈田久马的旗本大名，是大番组[①]首领，俸禄领六百石。这件事是头一天就知

---

① 江户时代官名，从属于老中，战时打先锋，平时驻守江户城、大阪城、京都二条城或江户市区。

道了的，当弄清楚将军侍从人数的时候，藩里的管事人①就把他们分配好了。

利介那天下城回家的时候，在正门口遇到了同僚平井武兵卫。当时武兵卫问他：

"您府上住进的是什么人啊？"

利介告诉了他，于是武兵卫说：

"俺家里住进来的是大番组领俸禄三百石的两个人，您家里只住进了一个人，而且身份规格要高得多，跟您一比啊，俺就寒碜多了。"

武兵卫虽是笑着说了这番话，但那笑里包含着太多复杂的东西。武兵卫这个人的攀比心特别强，平常也是，不论什么鸡毛蒜皮的小事儿，只要别人有比他强一些的地方，他就会心生嫉妒。刚才他听了利介的话，不由自主地就又觉得自己被轻视了，心里很不爽快。笑声里也掺杂着嫉妒的心情。

利介并没意识到这一点，他一回到家就跟多美说：

"明天晚上，咱家要住进来的是一位贵人，希望你切勿怠慢，因为我明天一早就去担任警卫守城，要一天一夜都回不来呢。"

---

① 日语为"用人"。江户时代在大名、旗本家掌管金钱出纳及一些杂务的职位，相当于总管一职。

妻子多美像平时一样，被吩咐什么事情之后，郑重行礼后回答："明白了。"

第二天一早，利介跟他母亲也说了这事儿。他母亲有点耳背，跟她说话必须把嘴凑到她耳边才能听得见。

"家里的事，我都叮嘱多美了，不过也请母亲大人多多关照。"

老母亲做了个"听明白了"的表示，晃动着苍老多皱纹的脖颈，深深地点了几下头。

二

家光一行是二十三日申时前后到的，一到就进城了。然而先头部队伊达、佐竹、加藤、上杉等东北大名的人都已经抵达冈崎一带，后续部队还挤在藤枝、冈部地区。这些人马把沿途道路挤得满满当当、混乱不堪。

当天随将军进入卦川领内的有骑兵护卫三队、小姓组三队和大番四组的旗本们。他们分别被领进了各自分配到的住处。

从城内新建的殿舍传来能乐表演的声音，一直持续到很晚。城内外燃起篝火，卦川藩士们彻夜警戒把守。这一夜，天空晴朗，星星很多。星空下，将军留宿之夜，整座城市寂静、肃穆，因为事先严格命令过大家一定要小心火烛。这样的夜晚，岛仓利介和平井武兵卫都彻夜不眠地坚守警戒岗位。

这一夜，一切顺利。

第二天一早，家光一行趁着夏日朝阳尚不强烈，辰时刚过就出发了。以城主青山主殿头为首的家臣们一起送将军到城外。

岛仓利介回到自己家里时，已经是近午时分。

多美迎出来招呼说："您回来了。"然后马上拿脸盆从井里打出清凉的井水端过来。

利介脱了衣服，一边用井水擦拭身体一边问：

"客人走的时候挺好吧？"

"是的。今天一大早就走了。"

"应该是照顾周到，没什么疏忽吧。"

"是的，客人很高兴地走的。"

利介点点头。一直惦记的事终于放下心来。

利介走进客人住过的房间看了看，壁龛上挂着自己家最珍贵的轴幅，插花也清秀、整洁，焚过的香仍能闻到余香。这样看来，对客人的照顾应该是十分周到、无所遗漏的，于是他更加安心了。

利介问："客人是怎样的人？"多美回答说："这位

名叫冈田久马的客人，年纪看起来三十岁左右，个子高高的。我给上酒了，他却没怎么喝。性格方面，是个很直爽的人，给我讲了些江户那边的事儿，讲得很有趣。"

利介又点点头。

从昨天一早登城值班以来，利介一眼没合过。现在看到守城的工作和家里招待方面的事儿都顺利完成，心里松快下来，顿觉睡意袭来。

利介选了个凉快地儿躺下说："我睡一会儿。"然后一觉睡到晚饭时分。

利介第二天照样去上城执勤。主君幸成传话给每一位藩士："大家都辛苦了。"还说将军一行下个月底东归，中途应该还要在卦川住一宿，大家要有心理准备。

下班回家的时候，利介遇到了平井武兵卫。武兵卫一看见利介就说："住到俺们家的那两位客人都是大酒桶，闹腾到大半夜，可难为我老婆了。"说完又加了一句，"据说您府上那边，尊夫人可是相当会招待客人呢。我也是听说的，说是留宿您家的客人非常满足地跟他的同僚们说的。这可是件好事儿啊。"

利介听到他这样说话，觉得不舒服。这些话本身没有什么值得提出来反驳的地方。然而这些看似平常的话，如果想去琢磨些别的意思，倒也不是没可能。

利介当场就想追问他一番，可又一想，如果这么做，就意味着自己的心被对方的话拿捏住了。而且他认为这样想显得很下作，就打消了这个念头。他若无其事地跟武兵卫告别，那些话也就听听，没往心里去。

三

过了一阵子，开始流传一个很奇怪的谣言。

谣言传的是："据说岛仓利介的老婆跟那个借宿的旗本亲热过。"

听到这种谣言时有人表示："绝不可能，她家婆婆也一起住着呢。"于是有人出来加以说明："利介他妈都七十岁了，还是个聋子，发生什么事她也不知道啊。"

谁也不清楚这谣言始于何人之口，而且在当事人利介本人不知道的情况下传开了。

然而这种事不可能不传到利介耳朵里，因为有人说给他听了。

利介马上想到武兵卫曾经讲过的那番话。他一下子就想道：这么下流的谣言很可能是从武兵卫开始传的，然而他又拿不出确凿的证据。

利介没对妻子提起有人造谣这件事。他对多美非常信任，这种愚蠢透顶的话根本难以启齿。

然而令利介困扰的是，好像身边的每个人看他的眼光都越来越异样。有的是带着蔑视的，有的是带点好奇的，甚至还有些是疏远冷淡的。利介觉着是不是自己想多了……然而既然反复琢磨这件事，就说明他的心还是不知不觉因为流言蜚语而陷入了混乱。

多美样貌出众，比利介小十二三岁。流言蜚语之所以会传出来，与这些情况不是没有关系。多美嫁给利介之前，家族中的年轻人对她倾心的不在少数。

利介跟武兵卫后来经常遇见。利介一见到武兵卫，心里就会想，说不定是这家伙造的谣。因此他看着武兵卫的时候，莫名地觉得武兵卫的眼神格外闪烁，而且看到武兵卫一反常态的表情时，更觉得那个散布谣言的家伙十有八九就是他。

一天晚上，多美的哥哥津田赖母来访。虽然是多美的哥哥，却比利介还小五岁。两个人同属一个大家族。不过最近津田生病了，一直请假窝在家里。

"病好了吗？"利介问他，同时招呼妻子，"我说，多美，怎么不端上酒来？"

赖母说："酒待会儿再说。"

"兄长，你现在还在生病，喝酒对身体不太好吧？"

多美刚在一边搭话就被哥哥斥责："你不要多嘴。我跟利介有话要说，你先退下准备酒菜。"

赖母说着，在利介面前坐了下来。等多美走出房间才开口说："我找你，只想问一件事。我不是歇了一阵子吗？昨天去上班了，结果听到了意想不到的传言。我话只说到这一层，你应该明白我在说什么了吧……你不会什么都没听见吧？"

利介点点头说："嗯，我听见了。"

"太出人意料了。这事儿不比别的，我不能当作没听到。我是想，先跟你见一面，然后盘问我妹妹一番。"

"等等！连你也怀疑多美吗？"

"她是我亲妹妹啊！"赖母喊道。

"是啊！你如果去盘问多美，就表明你信了谣言。多美是无辜的。如果一定要盘问，就应该去盘问谣言是怎么传出来的。"

赖母看着利介的脸，说："谢谢你。作为多美的兄长，我向你道谢。"

利介笑着说："用不着感谢我，我是多美的丈夫。关于谣言，我对多美只字未提。你也帮我瞒着她。"

"好！"赖母垂下满含热泪的双眼，深深地点了点头。然后又问："造谣的人，你已经知道是谁了？"

"差不多心里有数。"

"是谁？"

"还不能说，因为还没有确凿的证据。不过，都无所谓。我不会输给不负责任的流言蜚语。"

此时，听到多美向这个房间走来的脚步声，男人们的谈话就此打住了。

四

家光七月五日从二条城出发，沿着东海道踏上东归之途。留在京都的老中土井利胜派遣使者告诉城主幸成，将军一行估计将于十二三日在卦川住宿。

为了招待将军的随行人员，卦川又开始分配每家住什么人了。

然而，这次不知道为什么，岛仓利介的家里一个人也没被分配。其他藩士家里大都会分到两个或者三个客人来宿泊。利介心中顿生疑窦。

人员分配是由管事人安排的。利介马上找到管事人质问。

"因为家老那边打过招呼。想知道原因的话，找家老问去。"管事人很不耐烦地答道。利介问是哪位家老，管事人回答他是金森与卫门大人。

金森与卫门正在城楼上写着什么文件，一副忙碌的样子。看到利介在门口低头行礼，很不耐烦地抬起头问：

"什么事？"

利介躬身趋近问道："这次为将军的侍从提供住宿，只有我家没有被分配，是有什么特别的原因吗？请您务必告知详情。"

利介一边问，一边抬起头来看着金森的脸。

"说什么呢！上面的命令，谁给你一一解释！"金森冷冷地看着利介说道。

"然而只有在下一家被排除在外，我对这个安排很是不能理解，虽然造次，还是愿闻其详。"利介坚持道。

"什么！你还说不能理解！"金森的声调提高了，"那我就告诉你吧！我听到了一些奇怪的传言，这就是原因。除此之外，再没有什么别的原因了。"

利介愤怒地瞪大眼睛，质问道："您是说传言？"

"传言，嗯，就是传言。是不是真有其事，另当别论，我也不关心。但是，即便是谣言，也要注意，不能招惹无端的怀疑……"

"金森大人！"

"你别脸红脖子粗地冲我嚷嚷！主君也是这个意思。"

"主君也……"利介张口结舌,脸色铁青,"金森大人!您说主君也是这个意思,是真的吗?"

"嗯!虽然可惜,但请你别往心里去。被传出这种无聊的谣言,当事人也够倒霉的。"

利介回到家里。因为他脸色异于平常,而且一回去就钻进房间不出来,多美很担心。这是他们结婚以来从没有发生过的。

不过多美还是试着问道:"您的脸色特别不好,是不是身体不舒服?"

她的丈夫回答:"没事儿。我要思考一些问题,你不用管。"

妻子想,这么说来就是工作上的事了,于是没多问。

利介一个人开始思考。这件事,他一直当作流言蜚语,没当一回事儿。没影儿的事儿,谁要是想背后说人坏话儿就随便说去,对这种事儿动真格的就太愚蠢了。然而事情发展到现在,一切都变了。

主君也听到了这个谣言,还特意吩咐家老,利介家这次就不要分配客人去住了。这样一来,谣言就不只是谣言了。这样的话,等于主君亲口公开承认谣传是"事实"了。所有人都会想,这件事竟然真的不只是谣传啊……事已至此，我该怎么办？

长长的夏日，白天即将结束，房间里暗下来，蚊虫飞舞，在耳边嗡嗡不停。

妻子多美早就做好了晚饭，却不敢招呼丈夫出来吃，只能坐在另一个房间里，悬着一颗心。

五

第二天一大早，利介去找津田赖母。赖母膝下有两个孩子，利介刚露面，两个孩子就"姑父大人、姑父大人"地跑过来缠着他。

"出去，出去！"赖母呵斥着把孩子们赶出房间，问利介："一大早什么事儿？"

利介把自己昨天去面见家老的事情从头到尾讲了一遍。赖母双手抱在胸前听他说完，抬起眼望着他说：

"那么，你有什么打算？"

"我想去见那位在我家住过的旗本冈田久马大人。他这次也应该在随从当中。"

"找他干什么？"

赖母瞪着利介问道。

"我不想贸然下判断。我之所以想去找冈田大人，只是想弄清楚到底是谁传出这可恶的谣言。"

"能弄清楚吗？"

"我觉得应该能弄清楚。"

"弄清楚之后又怎样？"

"之后的事情，我还没想好。不过现在只是想弄清楚到底是哪个混蛋造的谣。"

赖母点了点头。

"所以，我想拜托你的是，帮我从管事人那里打听一下冈田久马大人这次分配到谁家去住了。这件事由我去打听不太好。"

"好。虽说将军家的随从中，旗本身份的有上千人之多，不过像大番组首领这种身份的，应该很容易打听到。"赖母答应帮忙，然后低声问道："利介，你不会是……有了什么不好的打算吧？"

利介微笑一下，摇了摇头。

七月十二日，太阳还没落山，家光一行已经到了。卦川城内外又一次出现了上次那样混乱的情景。

唯有利介负责警戒的岗位跟上次不一样了。上一次，利介负责守卫的是内城中心靠近将军寝殿的地方。这一次，他被迫跟人换岗，换到二环城附近了。虽说站岗这样的工作，负责守卫之处本没什么优劣之分，然而如果自己守卫的是内城或者是正门大门口这样的地方就会感觉有面子些。

利介紧咬着嘴唇，感到自己是被上面怨恨了，以至于连守卫的岗位都被调换了。白天虽然闷热，但是天一黑竟然下起雨来。整个卦川城内外，到处都是在雨中燃起的篝火。

利介不声不响地离开了自己的岗位。他对二环城把守城门的人谎称自己上司有事差遣，出了城门。中午，赖母已经告诉他大番头首领冈田久马的住处了，因为大家都是一个藩的藩士，他知道那家的地址。利介急急忙忙赶了过去。

利介说想见见家里的客人。这家人见过他，于是不问缘由，把他引见给了当晚宿泊的客人冈田久马。

冈田久马是个体态稍胖、身材高大的男人。利介报上了姓名，客气地说，上次您住在我家的时候，我因为不在家，照顾不周，很是失礼。冈田久马听他这么一说，马上很客气地回道：

"哪里哪里，上次承蒙关照周到，真是感激不尽。"这么道着谢，脸上对利介的造访表现出惊讶和不解。

利介趁这家主人离开的间隙，直接对久马说出了谣

言的事情。冈田久马大吃一惊,变了脸色,低声喊道:

"这事听起来太离奇了……我不知道该说什么。事情太离谱了,我竟无话可说。"

他好像惊呆了,语调中带着愤怒和困惑。

六

利介进一步问道:

"那么我再问您,您住在我家的第二天,可曾向您的朋友或同事提到在我家的事情?"

"不曾……"

冈田久马先是摇了摇头,后来像是想起什么似的,说:"这么说来,也不能说没跟谁说起过。不过不是跟我的同事和朋友说的,我觉得那个人应该是贵藩本家的人士。那天一大早,那个人突然出现,跟我搭话。他问我,您是冈田久马大人吗?我说是的。他就说,您昨晚泊宿在岛仓利介家里有没有受委屈啊?他们家有个老婆婆,他妻子得花工夫照顾老人家,肯定没能好好伺候您吧?他还说自己是利介的朋友,想要代替利介来问候一声,算是赔个不是。听他那么一说,我记得自己回答他说,您这么客气真是让我十分感激,哪有受到委屈,府上内眷照顾非常周到，度过了愉快的一宿。经您刚才一问，我就想起来这件事了……"

"那个男人的长相有什么特征吗？"

利介问道。久马稍微想了一下回答说：

"年龄三十一二岁吧，圆脸，个头儿不高。对了，有点龅牙，我记得他缺了一颗门牙。"

利介心中暗想，果然就是武兵卫。武兵卫半年前曾陪同主君去鹰猎，但是他骑的马突然受惊了，一不留神坠落马下，磕掉了门牙。无论是这个特征还是其他各种迹象都表明，那个男人就是武兵卫。

"由于在下失德，让阁下夫妇遭受了意想不到的困扰。"冈田久马向利介表示道歉。

戌时，把守二环城门的卫兵给冒雨归来的岛仓利介开门放行。

之后大约过了一个时辰，亥时稍过，守城的人听到隔着城中心从辰巳方向隐隐约约传来有人争吵的声音。当竖起耳朵仔细再听的时候，就再也没听到任何声音了。于是大家怀疑自己刚才可能听错了。

警卫们为了保险起见，还是顺着传出声音的方向走去查看。那里是一片松林，是一片分不清是庭院还是小山坡的地方，里面的情景被深深夜色掩盖，难以探知，只听到雨水打在一大片漆黑的树影上发出的声响。

天渐渐亮了。

警卫们一直放心不下，再次跑去昨夜那个地方查看。当时雨虽然小了，但仍在下着。就着破晓时分昏暗的晨光很容易看出来，地上黑乎乎的，倒着一个人。

监督官来验尸。不知道是不是被雨水冲刷过的缘故，血迹很少。尸体被人从右肩膀劈到左胸下部。监督官夸赞说，真是好刀法。

死者被判明是俸禄六百石骑兵护卫平井武兵卫。从武兵卫尸体右手握着刀来看，他不是被人突然袭击身亡的。

这件事在将军一行离开前绝不能声张。因此尸体被搬运到松林深处，运来泥土就地掩埋，处理成看上去什么事都没发生过的样子。

家光一行于巳时从卦川城出发，奔江户而去。然而队尾离开城下则是一个时辰之后的事情了。看到将军家宿泊之夜发生的不祥之事没闹得满城皆知，家老们终于松了一口气。

然而，这件事的善后处理却非常严格。

他们花了大半天时间，弄明白了事情的经过。

岛仓利介那天夜里说是奉上司之命去办事，出了二环城的大门，戌时返回。仔细询问之下，谁也没有让他出去办什么事儿。利介那天夜里不止一次离开过自己的警卫岗位。

正当怀疑的矛头指向利介的时候，有人禀报：利介刚刚托人送了一封信到金森府上。于是赶紧传来那封信。

在家老们都在场的情况下，打开了那封书信，信里大致说了如下几件事：

> 干掉平井武兵卫的人是我。这样做的原因是武兵卫编造散播无耻谣言，让我作为武士的颜面扫地。以上事情，我严正陈述过，然而从一开始，上面身居要职的人就采信那毫无根据的谣言，并采取了令人费解的措施，这一点我深感不服。因此不打算去自首，云云。

家老把书信拿给大藏大辅幸成看。

"这个心胸狭窄的家伙！竟然在将军临幸之夜去做这样的事情，不知轻重！抓过来绞死他！"幸成下达了这样的命令。

七

那天早晨利介回到家里。多美迎出来,看到他虽然很累,但是脸色与平时无异。他用冷水洗了脸,擦拭了身体。

吃完三碗开水泡饭,利介就进入房间,开始写起了像是书信的东西。这件事花去了大半个时辰。

然后他叫来一个熟人,把这封书信交给这个人,并嘱咐他把书信送到家老金森与卫门大人家里去。做完这些事情,他叫来了多美。

利介郑重跪坐,对多美说道:

"我即将讲给你听的事,恐怕是你迄今为止做梦都不曾想到的。然而,在武士之家,说不准什么时候就会发生不得了的大事。你也生在武士门第,从小也听父母亲教导过这些道理吧。"

听到这么不同寻常的话语,多美的眼中显出一丝惊愕。不过她马上低眉顺眼俯首答道:"是的。"因为不知道自己即将听到什么事情,多美的双肩不安地僵在那里,准备承受一切。

"前些天,将军大人临幸卦川城的时候,有一位旗本,叫做冈田久马的大人,是住在咱们家的,对吧?关于这件事，有人造谣说，那天夜里，你和那位冈田大人行过不轨之事。"

多美撑在地上的双手颤抖起来。

"听起来太荒唐，因为是毫无根据的谣言，我就没当一回事儿。然而没想到家老听了谣言介意起来，于将军再度宿泊本城的昨夜，没给我们家分配留宿将军随从人员的任务。我去问了原因，说是主君那里也传话下来了。我听到这一点，心里就有了打算。这事情太过分了。那样的话，就等于主君首先相信了谣言是真的。我认为这一点不能原谅。"

多美哭起来，俯身在地说："都怪我不谨慎……"

"你没有错。我已经查清楚了，造谣的人是平井武兵卫。昨天晚上，我已经在城里把他杀掉了。"

多美惊讶得失声惊呼。

"我不能理解的是，武兵卫这家伙为什么要编造那样的谣言？对此你心中有数吗？"

多美一直在哭，这时小声说道：

"平井大人他在我嫁给您之前，曾经对我有意……"

"噢……这样就说得通了。看来是他一直怀恨在心。他这个人在朋友当中本来就是嫉妒心特别强的，这样的事他是做得出来的。然而……人们都会对谣言感兴趣。

我一想到自己会因为谣言……因为这样的谣言而被杀死,就越发不能忍受。"

多美跳起来抱着利介的膝盖,泪水漫过脸颊,哽咽说道:"请让我……也一起……求您……求您了!"

"嗯!我们的死将是一场恩爱夫妻之死呢!"利介放声大笑。然后忽然问:"母亲呢?"听多美回答说母亲"正在安睡",利介说:"虽然可怜,然而让母亲独自一人留在这个世上,我做不到。"

多美也难过地低下头。后院的桐树上不知道什么时候飞来一只秋蝉,时断时续地鸣叫。

"真热啊!虽然这么热,还是得把门关上,把门栓也插上吧。连雨棚也都放下来吧。插销也插上。哎呀,这样一来,家里就成了蒸汽浴室了!对了,过一会儿,会有很多人从城里赶过来。趁他们到来之前,我们夫妇就在今生今世好好惜别吧。"

"好的,我满心欢喜。"

城里派出了三四个抓捕的人,来到利介家一看,大门紧闭,连雨棚都关严实了。不过倒看不出是已经逃走的样子。

抓捕的人返回城里,把看到的情形禀告一番。因为他们接到的命令是来抓捕利介,没说要杀死他。

幸成听了汇报，勃然大怒，吼道："太可恨了！不听话就砍死他！"这回派了二十个人。正门十人，后门十人，同时攻入。当时已是薄暮时分，天色微亮。

踢破雨棚跳进来的第一个人腿上被砍了一刀，倒下了。下一个进来的人捂着脸蹲在了地上。然后是四五个人蜂拥而上，同时，从后门攻入的十个人也杀了过来。

不知是谁喊了一声："利介！我们是奉命行事！"

十几把刀砍过来，男人倒在了地上。

白梅之香

一

享保十六年三月，龟井隐歧守兹久即将结束为期一年的领国驻守，正在为奔赴江户参勤做准备。

龟井的领国在石州的鹿足郡津和野，位于中国地方连绵山脉的最西头，群山环绕，是一片盆地。俸禄只有四万三千石，从城池规模也能看出是一个小藩国。

每隔一年都要选出跟随主君出府去江户的人员，而且每次都要有新面孔。当时各藩国的家臣中都分别有一部分滞留江户（称为"定府"），另一部分留守领国。因此在留守领国的家臣中，没去过江户的人很多。当然，滞留江户负责"定府"的家臣中也有很多人从没回到过自己的领国。因此，主君每次去江户参勤的时候，都要从留守领国的家臣中选拔几个人带到江户去，让他们开开眼。这已经成为惯例。

这些被选上的家臣在主君结束一年的江户生活之后要跟随主君返回领国。说白了，这个差事就是一半工作一半游玩江户城，是一种福利。

且说这次，伴随主君龟井隐岐守出府的人员名单中加入了一个名叫白石兵马的年轻武士。白石兵马二十一岁，领俸禄二百五十石，位列骑兵侍卫。

这消息让津和野整个藩国沸腾起来，大家不无嫉妒地议论着：

"听说兵马要陪主公去江户了啊！那小子要是在江户城混一年，回来的时候会出落得更加风度翩翩，更有男子气概了吧！"

"那样的话，现在就能想象到时候女孩子们该怎么疯狂迷恋他了。"

兵马是个眉清目秀的帅小伙儿，皮肤白净，脸型优美，一双浓眉，目光清澈，眼角含情，嘴唇紧致而线条柔和，脸颊到下颚的轮廓则保留着少年的稚嫩，散发迷人魅力。在整个津和野藩城，别说武士家的女人，就连町人家的女人，也没有谁不知道有兵马这一号人物。

每当白石兵马走过来的时候，少女们都会羞答答地偷眼瞟向他，少妇们则热辣辣地盯着他瞅个没完，而那些寡妇则用湿漉漉的目光直勾勾地纠缠他的背影。

然而，兵马一直以来没有任何绯闻。他并非草木铁石，对女人们投向自己的献媚目光不可能感觉不到。不过兵马是个绝对不会对这种轻浮女人动心的人，倒不是因为貌美而自视太高，只是对那些急于谄媚、引诱的女人提不起兴趣而已。

兵马这种对女人爱答不理的态度更加抬高了他的人气，整个津和野城里没有不想一睹兵马容颜与风采的女人。

隐岐守去江户参勤的队列出发时正是山樱盛开的三月中旬，来送行的女人填满了城下町的大路，等主君的轿子通过之后，女人们都悄悄抬起头来，瞪大眼睛向随行队列中张望：

"哪一位是兵马大人啊？到底长什么模样啊……"

都在拼命搜寻兵马的身影。

一行人行至周防，从中之关开始乘船走水路。船行至濑户内海时，撑起了深蓝底色上绘着白色四菱形家纹的帆，海路行驶一百七十里后抵达大阪江湾。从大阪到伏见乘坐江轮，之后经京都，过大津，穿越土山和东海道，直奔江户。一路上很幸运，净遇到好天气，年轻的白石兵马于初次的伴君之旅就把沿途风光尽收眼底，简直像做梦一般。

一行人进驻位于江户外樱田的藩邸时已经是四月初了。初来乍到的主君是很忙的。先到将军家露个脸，再到老中家问个好，还要去为贡品办理手续。一直等这些事务全部忙完了，主君隐岐守方才移居到夫人留候的位于麻布南部坂的别墅。时令已经是四月中旬了。一直跟着忙活的家臣们这才能松懈下来休闲。

从领国跟随主君到江户的家臣们现在可以跟随前辈们的引领参观江户城了。不过那些留在江户"定府"的武士和驻守领国的武士之间总是合不来，所以在进城游玩的时候，从领国来的一拨人会习惯性地扎堆儿。这些乡下来的武士在城市观光告一段落之后，接下来就该朝吉原和浅草的奥山等娱乐场所跑了。

然而这些乡下来的武士在这些游乐场所却成了女人们嘲弄的对象，视他们为粗野的典型，或以其轮番值守的下级武士身份蔑称其为"跑腿小卒"，或以其穿着的粗实布衣而以"浅黄里"[①]代称他们。

[①] 一种用略带绿色的浅蓝色棉布当内衬的和服。江户时代，因这种和服质地紧实且极具实用性而成为广大平民的日常穿着，风靡一时。又由于江户时代参勤交代由地方来江户的下级武士长期穿着这种和服，又成为乡下出身的下级武士的代名词，特别是在江户的花街柳巷吉原地区，因为经常有乡下来的嫖客穿着这种和服去妓院饮酒作乐，所以"浅黄里"也成为对乡下武士的一种蔑称。

但是看到白石兵马的时候，这些常年混迹在风月场阅人无数的女人的眼神就不同了。她们躲在格子窗后面叽叽喳喳窃窃私语：

"哎呀，那个武士也是跑腿小卒吗？看起来像个官爷呢。身材好得不能再好了，脸蛋儿也白白嫩嫩的……"

二

这已经是兵马第四次偷偷来到位于木挽町的中村座了。第一次是别人带着来的，谁知看过一次后就上瘾了，马上记熟了道路，独自一人摸过来了。对于常年生活在山区小藩国的白石兵马来说，中村座这种绚丽奢华的舞台简直是梦幻世界。

参观欣赏戏曲活动还是允许的。负责带领他们的人特意交代大家：

"总而言之，你们这些没在江户待惯的地方武士最容易闹出事故，所以务请大家谨言慎行。"

因此，兵马总是把长短佩刀都寄存在戏园的茶屋里，蜷缩在看台一角静静地观看舞台表演。他并不在意演员姓甚名谁，也不关心戏曲名目，仅仅欣赏表演就觉得享受得不得了。

然而如果看到全场结束，就太晚了。因此他总是在最后一场压轴戏开始前就离开。

那天也如往常，当他心有不舍地提前离开看台，从茶屋取了佩刀正要离开的时候，忽听有人在背后叫他：

"武士大人，请留步！"

一个年纪看起来老大不小的女人呲着一口镀了铁浆水、黑得像乌鸦的牙齿，满脸堆着讨好的笑容正向他鞠躬行礼。兵马深感意外，稍稍惊慌地转过身来问道：

"叫我有事吗？"

女人深施一礼，道："请您留步非常抱歉。我是这间茶屋的主人，对您每次惠顾深表感谢！"

"噢，是老板娘啊。"

兵马说道。心想，这是为了做买卖吧？看来是知道了我最近经常来这儿。当下有点扫兴，问她道："是有什么事吗？"

"是的，是的……"

女人扭捏出娇憨之态，鞠了两三个躬，靠近身前说："这么跟您说很是显得不恭敬，不过有一位无论如何都想见您一面的人，还请您抽出一点点时间，跟着我稍微到后面来一趟。"

"你说有人想见我？"

正想说：不管对方是谁，在这种地方请求见面，太不方便了。结果对方先从他的脸色看出了他的心意，抢先说道："不会的，不会的，绝对不会给您添麻烦，这方面请您放宽心。来来来，就一会儿，来吧来吧，请跟我来。"像是要过来牵着兵马的手从背后推搡似的，女人强请道。兵马拗不过她，不由自主地移动了脚步。

来到最里边的房间门前，老板娘停下来朝着屋里喊道："带来了！"

"哦，太好了！"只听一个粗重的声音从里面答道。老板娘推开了纸拉门。

拾掇得非常整洁的客厅里，坐着一位粗脖猪头般胖墩墩的男人，四十三四岁的样子。男人对着直戳戳站在门口的兵马说："哎呀呀，快快，请进！"

热情邀请他进屋。

等兵马勉为其难进屋坐下后，男人自报家门说自己是老板娘的丈夫。翻来覆去频繁地鞠躬行礼之后，夫妇俩就开始忙活，酒端上来了，菜也端上来了。兵马被这阵势弄得目瞪口呆。

"这事儿弄得太失礼了！冷不丁地请您过来，把您吓了一大跳吧！来来来，干一杯！"

粗脖男人一边让酒一边说道。

"怎么回事……到底是……怎么一回事啊？"

"也难怪您要责问！我这就跟您解释缘由。大人您最近不是经常光顾嘛，看起来您好像挺爱好戏曲呢。"

"哪里哪里，说起来实在太丢脸了。"兵马有一点不好意思起来，"我并不喜欢戏曲，只是觉得稀奇。不怕你们笑话，我生活的地方是大山沟，这次是陪伴主公来到江户，在这里看到的听到的全是新鲜事儿，特别是这演戏的戏台，在我们老家是想也想不到的，就像做梦一般的景象呢。因此，虽然是同一出戏，我却前前后后连着来看了四次。"

"那么，演员当中有没有您特别中意的呢？"

"哪有什么中不中意？我连演员姓甚名谁都不知晓。"

戏院茶屋夫妇像是吃了一惊，不由自主地交换了一下眼神。丈夫笑着问道：

"那么，演《道成寺》的演员是谁，您还不知道吧？"

"嗯，那位演员特别俊美。"

"那位演员就是这次刚从大阪过来演出的，名叫濑川菊之丞。在江户可受欢迎了。"

"这么说来，我也注意到女观众似乎特别多。"

"就是啊，女看客们可来劲了。《道成寺》《无间钟》《石桥》《浅间》，等等，这些名曲名段中的任何一场戏都没有谁能够超过菊之丞的。而且他那俊美的样貌也让女观众痴狂迷恋、欲罢不能呢。"

"这么受女人欢迎，演员菊之丞该忙坏了吧？"

"然而菊之丞是不到女观众身边去的。在舞台上，他看上去是那么年轻，事实上他本人已经四十多岁了。女人们迷恋的是他在舞台上的姿容样貌，菊之丞也很讨厌在舞台之外与看客们接触。那些不了解这一层原因的女观众们越发好奇，'菊之丞''菊之丞'地更加热切追捧。"

"原来如此，是这样啊……不过，等等，我们这是在谈什么呢？你们把我叫到这里来，跟菊之丞的事有任何关系吗？"

听兵马这么一问，一直坐在边上默不作声的老板娘赶忙挤出妩媚笑靥，膝行靠近过来，脸上浮现出意味深长的笑容，说：

"这事儿啊，大人哪，还真跟大人您很有关系呢。某位过去经常关照小的们生意的大户人家的夫人……这位夫人是菊之丞的狂热粉丝，听说前几天这位夫人在戏院二层看台上无意中看见了大人您，说是当时还以为您是另一位菊之丞呢。"

"什么！？"

"您别着急，听我把话说完嘛！从那以后，这位夫人就铁了心一般，一个劲儿地念叨，嘱咐小的们说，一旦看到大人您再来看戏，就让小的跟您说，说她想跟您说说话儿，无论如何请您过来相见一次。我也是从那以后天天都在等着大人您再次光临。说句失礼的话，大人您跟菊之丞真是长得一模一样！"

见兵马一时说不出话来，那位丈夫开口了：

"大人哪，江户这地方，可是个有趣儿的地方哟。"

说着，脸上浮现出意味深长的微笑。

三

白石兵马坐在轿子里，轿子晃晃悠悠地前行。天上下着小雨，抬轿子的人穿的草鞋被雨水打湿了，踩在地上"啪嗒啪嗒"地响。前面那顶轿子里坐的是茶屋老板娘的丈夫。

白石兵马根本不知道自己身在何地，也不知道将被带往何方。他只知道自己即将开始某种大胆的冒险，是一种在完全陌生的地方进行的完全不知道是什么内容的冒险。对兵马这样的年轻人来说，这种冒险的魅力在于：一切都是未知的。

也就是说，不知道会发生什么事。

茶屋的老板娘和她的丈夫一个劲儿地安慰他："大人！您完全不用担心。放心，一切交给小的们就行。"

"事情变得不可捉摸了。"

兵马双手抱在胸前陷入沉思。

"详细情况，小的们也说不上来。说句失礼的话，小的们对大人您的身份一无所知。您二位对彼此的身份情况也不需要互相了解——不过就是一起聊聊天儿。这不是挺好的事吗？您要见的那位可真是个绝世美人儿呢。"老板娘说。

兵马心想，我一不小心答应了这件事，事到如今，反悔也来不及了。兵马知道自己之所以这么做是因为心里有一种冲动，想窥探江户这座城鲜为人知的深层东西。

兵马又想，如果跟那位女子仅仅聊聊天，就算不上什么大事吧。他这样想原本是为了让自己不安的心平静下来，却适得其反，这么一想之后心跳得更快了。不管兵马的内心如何纠结，两顶轿子都"嚓嚓嚓"地往前行进。外面的天色已经完全黑了。

轿子晃晃悠悠行进了相当长时间，终于落地了。

"大人！就是这里了。"茶屋男主人从前面的轿子里下来，走过来耳语般低声说道。

兵马已经下了轿站在地面上，蒙蒙细雨像雾一样笼罩着天地，周围黑得像被一块黑布蒙着了头，什么也看不见。不过，等到眼睛适应黑暗之后，能看到长长的篱笆墙形状的东西，墙根处隐隐约约能借着天光看见一点一点微微泛白的东西，大概是木兰花吧。

突然间出现了灯火，灯光朝这边移动过来。肯定是一起来的茶屋男主人通知了这座宅子里的人说客人到了，于是有人迎了出来。

还以为出来迎接的是个男人，却是个女人。打的灯是那种古风式样的纸罩蜡灯。一开始还没注意到，原来出来的是两个人，另一个人走过来给他撑起了雨伞。

"有请。"

其中一个人用极小的声音发出邀请。进门后还走了一段铺有踏脚石的狭窄小路。兵马心想，这院子好像够大的。不过也能感觉出来，整座宅子的风格结构并不雄伟高阔。

玄关处已经有举着纸罩蜡灯的女人守在那里迎候了。兵马一时之间猜不出来这到底是一座什么样的宅院。那位茶屋男主人不知什么时候已经不见了踪影。

兵马就这么被人领着踏上了雅致的玄关台阶。

然后又被领着穿过走廊，走到后院深处的一个房间里，在那里等了很长一段时间。

有女人送茶过来，不过很快躬身退去，然后就没有任何人再出现过。周围静悄悄的，听不到任何声音，寂静笼罩着这个美丽的房间。

这房间不是武家书院式威风、粗硬的风格，不论是竹编的顶棚还是乌木的壁龛立柱，以及那做工精细的多宝格式橱架，处处都透露出"女人居所"的娇艳气息。

兵马刚进入这个房间就感到有一股说不出来的香气扑鼻而来。即便坐了很长一段时间，已经习惯了那股香气，那熏香仍然让他感觉像身处梦境般陶醉。

壁龛上悬挂了一幅绘着彩色芙蓉的画轴。画轴前摆放了一只青瓷色的香炉，一缕细细的烟从香炉中袅袅升起，弥漫整个房间的香气就是从这里散发出来的。

隐约听到衣服摩挲声传来，感觉有人进入了房间。

兵马顿时紧张起来。绢布灯罩下，灯光微弱，根本看不清来者模样，只看见一个白乎乎的身影移动过来。

然而，等到绢布罩灯的灯光透过绢纱照到已经坐在自己面前的女人脸上和身上的时候，兵马一时间不敢相信自己的眼睛。

仿佛画上的芙蓉变成真人从画轴里走出来。

兵马浑身战栗。女人一言不发,只用那像被露水打湿般润泽的明眸一直凝望着浑身战栗的兵马。忽然,像一片花瓣被风吹得飘忽舞动,女人轻盈地移动身体,向兵马身边靠近,然后急切得近乎粗鲁地抓起男人的手放到自己的膝盖上,把两只手紧紧地压在他的手上,面带微笑地看着面前羞红了双颊的男人。

"太好了!你能来太好了!你真的和菊之丞长得一模一样啊!"

女人气息紊乱地喃喃自语,声音因为呼吸急促而稍显沙哑。

"来吧!"女人说着,牵着兵马的手顺势一拉,像是想要抱起他一样站了起来。随后,女人拉开了旁边的隔扇门。

隔扇门里的罩灯蒙着红色绢纱,把整个房间渲染成粉嫩的樱花色。透过薄纱般朦胧的灯光看到绯红色床榻上的卧具时,兵马又一次浑身战栗。

女人依附到兵马的身边,像滑倒般跪在他面前,默不作声地开始去解男人的裤腰带。兵马能感觉到女人的手指在微微颤抖。

一整夜,枕边异香浮动。那只搁在壁龛前的香炉不知何时被移到了床头枕畔。

四

第二天早晨，兵马一回到暂住的大杂院就被几个朋友围着问道："昨晚干吗去了？"

"这个……遇着个熟人，被强留在他家里……"

话还没说完，朋友们就嚷嚷道："你瞎编吧！不知道你被哪家风月店的姑娘迷丢了魂儿，反正我们为了在管事人面前帮你掩饰，可是捏了一大把汗！"

"这个……真是对不住大家了。改天我请客，感谢大家……"

"那是当然了！总而言之，我们也只是一时敷衍过去，你还得自己到管事人那里去打个招呼才行。"

朋友们拍着兵马的背说。

管事人住在上等武士居住的地方。兵马去到管事人的房间，谎称自己昨晚出去时在别人家闹了肚子，错过了门限时间，并向管事人道了歉。

管事人告诫他说："外出时生病，这就是你太疏忽大意了。今后可要注意啊！"

兵马从管事人那里走出来的时候，心里想的却是：

昨晚简直像做了一场梦。做梦都没想到这个世界上还有这样的事情。所以说啊，江户真是一个有趣的地方。真想跟那个女子再见一次。怎样才能找个借口取得夜不归宿的允许呢……

从走廊里走出来的时候，兵马迎面碰上一位表情严肃的老人。

"啊，家老大人！"

兵马退到一边，弯腰鞠躬，等着老人走过去。

江户家老柿坂赖母看见年轻的下级武士朝自己打招呼，正要三步两步经过的时候，突然停下了脚步。家老虽然年近六十，却脸色红润，只见他突然眼放精光，对着正要转身离开的年轻人的背影喊道：

"喂，你！"

江户家老赖母对这位初次陪同主君来到江户的白石兵马的长相和名字都没什么印象。

兵马被家老叫住后，立刻做蹲踞状。赖母走到兵马的身边，靠近他的脸看了看，然后盯着他问道：

"这张脸倒是最近见到过。你叫什么名字？"

"我是骑兵侍卫，名叫白石兵马。"

"噢……对了，是叫白石兵马来着，嗯……嗯……"

家老一边频频点头，鼻子里"哼哼"着，一边问：

"怎么样？跟乡下不一样，江户很繁华吧？已经习惯到街上逛逛看看了吗？"

"啊……差不多……"

"嗯……嗯……那就好。江户好玩的地方可多了。像你这样的年轻人正是对这些地方感到乐此不疲的时候呢，哈哈……"

赖母大笑着走向自己的房间。他的话说得轻松，语调也明快，兵马没有起任何疑心。

然而这位老人一回到自己的屋子里就换上了一副严肃表情，立即叫来负责管理兵马起居的那位管事人，问清兵马昨夜外宿的事情之后，脸色越发难看了。

当天原本约好要去麻布的别墅面见主君，这件事之后，赖母开始心神不宁地重新构思设计本次会面的细节。

隐岐守兹久和夫人一起在茶室里接见了家老赖母，并亲手点茶端给他。赖母恭恭敬敬地接过茶碗后却说："主君，很久没闻到'白梅'了，请您为我焚上此香。"

"很少见啊，赖母提出这样的请求。"

兹久回头看着夫人说道。夫人微笑着走向放在壁龛前的香炉。

过了一会儿，香炉中升起一线青烟，空气中弥漫一股尤为芬芳的香气。这正是兹久钟爱的香木"白梅"的香气。

赖母毫无顾忌地抽动鼻子，聚精会神地仔细闻香。过了一会儿，叫了一声："主君！"

稍顿一下，才问道："我听说伽罗香木中，每一种的香味都是不同的。"

"嗯。"兹久点点头，回答说，"伽罗、沉香、白檀，可以说是一木一铭，不会有两根香木散发出相同的香味。"

"这么说来，这'白梅'之香，在其他地方应该是不会闻到的吧？"

"不会。"

"这就怪了……"赖母歪着头说道，"属下来之前刚刚嗅到跟这一模一样的香味。"

兹久笑了，说："老头儿，你是不是鼻子不灵光了。这种事情是绝对不可能发生的。"

"不对……我确实闻到了跟这一模一样的香味。我就是为了确认这件事，才特意请求您为我焚上这'白梅'之香。"

"你是在哪里闻到的？"

"某个男人的身上散发出这种香味。属下当时无意中走过这个男人的身边，这种香味就扑鼻而来了。属下跟随主公，多年来经常闻到这个香味，所以一闻到就马上分辨出来了，就是'白梅'的香味……"

"你是说那个男人的身上带着这种香味？"

"正是！"

"这么说来，应该是昨晚或今晨，香味熏染到那个男人的衣服上去了。世间也有闻起来相似的香味，不过你闻到的绝不会是'白梅'。"

"我绝不会弄错！"

"哈哈！老头儿，挺倔呀！嗯，要说这'白梅'香木别人家绝对没有倒也不确切，不过应该不是在江户。"

"这……您的意思是？"

"说来话长。当年久世大和守殿下卸任老中一职，即将回到总州关宿的时候，咱们家为了表示要跟人家攀近结交，特意从'白梅'香木的梢上截下来一段，跟其他礼物一起赠送过去了。"

"噢……是有这回事儿，我也想起来了。然而送到久世家的'白梅'之香怎么也不会熏染到白石兵马的衣服上啊……"

"什么？你说是白石兵马？"

"正是！属下正是从这次跟随您出府来的骑兵侍卫白石兵马的身上闻到了'白梅'之香。"

五

那天之后，又过了一段时间，传出龟井藩的留守居役堤藤兵卫突然被迫切腹、自行了断的消息，整个藩国的人无不惊诧。

所谓留守居役，就是设在江户家老之下的外交官，主要负责与别的藩国进行交际、交涉，负责给幕府身居高位的官员进献物品、投送礼物。因为职务关系，要讲排场摆阔绰，甚至享有机密经费。在各藩国的留守居役中，擅长端歌[①]、三味线等一技之长的人员之所以较多，也是他们因为工作关系而参加宴请的机会多，频繁接触这些场合。

且说堤藤兵卫被处罚的理由被判定为"品行不端"。仅此一句，让人不明所以。一开始，事情的始末都被隐匿起来，后来才慢慢泄露出一些端倪。

享保五年，久世大和守重之从老中位子上退了下来。当时龟井家按照兹久的意思，馈赠给他好几样礼物。当时看起来这位大和守很有可能不久还将进入幕府阁僚，

[①] 江户时代兴盛的歌曲之一种。

馈赠厚礼也含有对这件事的预祝。赠品中还加进了从"白梅"梢上截下来的一段香木。然而这段香木是不是送到了久世家，谁也不得而知。总之，香木"白梅"的主干在龟井家，木梢应该在久世家才对。这是"一木一铭"标记的珍贵香木，在这两家以外想闻到"白梅"之香是不可能的事情。然而这个香味却从自家的年轻武士身上散发出来，偏偏还被家老柿坂赖母闻到了。

谨慎起见，赖母没有直接上前询问这个年轻人，而是开始琢磨这个年轻人在哪里能接触到"白梅"之香，理所当然地想到了那段理应送给久世家的"白梅"香木。

赖母先私底下托人在久世家内部打听，询问当年的"白梅"香木是不是确实送到了久世家。这种事儿是不能明目张胆地去问的，因为当初也不是写在清单上或履行了交接手续的那种公开正式的馈赠品。久世家也私底下回信儿了，很确定地说，当年其他物品都点收了，唯有那个什么香木没收到过。

负责这些赠品的官员正是留守居役堤藤兵卫。于是对堤藤兵卫的日常生活展开了调查，发现其大量挪用公款用于个人消费，过着奢侈的生活，在柳桥花街一带出手阔绰。他不仅去玩儿，还给艺伎赎身，并纳为小妾，包养在根岸一带，让小妾过着相当奢华的生活。

收集到这些铁证之后,赖母就开始审问藤兵卫了。因为证据都一一调查收集齐备,藤兵卫无法抵赖,只能全部承认了。

被问到"给久世家的赠品'白梅'香木,你是怎么处理了"时,藤兵卫很是为难的样子,招认说:"被小妾拿去用了。"

藤兵卫至死都不知道小妾跟白石兵马偷情之事,当然也不知道那一夜很奢侈地焚烧了大量"白梅"香木,正是这种香气熏染了白石兵马的衣服,导致东窗事发。藤兵卫在对这一切毫不知情的情况下切腹而死。

兵马突然接到了返回领国的命令。主君还需要在江户停留半年,唯有兵马突然被换岗,受命回去驻守领国。至于原因、缘由,一切始末,兵马本人不得而知。

一旦到了要离开的时候,兵马才觉得在江户还有很多地方没去看,心有不舍。特别是在某天夜里经历的那个被梦幻般的香气笼罩的女人,真想再去幽会一次。如果回到领国就再也没机会了。这样的话,作为打算回味一辈子的美好记忆,哪怕只看一眼也好,无论如何想再见一面。兵马急忙朝木挽町那家戏院茶房跑去。

老板娘被请出来了。没想到那女人一见来的是白石兵马，大惊失色，马上进入后面屋子里去了。稍后走出来的是上次见过的那个粗短脖子的男主人。

"嗨，老板！能让我再去见见那个女人吗？"

一听兵马这么喊着说话，老板赶忙朝他摆手，像是生怕谈话被别人听见。

"这件事就别提了！大人哪，出大事了！自从上次以后，那女人的主家就被迫切腹而死了，女人也受不了打击，没了踪影。这些事情就像是跟大人您有了那等好事儿之后得了报应一样呢。人真是不能干坏事啊……"

这次轮到兵马大惊失色了。他想起了自己藩国的留守居役被迫切腹自杀一事。

几天后，白石兵马一个人走在石州津和野的山间小路上。独自一人返回的白石兵马心想，江户这个地方，像是挺有意思，却又很无聊；说来很大，却又很小。

本书各篇翻译分工如下：

《西乡钞》《人力车行》《枭示抄》《啾啾吟》《战国权谋》《妾》《酒井家杀人事件》《两代人的殉死》八篇，由姜瑛翻译，左汉卿校对。

《相貌》《恋情》《流言始末》《白梅之香》四篇，由左汉卿翻译并校对。